利图马在安第斯山

|略萨作品：精装珍藏版|

〔秘鲁〕马里奥·巴尔加斯·略萨——著

李德明——译

Mario Vargas Llosa
LITUMA EN LOS ANDES

著作权合同登记号　图字 01-2019-1241

Mario Vargas Llosa
Lituma en los Andes

Copyright © MARIO VARGAS LLOSA，1993
This edition arranged with Agencia Literaria Carmen Balcells S.A.
Simplified Chinese edition Copyright © Shanghai 99 Readers' Culture Co., Ltd，2022
All rights reserved.

图书在版编目(CIP)数据

利图马在安第斯山/(秘)马里奥·巴尔加斯·略萨
著；李德明译.—北京：人民文学出版社，2022
（略萨作品：精装珍藏版）
ISBN 978-7-02-017099-9

Ⅰ.①利… Ⅱ.①马… ②李… Ⅲ.①长篇小说—秘
鲁—现代 Ⅳ.①I778.45

中国版本图书馆 CIP 数据核字(2021)第 262073 号

责任编辑：朱卫净　欧雪勤
装帧设计：汪佳诗

出版发行　人民文学出版社
社　　址　北京市朝内大街 166 号
邮政编码　100705

印　　制　凸版艺彩(东莞)印刷有限公司
经　　销　全国新华书店等

字　　数　165 千字
开　　本　890 毫米×1240 毫米　1/32
印　　张　9
版　　次　2017 年 11 月北京第 1 版
印　　次　2022 年 3 月第 1 次印刷

书　　号　978-7-02-017099-9
定　　价　88.00 元

如有印装质量问题,请与本社图书销售中心调换。电话:010-65233595

译　序

我第一次接触秘鲁作家马里奥·巴尔加斯·略萨的作品是在一九七九年，那是应上海《外国文艺》杂志之约，与友人共同翻译他的新作、第四部长篇小说《胡利娅姨妈和作家》。事隔十七八年，现又应出版社之约，翻译这位文学巨匠的第十部长篇小说《利图马在安第斯山》。这两部作品的非凡写作技巧、独特的情节结构深深地吸引了我，在我脑海里留下了难以磨灭的印象。它们有共同点，又有不同处。二者相比，后者的技巧和结构又有极大的升华，颇有轻车熟路、炉火纯青、无懈可击之感。这部作品的语言极为洗炼，没有一个多余的句子和字词；情节安排得那样紧凑、巧妙，好像再没有别的写法，哪怕一个微小的调整，都有动一子而毁全局之险似的。

《胡利娅姨妈和作家》全书共二十章，在单数各章里，主要描写胡利娅姨妈与马里奥·巴尔加斯·略萨的爱情故事。在故事情节的发展过程中，巧夺天工地安排了广播剧作家彼德罗·卡·玛乔在事业与生活上的荣辱、兴衰。这是一种铺垫。用舞蹈语言来说，就是伴舞，以烘托那对恋人活动的社会氛围。而在双数章里，写的却是一篇篇短篇小说，其故事情节与单数章全然没有直接联系。但是，它们是一幅幅社会风情画，串联起来便组成了一个多层面的社会舞台，供单数章长篇故事中的主要人物在上面活动。这样，社会舞台、主要演员、伴舞衬托共同构成了一台有声有色、色彩斑斓的大戏。毫不夸张地说,马里奥·巴尔加斯·略萨为小说创作又开辟了崭新的道路。这就是后来评论界称誉的"结构现实主义"。

《利图马在安第斯山》这部作品共十章,每章又规规整整地划分为三个小节,虽然作者并没有用数字或文字标明出来。全书每章中的第一、二小节集中描写哨所班长利图马和助手托马斯·加列尼奥在安第斯山深处的小镇纳克斯调查连续发生的人员失踪案子的情景。在这一主线情节的发展过程中,渐渐引出了两大组恐怖气氛浓重的故事。其一,长期困扰秘鲁、震惊世界的"光辉道路"分子十分猖獗的恐怖活动。他们神出鬼没,突袭村镇,堵截长途公共汽车,杀害无辜平民百姓,包括普通外国游客、环境科学工作者;人们生活在惶惶不可终日的恐怖之中。其二,是一种比"光辉道路"更为恐怖的恐怖,因为它具有更为深刻的社会基础,更为久远的历史渊源。这就是类似我国古代传说中的"河伯娶亲"的迷信礼仪,即用活人来祭祀被称为"阿普"的山神、山灵、拦路鬼。千百年来,安第斯山的土著部落生活在封闭状态,面对频仍的泥石流、雷电击人、矿山塌方、瓦斯爆炸、怪病猝死等自然的、医学的现象感到不解、困惑,从而给愚昧的迷信意识提供了产生、传播、蔓延的土壤,并逐渐形成了一些恐怖的祭神仪式。

《利图马在安第斯山》一书伊始,在第一章的第一、二个小节分别描述了人员失踪、长途汽车被劫的情节,把这两种恐怖一下子呈现在读者面前,作者并在以后的篇章中,运用一系列手法,诸如"声东击西""你中有我,我中有你""制造悬念"等,把这两种恐怖编织在一起,酷似乱麻团、乱线球,使故事情节高潮迭起,气氛浓烈,紧紧抓住读者的注意力。然后,利用"剥法"渐渐梳理,在全书尾声中将谜底揭示出来。

这里，值得指出的一点是，作者如此别出心裁地对这两种恐怖着力描写，目的在于表现秘鲁当今的政治矛盾、社会矛盾、种族矛盾，表明他对国家前途、人民命运的担忧。这也是他所有作品的永恒主题。现在想起来，马里奥·巴尔加斯·略萨为什么前几年竟企图弃文从政，为竞选秘鲁总统着着实实地进行了一番活动，答案就在这里：想以实际行动治理国家。

《利图马在安第斯山》的每章第三小节集中描写托马斯·加列尼奥与妓女梅塞德丝的爱情故事。托马斯·加列尼奥本为一个绰号叫作"脏猪"的大官当侍从。他发现"脏猪"是一个性虐待狂。每天夜里，他一会儿皮带抽打、一会儿脚踢，使梅塞德丝不停地哭泣、呻吟。住在隔壁的托马斯·加列尼奥久久不能入睡，同情之心油然而生，毅然拔出手枪，闯进"脏猪"卧室，开枪把他打死。从此，他带着梅塞德丝到处奔波，克服千难万险，最后回到首都利马，在教父的帮助下，躲避了法律的严惩。二人终于美满地结合在一起。作者把这一桩爱情的事写得纯贞无瑕、感情诚挚、天真烂漫、感人肺腑。

综上所述，《利图马在安第斯山》由两部"小说"组成，一部写恐怖，一部写爱情。它们独立成篇，但又互相关联、烘托。这两部"小说"的情节高潮互相照应，互相追逐。这种对比法使恐怖显得更为可怕，爱情更为美好；前者令人憎恶，后者令人向往、追求，从而更进一步加强了整个故事的趣味性，为全书的主要情节起着绝妙的配合作用，因为爱情故事和恋人隐私是随着发生在安第斯山区的恐怖和悲剧而描写的。

本书获得西班牙行星出版集团"行星文学奖"。

李德明

目录

译　序　i

第一部　001

第二部　145

尾　声　251

第一部

一

利图马看见那个印第安女人出现在茅屋门口时,立刻在心里琢磨起她将要说些什么来。她真的说了,不过,是用克丘亚语①。她嘟哝着,一丝口水从掉光牙齿的嘴角流出来。

"她说什么,托马西多②?"

"听不太懂,班长。"

这个宪兵向刚刚到来的印第安女人转过身去,一边也用克丘亚语说着,一边打着手势,让她讲得慢一些。那个印第安女人又把那一串无法辨听的声音重复了一遍。利图马觉得好像听到一支兽类乐曲似的,立刻紧张起来。

"她到底在说什么?"

"她丈夫失踪了,"利图马的助手低声说,"好像事情已经发

---

① 居住在秘鲁和玻利维亚的安第斯山区的印第安人讲这种语言。
② "托马西多"是"托马斯"的昵称。

生四天了。"

"已经有三个了。"利图马结结巴巴地说。他感到脸上的每个毛孔都在冒汗。"他妈的。"

"怎么办呀,班长?"

"把她的话记录下来,"利图马觉得一股寒流顺着脊柱上下直蹿,"让她把知道的事情都讲出来。"

"可是,这到底是怎么回事呀?"宪兵叹着气说,"先是小哑巴,后是那个患白化病的人。现在是公路的一个工头。我的班长,这样下去可不行呀!"

这样是不行。但事情接二连三地发生着,现在是第三次了。利图马想象着,他如果向纳克斯镇的人、营地工人和印第安社区的居民询问这个女人丈夫的下落,他们一定会露出一张张没有表情的面孔,用一双双冷漠的小眼睛看着他。他又想到前两次向这些人问起另外两个失踪者时的情景,心中立刻不安起来,觉得有些束手无策:他们总是摇着头,说话没有一个完整的句子,回避对方的目光,闭着嘴巴,紧锁眉头。那是害怕报复!这次也会这样。

托马斯开始审问起那个印第安女人来。他拿着一支秃铅笔——不时地用舌尖舔一下——一边提问一边在笔记本上记录着。"这些家伙骑到我们头上了,"利图马在心里想着,"说不定哪天夜里又会出现。"前一个来报告白化人失踪的也是女人,不知她是母亲还是妻子,一直没有搞清楚。白化病人去上工,或者下工回来,工地工人和家中亲人就再也没有见到他的踪影。小佩得罗到镇上给哨所宪兵买啤酒,也再没有回来过。谁都没有见到他们的影子。在他们走失之前,没有一个人发现这两个人脸上有恐惧、疑虑的表情,也没有注意有什么病症。难道被山丘吞食了?事情过去三个星期了,可是班长利图马和他的助手托马斯·加列尼奥仍然像第一天那样一无所知。现在,又有一个人失踪了。他妈的!利图马在裤子上擦了擦手。

开始下起雨来。一颗颗豆大的雨点噼里啪啦地打下来,屋顶的锌板不停地颤抖着。还不到下午三点钟,暴风雨就已把天空遮挡得漆黑如墨,远方不时传来雷声。山里人以为在山间滚动的雷声是从大地深处——那儿也有牛、蛇、秃鹰,还有幽灵——爆发出来的。印第安人真的那样认为吗?当然喽,班长,他们甚至面对雷声祈祷,摆上供品。您没看见他们把一盘盘食品摆放在山谷里吗?利图马在迪奥尼西欧的酒馆里喝酒,或观看足球比赛时,人们每次对他讲起这些事,他都搞不清楚他们讲的是确有其事,还是嘲弄他这个来自海滨的人。茅屋的墙壁裂缝经常有条小青蛇探出头来,向云朵吐出信子。山里人真的认为闪电就是天上的蜥蜴?雨滴编织起来的一幅幅"水帘"挡住了视线,茅屋不见了,搅拌机不见了,压路机不见了,吉普车不见了,对面山坡桉树中间的社区居民房屋不见了。"仿佛所有的人都失去了踪影。"他这样想着。营地上一共有二百来个小工,来自阿亚库乔、阿普里马克,不过,大部分来自胡宁的万卡约与康塞普西翁和万卡韦利卡的潘帕斯。相反,来自海滨的,据他所知,一个也没有。就说他的这个助手吧,也不是海滨的。不过,托马斯虽然生在锡夸尼,又讲克丘亚语,却像一个在当地出生的西班牙人。第一个失踪的小佩得罗·蒂诺克就是他带到纳克斯来的。

托马斯·加列尼奥为人坦诚,虽然表情有些沮丧。夜晚,他对利图马无所不谈,把自己的心完全交给朋友。他来不久,班长就对他说过:"从你的为人看,你应该是生在海滨的。托马西多,甚至应该生在皮乌拉。""我知道,班长,这话出自您的口,很耐人寻味呀。"若没有助手的陪伴,这种孤独的生活会很可怕。利图马叹了一口气。山里人粗鄙,疑心特别强盛,为政治而互相残杀。最糟糕的是,经常有人失踪,那么,他来安第斯山之巅干什么呢?为什么不留在他的家乡?他的脑际突然闪过这样的一幕:他坐在里约酒吧里,四周全是啤酒,他的伙伴都是热血青年。那是在皮乌拉,夜晚炎热,天空布满星斗,华尔兹舞曲在耳畔回荡,山羊味和角豆树味不时扑来。他好像咽下一口苦水,牙齿感到酸痛。

"报告班长,"他的宪兵说,"那个女人什么也不知道,确实不知道。她害怕得要死,您没看出来?"

"告诉她,我们一定设法找到她的丈夫。"

利图马对那个印第安女人笑了笑,用手比画着说,她可以走了。那女人仍然毫无表情地看着他。她身材矮小,很难判断她的年龄到底有多大;她的骨骼像飞禽一样酥脆。她的身体埋在一层又一层的裙子里。那顶破草帽,帽筒和帽檐都快脱离了。但是,她那张布满皱纹的面孔和眼睛上,却有点什么永远不可破碎。

"她好像还在等候她丈夫的消息,班长。她说,要发生的事必然发生。不过,当然喽,她从来没有听别人讲过恐怖分子和'光辉道路'①。"

那女人都没有点点头以示告别,便转过身,冒着大雨走了出去。几分钟之后,她便消失在铅灰色的雨点中,消失在去往营地的路上。班长和他的助手好一阵子没有说话。最后,利图马助手的声音在他耳边回荡起来,那声音犹如悼词一样:

---

① 秘鲁的一个恐怖组织。

"我给您讲件事吧。依我看,我和您谁也不能活着从这儿出去了。我们已被包围了,别蒙在鼓里了。"

利图马耸耸双肩。一般说来,他总是精神不振,助手必须给他打气。而今天,他们两个人变换了角色。

"没有必要垂头丧气,托马西多。不然,他们攻到这儿,我们被抓起来,还不知道发生了什么事呢,根本谈不上自卫。"

风把屋顶的锌板吹得铛铛作响。偌大的雨点掉在房间里,啪啪地反弹起来。茅屋只有一个房间,中间用木制屏风隔开来;茅屋四周用一袋袋石块、泥土加固着。屏风的一侧是宪兵哨所,里面有两样东西:两条板凳上架块木板便是办公桌,柜子里保存着一个记事本和军务报表。另一侧,因为空间很小,两张行军床并排放着。他们用煤油灯照明。那台电池收音机,如果天气条件好,可以收到国家电台和胡宁电台的广播。下午和晚上,班长和他的助手都把收音机贴在耳朵上,设法听到利马和万卡约的消息。在夯实的泥土地上,摆放着几张牛皮和羊皮,还有简单的炊具、便携式煤气炉、酒葫芦和杂物。利图马和托马斯的箱子也放在地上;那个没有底的衣柜——就叫它枪械库吧——里,存放着步枪、子弹带和自动步枪。他们总把左轮手枪带在身上,夜里睡觉时,放在枕头下面。此刻,他们坐在褪了色的圣心画像——那是印加可乐的广告——旁,有好几分钟一直默默地听着雨点的声音。

"我不认为他们杀了那些人,托马西多。"利图马终于开了腔,"最有可能的是,他们把他们带到他们大本营去了。那三个人甚至可能是恐怖分子。'光辉道路'有让人失踪过吗?他们只是杀人并留下传单,让大家知道是谁干的。"

"小佩德罗·蒂诺克是恐怖分子?不,班长,我保证他不是。"托马斯说,"而这意味着'光辉道路'就在门外。恐怖分子不会让我们加入他们的。他们会把我们剁成肉酱。有时我想,你和我被送到这里来的唯一原因就是被杀死。"

"别多想了。"利图马站了起来。"给我们弄点咖啡吧,在这鬼天气喝。然后我们再担心最近失踪的那个人。他叫什么来着?"

"德梅特里奥·查恩卡,班长。是个工头。"

"人们不是说第三次是个好机会吗?有了这一个,说不定这次我们能够揭开三个失踪案件的谜底呢。"

宪兵取下铁皮杯子,点着煤气炉。

"在安达韦拉斯,当潘克沃中尉通知派我到这世界之角时,我就这样想:真不错,到了纳克斯,恐怖分子一定把你干掉,加列尼奥;越早干掉越好。"托马斯喃喃地说,"那时,我已经有些厌世了。班长,至少我心里是那样想的。可是,现在大难临头了,反倒害怕死了。"

"只有傻蛋才不到大限就想死呢!"利图马说,"人的一生中,总有不顺心的事,现在没有,以后也会有。你真的想死?年轻轻的,为什么?"

"一定要为什么吗?"宪兵笑了。他把咖啡壶放在煤气炉上,红蓝相间的火苗很旺。

他很瘦,都能看见骨头,但十分健壮,一双眼睛深沉而活泼,皮肤呈青铜色,牙齿洁白、外突。在不眠的夜里,屋子里虽然黑洞一般,利图马却能看见那两排牙齿在闪闪发光。

"是不是在爱情上,为某个姑娘而伤心?"班长舔了舔嘴唇,贸然地说。

"如果不是那样一个姑娘,谁为她伤心呀?"托马西多的心情有些激动了。"再说,您应该感到骄傲:她也是皮乌拉人。"

"同乡呀,"利图马笑了起来,说,"太好啦。"

小米切莉患有高山病——她抱怨胸部发闷,那种感觉和观看令她迷恋的恐怖电影一样,全身不知道哪儿不舒服——不过,尽管如此,当她看到如此荒凉的景色时,还是非常激动的。阿尔贝特恰恰相反,他一直感到很开心。他犹如一生都是在海拔三四千米的高山上度过似的,一看到遍地积雪、一群群忽东忽西涌动的驼羊就陶醉了。这辆又破又旧的公共汽车嘎吱嘎吱地爬行着,一会儿是坑洼,一会儿是石堆,好像时时刻刻向它挑战似的。全车厢里,他们是仅有的两个外国人。但是,这一对法国人似乎没有引起旅伴们的注意。就是听到他们用外语讲话,也没有人回过头去看一眼。人们围着头巾,穿着斗篷,有的人还戴着帽子。为了抵御夜间的寒冷,每个人都穿得很多。旅客们都携带不少东西,包袱呀,铁皮箱子呀。一个女人甚至带了好几只老母鸡,咯咯叫个不停。硬板座位,人员庞杂,你拥我挤,阿尔贝特和小米切莉根本没有把这些放在心上。

"怎么样?"他问。

"还好。"

过了一会儿,小米切莉大声讲起来,她讲的那几句话正是阿尔贝特想要讲的:他们两个人在利马的"奇迹"旅店争论坐汽车还是乘飞机去库斯科时,他说得很有道理。当时,她坚持坐飞机,那是大使馆的一位先生出的主意,而他是那样坚持坐公共汽车,小米切莉只好让步了。可是,她并不后悔。不然,失掉这个机会太遗憾了。

"当然遗憾了,"阿尔贝特指着凹纹玻璃窗外说,"太壮观啦。"

太阳正在落下山去,地平线上显现出了孔雀开屏样的晚霞。左侧那片长长的黑绿色高原上,没有树木,没有房屋,没有人迹,没有兽类。不过,到处闪着水晶般的光彩,仿佛一垄垄金黄色的麦秆中间有小溪或湖泊似的。右侧,则是一片光秃秃的景象,岩石、深洞、断壁,别无他物。

"西藏可能就是这个样子。"小米切莉喃喃地说。

"我要对你说,这里比西藏好看,"阿尔贝特说,"我早就说过了,秘鲁,可爱的秘鲁!"

破公共汽车前面已是一片暮色了。天气冷了下来。深蓝色的天空,有几颗星星眨巴着眼睛。

"哎哟……"小米切莉蜷缩起身子,"我现在才懂得为什么所有人都穿得那么多。安第斯山的气候变化太大了。上午热得喘不过气,夜里一下子变成冰的世界。"

"这次旅行将是我们一生中最重要的事件。"阿尔贝特说。

有人打开收音机,一阵金属碰撞声过后,传来音乐旋律声,悲凉、单调。

"这是琴声和笛声。"阿尔贝特听出来了,"到库斯科,我们买支小笛子,得学会跳瓜伊纽舞①。"

"回到学校以后,举办一场汇报演出。"小米切莉充满了幻想。"秘鲁之夜!科尼亚克②的要员和名流都来!"

"你如果想睡一会儿,我给你当枕头!"阿尔贝特提议说。

"我从没见你这么高兴。"她对着他笑。

"两年来我一直梦想着这一天,"他同意她的话,"省吃俭用,

---

① 秘鲁、玻利维亚等国印第安人跳的一种民间舞蹈。
② 法国的一个地方,以盛产白兰地而著称。

阅读各种有关印加帝国①和秘鲁的参考资料，脑海里浮想联翩。"

"你没有失望。"他的女伴笑着说，"对，我也没有。都是你鼓动我来的，真应该感谢你。我觉得葡萄糖镇静剂起了作用。现在不那么惧怕高山了，呼吸也平缓多了。"

过了一会儿，阿尔贝特觉得她打了个呵欠，便把胳臂垫在她的双肩下面，给她的脑袋当枕头。不大工夫，小米切莉便睡过去了，虽然汽车颠簸、摇晃得那样厉害。他知道，他本人是不会合眼的。他真想把所有的东西都装进脑子里，然后慢慢地回忆，再写在日记本上。他们从科尼亚克乘上火车的那一天起，他每天晚上都要写下一些东西，准备回去以后，一五一十或添油加醋地把所见所闻讲给伙伴们听。他打算给学校的学生讲一堂课，借用小米切莉父亲的幻灯机放些幻灯片。秘鲁！这就是朝思暮盼的秘鲁：地域辽阔，神秘，灰绿，贫穷，富有，古老，封闭。景色荒凉，身边的男人和女人都是青铜色面孔，没有表情。一句话，无法探测他们心中的秘密。和他们在利马看见的那些面孔大不相同。那里，有白人，有黑人，有混血儿；不管怎么说，可以和他们交流。而同这些山里人，好像有一道不可逾越的鸿沟把他隔在另一侧。有好几次，他都想用蹩脚的西班牙语同邻座的人说两句话，但结果是徒劳的。"把我们分隔开来的不是种族，而是文化。"小米切莉提醒他说。这些人是印加人的真正后代，和利马人大不一样。他们的祖先曾经把圣城的巨大石块运到高高的马丘比丘②秃鹰老巢里。三天之内，他和女伴

---

① 印加帝国出现于公元十二世纪，十五世纪达到鼎盛时期，疆域北起哥伦比亚南部，南至阿根廷、智利北部，首都为今秘鲁的库斯科。

② 马丘比丘位于秘鲁的库斯科省，古代为印加人的圣城。1911年发现其遗址。

就能到达那里游览了。

已经是黑夜漫漫了。他尽管不想睡,但一丝甜蜜的晕眩正在征服他。"我如果睡过去的话,非得变成歪脖子不可。"他这样想。他们两个人把右侧的第三个座位也占用了。阿尔贝特正要进入梦乡的时候,突然听见司机吹起口哨来。随即,他觉得像在冷水里游泳一样。不时有流星殒落在黑沉沉的高原上。他心里喜滋滋的,尽管脖子很疼痛,脑袋找不到软东西依靠很不舒服,而这就犹如漂亮的脸蛋上长出一块满是毛发的胎痣,使面前的景色变得丑陋不堪。突然,汽车颠簸起来。

"到安达韦拉斯啦?"他疑惑地问。

"发生什么事啦?"小米切莉咬着他的耳朵问。

他揉了揉眼睛,公共汽车内外有许多光柱在晃动。他听见有人压低嗓子说话,间或传来窃窃私语声;一个人喊了一声,好像骂人似的。他觉得周围的人茫然地蠕动起来。夜空已经黑透了,破碎的玻璃窗外,无数颗星星在闪烁。

"我去问问司机,到底出了什么事?"

小米切莉不让他站起来。

"什么人?"他听见小米切莉说,"我以为是大兵呢,但不是。看呀,有人在哭泣。"

一张张面孔随着手电光柱在移动,忽而显现,忽而消失。好像人很多,围在公共汽车四周。现在,他终于完全醒了过来,眼睛已经习惯了夜色。阿尔贝特发现,好几个人用护耳帽把脸捂得严严实实,只露出两只眼睛来。那些闪光的东西,一定是武器;不是武器,还能是什么呀。

"还是大使馆的那位先生说得对,"姑娘嘟哝了一句,全身从头到脚都在颤抖,"我们应该坐飞机,不知为什么听了你的。你猜猜,是些什么人?"

有人打开汽车门,一股冷风吹进来,把他们的头发吹得蓬乱不堪。两个蒙面人登上汽车,阿尔贝特觉得有几秒钟被手电光刺得什么也看不见。是在下达什么命令吧,他听不懂。又重复了一遍,声音更加严厉。

"别害怕,"他咬着小米切莉的耳朵说,"和我们毫无关系,我们是游客。"

所有的乘客都站立起来,用双手抱住脑袋,一个个走下车去。

"不会有什么事,"阿尔贝特重复了一句,"我们是外国人。我给他们解释解释。过来,我们下去。"

他们随同乱哄哄的人群,茫然地走下车。寒风刀子一样吹在脸上。他们站在人群里,紧紧贴在一起,挽着胳臂。耳边响着一个个零散的字词,声音很低。阿尔贝特听不懂。但是,那些人讲的是西班牙语,而不是克丘亚语。

"先生,您?"他一字一句地对身边一个裹着斗篷的男人说。一个轰雷般的声音吼叫起来:"肃静!"还是不开口讲话的好,到时候那些人会说明他们是什么人,为什么来这里。小米切莉用两只手紧紧拉住他的胳臂,阿尔贝特隔着厚厚的上衣都感觉到她的指甲那样有力。有人——他吗?——两排牙齿上下叩敲起来。

那些人把公共汽车拦住了。他们之间几乎不讲话。他们把乘客围起来,想干什么?他们人数很多,二十,三十,也许不止三十。在摇晃不定的手电光里,阿尔贝特和小米切莉看见拦车人中间有不少女人,有的手握火器,有的举着木棍和砍刀。她们都很年轻。

黑影里又响起了一道命令,阿尔贝特还是没有听懂。他的那些旅伴开始用手在口袋和挎包里摸起来,交出证件。他和他的小米切莉从系在腰间的多功能包里掏出护照。小米切莉颤抖得越来越厉害了。为了不激怒那些人,他不敢安慰她,只是用肯定的语气对她说,打开护照,他们看到我们是法国游客,就没有危险了。他们可能要美元。还好,手头上不多。旅行支票都藏在阿尔贝特的双层皮带里,不会被发现。

有三个人走到乘客中间,将证件一一收走。当走到他们面前时,阿尔贝特一边把两本护照拿给背着步枪的女性身影的人看,一边咬着字母说:

"我们是法国游客,不会说西班牙语,小姐。"

"肃静!"那位小姐尖声尖气地说,同时把护照一把夺过去。是女孩子的声音,斩钉截铁,怒气冲冲。"住嘴!"

阿尔贝特心里想,高处是那样安宁、洁静、天空深沉,布满星斗;而下边是那样紧张,大难临头。这是多么鲜明的对照呀!恐惧已经从他身上逃走。当这一切成为记忆中的往事时,当他在咖啡馆向伙伴们、在科尼亚克向学校的学生数十次地讲述这些事情时,会这样问小米切莉:"我决定坐汽车而不坐飞机,做得对还是不对?不然,我们哪能体验到那段旅程的惊险呀!"

六七个男人端着自动步枪监视着他们,不时地打着手电寻找他们的目光。拦路的其余人走到几米以外的地方,好像在密谈什么。阿尔贝特估计他们在检查证件,仔细查验。他们都识字吗?当他们看到他们两个不是这里的人,而是穷得不能再穷、只能背着行囊挤公共汽车旅游的法国人时,一定会向他们请求原谅的。寒风刺骨。他紧紧抱住小米切莉,心里想着:"还是大使馆的那位先生说得对。我们应该坐飞机。等我们能够讲话时,我将向你请罪。"

每一分钟都变成了漫长的一个小时。他有好几次都以为自己支撑不住,会在寒冷和疲倦面前昏倒过去。乘客们纷纷坐在地上。他和小米切莉也跟着坐下来,把身子靠在一起。他们缄默不语,拥抱着给对方一点热量。过了好一阵子,那些拦路人走了回来,把乘客一个个拉起来,用手电仔细照看,辨认面孔,然后推到车上。天渐渐放亮了。一道天蓝色彩带从绵延起伏的山峦中间显露出来。小米切莉是那样平静,好像睡着了一样。但是,她的两只眼睛依然睁得老大。阿尔贝特用力站起来,全身骨骼吱吱作响。他用双臂把小米切莉拉起来。他感到昏沉沉的,小腿抽筋,脑袋很重。他想,女友开始爬山时患有的高山病,他现在大概也犯了。不过,看来厄运就要结束了。乘客们排成一队,一个个走上汽车。轮到他们时,两个戴着护耳帽、站在车门的小伙子用枪顶着他们的胸口,一句话不说,让他们靠到一边去。

"为什么?"阿尔贝特问,"我们是法国游客。"

其中一个小伙子气势汹汹地走到他面前,几乎贴着他的脸大声吼道:

"肃静!住嘴!"

"他不会说西班牙语,"小米切莉说,"游客!游客!"

那些人立刻把他们围拢起来,抓住胳臂,推到离其他乘客很远的地方。他们还没有明白过来发生了什么事,汽车的发动机便嘟嘟地响了起来,车厢里的人随即活了过来。公共汽车摇摇晃晃,沿着安第斯高原的那条山路渐去渐远。

"我们做了什么犯法的事?"小米切莉用法语说,"到底想对我们做什么?"

"可能要求大使馆出钱赎人。"他结结巴巴地说。

"可是，把那个人扣在那儿，并不是为了勒索金钱呀！"小米切莉好像不那么恐惧了。而应该说，她的反叛精神大增。

同他们扣押在一起的乘客个子矮小，体态较胖。阿尔贝特从那顶帽子和蓄着的小胡子认出了他。他原来坐在第一排，一个劲地抽着香烟，时不时俯下身子同司机说几句话，他有时摇摇头，有时用手比画，好像在询问什么。那些人把他团团围住。他们已经忘掉他和小米切莉了。

"看见那几块石头没有？"她呻吟着说，"看见没有，看见没有？"

曙光在高原上迅速伸展开来，那些人的身躯和轮廓已经清晰可见了。都是年轻人，还没有成年，穷人打扮。有几个还是孩子呢。除了步枪之外，还有左轮手枪、砍刀、木棍，不少人手里拿着大石头。那个矮个子的乘客跪在那里，用两根手指做成十字，仰望苍天，发誓。那些人把他围起来，从外边看不到他的身影。不一会儿，传来了呼喊声、求饶声。那些人互相推拥着，鼓励着，互相加油打气，石块和拳头不时落下、举起，落下、举起。

"我们是法国人。"小米切莉说。

"不要那样对待我们，先生。"阿尔贝特大声喊起来，"我们是法国游客，先生。"

他们几乎都是孩子，对。但是面孔粗糙，被寒风吹得黑黑的。有的仍然穿着轮胎凉鞋，从缝隙中间隐约看见他们的双脚，像手上用来打人——打这两个法国游客——的石块一样粗糙。

"开枪打死我们好了。"阿尔贝特用法语喊着。他紧紧抱住小米切莉，把那些凶残的手臂阻挡过去。"我们也是年轻人，先生！主哟！"

"当我发现那个家伙打她,她放声哭起来时,我全身起满了鸡皮疙瘩。"宪兵说,"我想,和上次在普卡尔帕发生的事一样。你算撞上了,我决不放过你。"

利图马发现托马西多·加列尼奥满脸又气又急的表情,仍然在回忆着往事。难道忘记有人在他身边,听他讲述吗?

"当我教父第一次打发我去照顾脏猪时,我感到十分骄傲。"小伙子解释说,他想平静下来,"您想想。在首长身边,和他一起去原始森林。但是,普卡尔帕那一夜,太糟糕了。现在,在廷戈·马利亚,又是旧戏重演。"

"你根本没想到生活中那种肮脏事比比皆是!"利图马说,"托马西多,你都在什么地方住过?"

"我对生活是有所了解的,但看到性虐待那种事,气愤得不得了。他妈的,哪能那样呢?我不懂、一点儿也不懂。我气愤,甚至恐惧。一个人怎么还不如禽兽?从那以后,我明白了,人们为什么都叫他脏猪。"

传来皮带的呼啸声。那个女人号叫起来。噢,还在打她。利图马闭上眼睛,想象着那个女人的样子。胖胖的,浑身是肉,乳房滚圆。首长让她跪在地上,全身一丝不挂。皮带已经在她背部留下好几道青紫色印迹。

"我不知道谁令我作呕,是他,还是她?为了金钱,竟然做出这种事。我这样想。"

"你在那儿,不也是为了金钱吗?你伺候脏猪,而他以折磨那个小妓女取乐。"

"不能把她叫作妓女,"托马斯反驳说,"班长,即便是,也不能那样称呼。"

"只是说说而已,托马西多。"利图马自我解嘲地说。

小伙子气鼓鼓地对黑暗中的小昆虫吐了一口口水。夜深了,很热,周围的树木发出沙沙声。没有月亮,林中和山岗上几乎看不到廷戈·马利亚的油灯灯光。茅屋坐落在城外,距离通往阿瓜蒂亚和普卡尔帕的公路还不到一百米。茅屋的中间隔板很薄,喊声和响声听得一清二楚。又传来皮带声、女人尖叫声。

"别打了,老头子,"她用低沉的声音恳求说,"别打我了。"

加列尼奥觉得那个男人在笑。前一次,他在普卡尔帕就听见过那种声音。

"那是大首长的笑声,专断首长的笑声,下流男人的笑声,疯癫男人的笑声,他身上的索尔[①]和美元永远花不完。"他对班长解释说,昔日的愤怒又涌上心头。

利图马想象着,那个性虐待狂一定有一双东方人的小眼睛,肿眼泡,每次听到那个女人的呻吟声,眼睛好像射出更加强烈的性欲火焰。那种事不能使他激动起来,但有些人确实不能自控。当然,事情也不像他的助手大肆渲染的那样。生活就是这样,有什么办法?恐怖分子不是打着革命的幌子,胡杀乱砍吗?那些家伙就爱让别人出血。

"好了,脏猪,你娘的,我这样想,"托马斯继续说道,"高兴一会儿就行了,快睡觉去吧。可是,他仍然在抽打。"

"好了,老爷子。别打了。"那女人不时发出央求声。

---

① 索尔是秘鲁货币。

小伙子出汗了，觉得喘不过气来。一辆卡车从公路上呼啸而过，黄色车灯一时间照亮了树木的枝叶、树干，照亮了石块和水渠里的泥水。随即，黑暗重新笼罩大地，磷光又闪烁起来。托马斯从来没有看见过萤火虫，把它们想象成为飞动的手电筒。哪怕胖子伊斯加里奥特和他在一起也好呀。聊天，开玩笑，听他讲述美味佳肴，时光还是很好打发的。他不愿意听到正在听到的声音，不愿意想象能够想象出来的东西。

"我现在要把这根铁棍捅到你脑袋里去，"那个男人叫起来，他觉得很得意，疯了一般，"让你像你妈妈生你时那样喊叫。"

利图马觉得听到了脏猪的嘿嘿笑声，那是一个生活永远向他微笑，想做什么都能成功的人的笑声。这一点他很容易猜测得到。但是，对她就不那么容易了。那个女人有身体，可没有面孔，他从来看不清她是什么模样。

"如果伊斯加里奥特和我在一起，聊聊天什么的，我肯定会忘记房间里正在发生的事。"托马斯说，"可是，他在值勤，看守道路，说什么也不能离开他的岗位，整夜待在那儿，想着美食佳肴。"

那个女人又叫了起来。这一次还伴着哭声。打人的声音变得低沉了，莫非改变了法子，用脚踢？

"为了你最喜爱的东西。"他为她祈祷。

"这时，我发现我的手上已经拿起了左轮手枪。"小伙子说，他把声音压得很低，仿佛怕人听见似的，"我从武装带上抽出来，摆弄着，一会儿扣动扳机，一会儿转动圆形弹簧。我一点儿也没有意识到，班长，我对您发誓。"

利图马侧过身子看了他一眼，托马斯躺在身边的行军床上，借助从窗户射进来的微弱星光和月光,还是看不清是他。

"他妈的,你想干什么?"

他踮着脚尖爬上木板楼梯,用手轻轻推了推房门。他觉得那个女人的手脚与脑袋脱离了开来。"别打了,老爷子。"那女人仍然用同一句话央求着。打人的声音渐渐变轻了。此刻,小伙子听见脏猪在喘着粗气。房门没有锁孔,用身子稍稍顶一下,便打开了。房门的吱呀声同打击声、央求声混在一起。当房门伴着铁钉声四敞大开以后,呻吟声和打击声一下子都停了下来,传来一句骂人的话。托马斯看见那个男人,赤着身子,在黑影里面一边活动一边骂着。油灯挂在墙壁的钉子上,左右摇摆着。有几个影子疯也似的晃动。那个家伙被蚊帐缠住了,想用手拉掉,从中摆脱出来。这次,托马斯看见了那个女人害怕的眼睛。

"不准你再打她,先生,"他请求说,"不允许你这样做。"

"你说了那样的蠢话?"利图马嘲弄地说,"那口气好像在对他发号施令呀!"

"我觉得他没有听见我的话,"小伙子说,"也许我没有说出声来,也许是在心里说的。"

那个男人找到了他要找的东西。他被蚊帐和那个女人绊住,还没有完全站起来,便向小伙子瞄准,同时嘴里总是高声骂着,仿佛为自己打气似的。托马斯觉得自己还没有扣动扳机,枪声就响了。然而,事情并非如此。是他第一个射出了子弹。他听见那男人号叫一声,便仰面倒下,缩成一团儿,手枪掉在地上。小伙子向床边走了两步。脏猪的半个身子向床的另一侧倒下去。他的双脚仍然被床单缠着,一动不动。有喊声,那不是他,而是那个女人。

"别杀我!别杀我!"她惊恐地叫着,用手捂住脸;最后,用手脚遮住身子，缩成一团儿。

"托马西多，你在给我讲些什么呀！"利图马感到惊愕，"你是说，你气得忍耐不下去了？"

"别说话！"小伙子命令说。他现在可以呼吸了，胸脯也不那么抖动了。那个男人的双腿耷拉在地板上，蚊帐也被拖下去一大截儿。小伙子听见他的呻吟声，很低，很低。

"或者说，你把他打死啦？"利图马又问道。他用臂肘支撑着身子，仍然在黑暗中寻找着助手的面孔。

"你不是他的卫兵吗？"那个女人一边眨巴着眼睛，一边不解地看着他。她的目光里本来就充满动物般的恐惧，此刻，又多了一层惊讶。"你为什么打死他？"

她想把身子掩盖起来，蜷缩着双肩；举起一条血迹斑斑的毛毯，拿给他看。那是在控告他。

"我实在忍耐不下去了，"托马西多说，"怎能用打人来寻开心呢。他是要把你活活打死呀。"

"那是为了满足他的肉欲。"利图马说着笑了起来。

"你说什么，什么？"那女人渐渐从恐惧中恢复过来，声音变得坚定了。托马斯看见她跳下床，跌跌撞撞，赤着身子从油灯下面经过时有一秒钟脸色是那样绯红。她已经能够自控，有了活力，从地上拣起衣服，想穿好。她嘴里不停地说着："只是因为这个就向他开枪？因为他打我？是谁支使你干的，可以知道吗？你是谁，可以知道吗？谁让你来关照我的，可以知道吗？"

托马斯还没有来得及回答，就听到推车声和伊斯加里奥特的轰隆轰隆说话声："加列尼奥？加列尼奥？"他的沉重脚步踏下去，楼梯都摇晃起来，房门一下子洞开了。他那汽油桶一样的高大身躯往那儿一站,把门挡得严严实实。他看看他,看看那个女人,看看狼藉不堪的床铺,看看毛毯,看看拖在地上的蚊帐。托马斯手里拿着左轮手枪,疯狂地舞动着。

"不知道。"小伙子同岩石一样僵硬的舌头斗争着,喃喃地说。木地板上,隐约看见那个身躯还在抽动着。可是,已经没有了呻吟声。

"他妈的,这是怎么回事呀?"胖子伊斯加里奥特喘着粗气,两只眼睛像蚱蜢一样,"出了什么事,加列尼奥?"

那个女人已经穿好衣服,正在穿鞋,一会儿移动这条腿,一会儿移动那条腿。托马斯像在梦中一样,认出了那件白色花衣服。那天中午,她在利马的廷戈·马利亚机场下飞机时,就穿着这件衣服。那天,他和伊斯加里奥特去接她,并把她带回来,交给脏猪。

"出了什么事,你问问这个家伙吧。"她的眼睛射出闪电一样的光芒,抬起一只手指了指倒在地板上的那个男人,又指了指他,最后又回过去指了指倒在地上的那个男人。

"她一副怒不可遏的样子,我以为要扑过来,抓挠我呢。"小伙子说。他的声音温柔多了。

"你把首长杀了,加列尼奥?"胖子有些困惑不解。"你把首长杀了?"

"对,是他。"那个女人尖叫起来,好像失去了理智。"现在,不知道还会出什么事呢。"

"他妈的。"胖子伊斯加里奥特像机器人似的重复了一句。他一个劲地眨巴着眼睛。

"我看他没有死,"小伙子嘟嘟哝哝地说,"刚才还动弹呢。"

"但为什么,加列尼奥?"胖子俯下身去,察看那个男人的身躯。他立刻站起来,吓得往后退了一步。"他对你做了什么,为什么?"

"他不停地打她,都快打死了。他那样做只是为了取乐。我窒息得喘不过气来,胖子,怒火中烧。我不能允许他继续做那种事。"

伊斯加里奥特把月亮一样圆的脸向他转过去,仔细打量;他把脖子伸得那样长,仿佛要闻一闻他,甚至舔一下。他张开嘴巴,但什么也没有说。他看着那个女人,看着托马斯,汗珠滚落下来,大口大口地喘着粗气。

"只因为那个就把他杀了?"他最后说,同时摇动着长着满头鬈发的脑袋,像狂欢节的大头娃一样,怔怔的,毫无表情。

"因为那个!因为那个!"那个女人歇斯底里地尖叫起来,"他妈的,现在说不定还要出什么事呢。"

"只因为和他找的妓女取乐,你就杀了他!"胖子伊斯加里奥特的眼睛转个不停,好像在水银上滚动,"可是,倒霉鬼,你知道自己做了什么事吗?"

"我不知道我发生了什么事。你不必担心,这不是你的过错。胖子,我去给我教父解释解释。"

"混账,太鲁莽了。"伊斯加里奥特用手抱住脑袋,"畜生。可是,你说,男人和妓女在一起,能做什么事呀。"

"警察会来的。让他们调查吧。"那个女人说,"和我一点关系也没有,我得走了。"

"可她一直不能移动身子。"小伙子回忆说,愤怒的声音变得更加温柔了。利图马想:"说不定你已经那个了,托马西多。""她朝房门那边走了几步,立刻停下来,往回走,仿佛不知道怎么办似的。那个可怜的女人恐惧极了。"

小伙子觉得胖子伊斯加里奥特用手抓住了他的胳臂，两只眼睛盯着他，表情悲伤，透着怜悯，已经息怒了。他对小伙子坚定地说：

"赶快逃走，最好不要在你教父面前露面，伙计。谁知道他会怎么处置你呀，说不定用枪指着你把你抓起来。快，越快越好，但愿你不被抓住。我早就了解你，你不是干这种事的人。我们认识时，我不是对你说过吗？"

"真是一个直率、坦诚的朋友。"小伙子对利图马解释说，"我做了那事，很可能把他牵连进去。尽管如此，他还是帮助我出逃。他高大肥胖，圆圆的脸膛像奶酪一样，肚子好像充满了空气的轮胎。不知道他现在在什么地方，过得怎么样。"

胖子热情地把一只又肥又大的手伸给托马斯，他紧紧地握住。谢谢，胖子。那个女人把一条腿跪在地上，在那个男人的衣服里搜寻，后者躺在地板上，一动不动。

"托马西多，你没有把所有事都讲给我听。"利图马打断他。

"我身上一个钱没有，不知道到哪儿去，"小伙子听见那女人对伊斯加里奥特解释说，当时他已经走出房门，微风吹在灌木丛和枝叶上，发出沙沙响声，"我一个钱也没有。怎么办呀。我不是在偷。"

他向公路跑去，可刚刚跑出几步，就放慢了脚步。到什么地方去呀？他手里还拿着左轮手枪呢。他把枪放在系在裤子上的枪套里，用衬衫掩盖起来。附近没有车辆，廷戈·马利亚的灯光在遥远的地方闪烁。

"我已经感到平静、轻松，班长，您可能不相信，"小伙子说,"就像一个人醒过来,发现噩梦只是噩梦而已。"

"可是,托马西多,你为什么把精彩部分隐瞒起来,避而不谈呀?"利图马又笑了笑。

小伙子在蚊虫声和树丛声中听到了那个女人的脚步声,急促,像是追赶他。她很快来到了他的身边。

"班长,我对您什么也没有隐瞒,我把全部事实都讲了。就是这么多,怎么发生的我怎么讲了。"

"胖子不让我拿一分钱,"她抱怨地说,"臭东西。我并不是要偷,只想借点钱回利马。我没有一分钱,怎么办呀?"

"我也不知道自己该怎么办。"托马斯说。

道路狭窄、弯曲,到处是枯枝败叶。他们深一脚浅一脚地走着,时而踩在水坑里,滑一跤,脸上和手臂挂了好多树叶和蜘蛛网。

"谁命令你介入的?"走到那里时,那个女人压低声音说。她有些后悔了。但是,过了一会儿,又摆出大吵大闹的架势,尽管更加努力控制自己。"谁点名让你关照我的,谁请你保护我的?我,难道是我?你闯了祸,还牵连了我,而我没有任何过错呀。"

"从你讲的来看,那天夜里你爱上了她。"利图马说,"你掏出左轮手枪,向他开火,并不是因为他做了那种脏事令你生厌。说句心里话,你一定嫉妒他了。最重要的情节,你还没有对我讲出来,托马西多。"

二

"山里人总是躲过死亡的危险。"利图马在心里想着。前一天晚上,在迪奥尼西欧酒馆里听到发生在安达韦拉斯的拦车事件,有那么多工人在那儿喝酒、吃饭,没有一个对此发表半个字的评论。"这里的事,我永远搞不懂。"他想。那三个失踪者并不是从家里逃出来,也不是偷了营地机器逃跑的。他们参加了恐怖组织。或者恐怖分子把他们杀了,随便埋在一个山沟里。可是,如果"光辉道路"分子已经在这里活动,在工人中间有了同谋,他们为什么不偷袭哨所?为什么不处决他和托马西多呀?也许因为他们是虐待狂,在用炸药把他们炸得粉身碎骨之前,要把他们的每一根神经都折磨得断裂开来。说不定都来不及从枕头底下摸出左轮手枪,更不用说跑到枪械柜去拿枪了。在他每天夜里做噩梦时,或者托马斯把他当作知心人讲述自己的恋爱过程时,那些人就有可能悄悄地把茅屋团团包围起来。随便一天的深夜,一声巨响,火光冲天,他立刻手脚分离，脑袋搬家。伙计，像图帕克·阿玛鲁①一样，大卸八块。这种事可能随时发生，也许就在今天夜里。在迪奥尼西欧和巫婆的酒馆里，那些山里人和昨天晚上听到安达韦拉斯公共汽车事件时一样，露出一副一问三不知的表情。

他叹了一口气，把军帽松了松。每天这个时候，小哑巴常常给利图马和他的助手洗衣服。就在那儿洗，只有几米远，和印第安女人一样，把衣服放在石头上拍击，然后放在盆里控干。他做事非常认真，衬衣和短裤一遍遍打肥皂，最后晒在石头上，很仔细，他做什么事都这样，全身心地投入。每当他的眼睛和班长的眼睛相遇时，他都呆板地站立着，聚精会神，等候命令。他从早到晚总是一副毕恭毕敬的样子。恐怖分子对这个上帝灵魂一样的人，到底怎么处治了呢？

班长刚刚做完两个小时的例行盘查——对工程师、工头、出纳员、组长、顶班人员，从第二个人失踪以后，他一直这样做——结果还是那样。当然喽，谁都不了解德梅特里奥·查恩卡的情况，也就更不知道他目前的下落了。现在，他的妻子也销声匿迹了，前来报告白化人卡西米罗·华加亚失踪的那个女人也没了踪影。谁都不知道她们何时何地、为什么离开纳克斯的。

"您不觉得这些失踪案件很奇怪吗？"

"当然，很奇怪。"

"让人百思不得其解，是吗？"

"对，百思不得其解。"

---

① 图帕克·阿玛鲁(1741—1781)，原名为何塞·加夫列尔·孔多尔坎基，秘鲁印第安人起义领袖。1781年5月18日，起义失败后被处死，分尸八块示众。

"也许幽灵把他们带走了?"

"当然不会这样,班长,谁也不会相信那是幽灵干的事。"

"那两个女人为什么也失踪了呢?"

"是呀,为什么呢?"

难道那些人在嘲弄他?他常常觉得,那一张张毫无表情的面孔后面,懒洋洋发出的——好像那是在为他做一件天大的好事——单音节后面,暗淡无光、充满狐疑的小眼睛后面,山里人在嘲弄他这个海滨之子到这一带大山来,嘲弄他不适应高原的自然条件,嘲弄他没有能力解决这些问题。也许因为怕死?害怕恐怖分子,对恐怖分子谈虎色变?也许应该这样解释。那么,周围每天都发生那么多事情,他怎能从来没有听到他们对"光辉道路"评论一个字呢?好像根本没有"光辉道路",根本没有炸弹,根本没有杀过人似的。"他们都是些什么人呀?"他一直在想。他在工人中间没能交一个朋友,尽管和他们在一起已经好几个月了,并且随着营地移动了两次哨所。真奇怪,好像把他看成了外星人。他老远望见托马斯走回来。这个宪兵去社区农民和开山工人中间做调查。开凿的山洞离纳克斯一公里,是通向万卡约的咽喉工程。

"怎么样?"他问,他肯定托马斯会发现他喉咙里卡住了点什么。

"打听到一点消息。"宪兵一边说,一边坐在身边的岩石上。山坡上到处是岩石。他们在一个岬角上,就是哨所和营地——营地坐落在一条山沟里,公路从那儿穿过,如果能够修成的话——的半路上。他们说,纳克斯曾经是一座生机勃勃的矿山。而现在,如果纳克斯不修公路的话,它就不复存在了。中午,刮起了习习微风。天空中,朵朵棉团样的白云中间,太阳明晃晃的,让人睁不开眼睛。几天前的一个夜晚，那个工头同巫婆吵了一架。

巫婆名叫阿特利亚娜，是迪奥尼西欧的妻子。她四十开外，接近五十的样子，谁也不知道她的准确年龄。每天晚上，她都在酒馆里帮助丈夫，劝人们多喝多饮。如果她讲的都是实情的话，那么她就是曼塔罗河对岸的人，那里属帕卡斯班巴——坐落在山地和森林之间——管辖。白天，她给几个工人做饭；下午和晚上，用纸牌、星象图算命，有时看手相，有时把古柯叶抛到空中，看落下时组成怎样的图案。她有一双大眼睛，眼球突出，目光灼热；双胯肥大，走起路来摆动得很厉害。看来她曾是一个真正的女性，关于她的过去流传着许多神话般的说法。她的前夫是一个大鼻子矿工，甚至说她杀死过一个拦路鬼。利图马一直怀疑，她除了是厨娘、算命巫婆外，夜晚可能还做点别的事情。

"别告诉我这个巫婆是恐怖分子，托马西多。"

"德梅特里奥·查恩卡让她抛过古柯叶。可能听了她算的命以后感到闷闷不乐，没有付给她钱。两个人大吵起来。堂娜阿特利亚娜①勃然大怒，想抓挠他。这是目击者对我讲的。"

"那是拿死狗报仇，巫婆给他开了张神奇的通行证，让他像一团空气似的失踪了。"利图马叹了一口气，"你审问她没有？"

"我叫她到这儿来，班长。"

利图马觉得不认识德梅特里奥·查恩卡这个人。至于那个白化人，他模模糊糊有点印象，因为报告失踪的那个女人送来一张照片，他记起来在迪奥尼西欧那儿曾经和一个模样相仿的人说过几句话。而第一个人，也就是小佩得罗·蒂诺克，曾经和他们在这间茅

---

① 在西班牙语中，"堂娜"置于女性名字前面，"堂"置于男性名字前，都表示尊重。

屋里住过，班长绝不会把他从脑海中抹掉的。宪兵加列尼奥看见他在山村里要饭，便把他带到哨所来干活。他很能干，帮助他们加固茅屋顶梁，固定锌板，钉好日渐脱落的隔墙木板，用沙袋垒起掩体以防偷袭。直到有一天打发他去买啤酒，他突然失踪了，没有留下任何线索。从那以后，失踪事件便开始了，利图马想。怎样才能结束这种局面呢？

"堂娜阿特利亚娜来了。"助手告诉班长说。

她的身影还很远，几乎和白色阳光融合在了一起。山下，太阳照在锌板上，营地宛如一串湖泊，一块四分五裂的镜子。是她，是巫婆。她来了，面带一丝怒容，冷冷地回答班长和宪兵的问候，连嘴唇都没有动一下。她胸脯隆起，生育过孩子，有节奏地一上一下晃动着；两只大眼睛一眨不眨，把他们分别打量了一番。在她凝视的目光里，看不到不安，看不到紧张。不知为什么，她和她那个酒鬼丈夫总使利图马感到不舒服。

"谢谢您的光临，夫人，"班长说，"您可能知道了，纳克斯连续有人失踪。已经三个人了，太多了，您说是吧？"

她没有回答。她身体肥硕，神色镇定；毛衣打了块补丁，绿色裙子上系着一只宽大的卡子，表明她十分自信，相信自己的力量。她穿一双男式大鞋，稳稳地站在那里，面色如故。人们说她曾是一个大美人，可能吗？很难想象。最有可能是个稻草人。

"我们叫您来给我们讲一讲前一天晚上发生的事，您同德梅特里奥·查恩卡吵过之后，他就失踪了。"

那个女人表示同意。她的那张圆脸蛋上总挂着一丝怒容，嘴巴犹如一块伤疤。她的面部特征和印第安人一样，但皮肤白皙，眼睛特别明亮，和利图马在阿亚库乔一些内地看到的那些健壮女人的眼睛一样。阿亚库乔女人骑在矮小多毛的骏马上像闪电一样奔驰。她在夜里当妓女？

"我和那个家伙从来没有吵过架。"她斩钉截铁地说。

"有人看见了，夫人，"宪兵加列尼奥插嘴说，"您想抓挠他。不要否认了。"

"我想把他的帽子拉下来，他欠我的钱，"她纠正说，表情泰然，"他让人白劳动，这谁也不会允许呀。"

她的嗓子有些嘶哑，仿佛说话时从体内深处有小石子跳到嗓子那里。在北方，就是说在皮乌拉和塔拉拉，利图马从来不相信巫婆和巫术。然而，在这儿，在山区，在这个女人面前，他竟然有些迟疑了。为什么？清晨，当利图马和助手回去睡觉时，这个女人和迪奥尼西欧在酒馆里都干些什么勾当呀？

"您用古柯叶给他算了命，他听了可能很沮丧。"托马斯说。

"是看的手相。"那个女人纠正说，"我也会看手相，看星象。只是这些印第安人不相信纸牌，不相信星象，甚至不相信自己的手。他们只相信古柯叶。"她咽下一口口水，又补充说："用古柯叶并不能总算得那么准确。"

太阳照在她的眼睛上，但她眨也不眨一下。她处在幻影之中，眼珠快要从眼眶里跳了出来。利图马想象着，她那两只眼睛会说话。夜里，她如果做那种他和托马斯怀疑的事，骑在她身上的男人一定在黑暗中看见那两只大眼睛闪着光芒。他受不了。

"他的手相怎么说，夫人？"

"说的就是后来发生的事。"她回答说，表情自然。

"您在他手掌上看到他要失踪？"利图马扫了她一眼。身右边的加列尼奥把脖子伸得老长。

那个女人说是，非常沉着。

"走这么长的路，我有些累了，"她喃喃地说，"让我坐一会儿吧。"

"请告诉我们，您对德梅特里奥·查恩卡说了些什么？"利图马继续问。

阿特利亚娜夫人喘了一口粗气。她已经坐在一块石头上，把草帽摘下来扇风。她头发平直，还没有银丝，用彩色发带拢起来，固定在头顶上。印第安人常常在大驼羊的耳朵上系上这种带子。

"我把看到的都讲给了他，用他去祭祀在这一带给人们带来不幸的恶神凶鬼。之所以选中他，是因为他不干净。"

"为什么说他不干净，堂娜阿特利亚娜？"

"因为他改了名字，"那女人解释说，"把出生时的名字改掉，说明他是胆小鬼。"

"德梅特里奥·查恩卡不想付钱，我看没有什么奇怪的。"托马西多笑了。

"谁要杀他？"利图马问。

那女人做了个动作，可能表示厌烦或轻蔑。她慢慢地扇着草帽，喘着粗气。

"您想让我回答说是恐怖分子、'光辉道路'分子，是吧？"她又大口喘起粗气来，随后改变语调说，"那可不在他的手相上。"

"您这样解释，能使我满意吗？"

"您问我答，"那女人沉静地回答，"那是我在他手上看到的。应验了。难道他没有失踪吗？被杀了，祭祀鬼神，一定是。"

她疯了，很可能是这样，利图马想。阿特利亚娜夫人像风箱一样喘着气。她用一只胖手撩起裙子边，捂着脸打了个喷嚏，把粗

082

大、白皙的腿肚子袒露在外。她又打了个喷嚏，声音很大。班长扑哧笑了起来，这当然使那女人感到不快。他妈的，这倒是擦鼻子的好法子。

"把小佩得罗·蒂诺克和白化人华加亚也杀了祭祀鬼神？"

"我可没有为那两个人算过命，纸牌呀、手相呀、星象图呀，都没有。我可以走了吧？"

"等一下。"利图马拦住她。

他摘下军帽，擦去额头的汗珠。太阳已经升到中天，又圆又大。天气像北方那样酷热。但是，再过四五个小时，会骤然冷下来。夜里十点钟，人都被冻得骨头吱吱作响。这种气候和山里人一样令人难以琢磨，谁能理解呀？他又记起了小佩得罗·蒂诺克，他洗好衣服以后，坐在一块石头上，一动不动，看着空荡荡的天穹。他这样坐在那里，静静地沉思着，谁知道在想什么呀。直到衣服晾得干干的。他仔细叠好，恭恭敬敬地交给班长。他妈的。山下的营地里，工人们在锌板反射的光芒中间移动着，和蚂蚁一样。有些人没有去炸山开洞、操作电铲，那是今天轮到他们休息；也许正在吃饭。

"我要完成我的工作，堂娜阿特利亚娜，"他突然说，但一惊，他感到说话的语调太亲切了，"已经失踪了三个人。家属来这里报告。恐怖分子可能已经把他们杀了。恐怖分子已经抓走了他们，拷打他们。应该把事情调查清楚。我们就是为了这个才来纳克斯的。宪兵哨所也是为此建立的。不然，您说，我们是干什么来的？"

托马斯从地上拾起几块小石子，朝掩体的沙袋掷去，打准儿玩。每每打中，都发出刺耳的响声。

"您想把责任推到我身上呀？安第斯山上有恐怖分子，是我的错？"

"您是最后见过德梅特里奥·查恩卡的人之一，您又和他发生过争吵。他改名字，是怎么回事呀？给我们提供一点线索，这要求不高吧？"

那女人又喘起粗气来，像小石子的响声。

"我把知道的事情都讲给您听了。但是，你们不相信我的话。你们认为那是天方夜谭。"她寻找利图马的眼睛，后者觉得她在用目光斥责他，"我说的话，您相信多少？"

"夫人，我在说服自己相信您的话。对那种事情，有的人相信，有的人不相信。现在，这已无关紧要了。我只想把三个人失踪的事弄清楚。'光辉道路'已经在纳克斯活动了？这必须搞清楚。那三个人发生的事，任何一个人都有可能发生，包括您和您的丈夫，堂娜阿特利亚娜。您没听说恐怖分子惩罚恶习吗？没听说他们拷打酒鬼吗？您想想看，迪奥尼西欧和您整天把人灌得酩酊大醉，他们将怎样对待你们？我们在这里，也是为了保护你们呀。"

阿特利亚娜夫人露出嘲弄的微笑。

"他们如果想杀害我们，谁也不会出面阻拦的。"她低声说，"当然，如果想处决你们，也会一样。班长，这您知道得一清二楚。在这一点上，你们和我们是一样的，我们能活下来，真是奇迹。"

托马西多举起一只手，正要把石子抛出去，但他没有那样做。他放下胳臂，对那女人说：

"我们已经做好准备，迎接他们，夫人。炸掉半座山。不等他们一个人走进我们的哨所，欢迎'光辉道路'分子的烟火就会在纳克斯的上空燃起来。"他向利图马挤了挤眼睛,又对堂娜阿特利亚娜说,"班长讲那话,并不是怀疑您。应该说,把您作为朋友看待,将心比心,您也要相信他呀。"

那女人又喘起粗气来,一个劲扇草帽,不想回答。她慢慢地抬起一只手,指着连绵不断的或尖削、或平缓的山峰。山峰上面终年覆盖着积雪。在瓦蓝瓦蓝的天穹下,那些山峰有的铅黑,有的浅绿,有的聚集一起,有的孤零无伴。

"那些山上都是敌人,"她轻轻地说,"他们都住在山上。夜以继日地策划怎么干坏事,除了破坏还是破坏。发生那么多事,原因都在那儿。矿山塌方,汽车被卸走闸瓦,高速公路被切断弯道。一箱箱引爆的炸药,不是炸掉大腿,就是炸破脑袋。"

她机械地讲着,始终没有抬高声音,好像在做宗教巡行的连祷或守灵仪式上哭丧妇的哀叹。

"如果每一件坏事都是魔鬼干的,世界上也就没有巧合可言了。"利图马用嘲弄的语调评论说,"那两个去安达韦拉斯的法国年轻人,是魔鬼用石块打死的?夫人,那些敌人是魔鬼吗?"

"泥石流也伤人呀。"她指着高山说。

泥石流!利图马听人说过。他庆幸的是,这里一次也没有发生过。他努力想象着泥石流是什么样子,雪团、石块、泥浆混杂在一起,从高山之巅滚滚而下,犹如"水龙卷"这个死神一样,横扫一切,削平山坡,卷进去的石块越来越多,庄稼、家畜、村庄、房舍、住家、整户整户的人家统统被压在底下。"泥石流这个魔鬼如此肆虐?"

阿特利亚娜夫人又指着山峰说:

"谁能把那些岩石一下子都推到山下来,谁能在泥石流摧毁一切的时候把它阻拦住?"

她不说话了,重新喘起粗气来。她讲话是那样自信,利图马有时都抑制不住而露出惊愕表情来。

"那几个失踪者,夫人?"他坚持问那个问题。

托马斯的石子打中了,金属响声把回音传到山下。利图马看见他的助手俯下身子,拣起一把子弹。

"不能逆着它们行事。"堂娜阿特利亚娜继续说道,"不过,还有一点可以做的。为了使它息怒,使它们感到开心,不能用印第安人的那种供品,摆在山谷里。一堆堆石头、一朵朵鲜花、一头头小动物,不能解决任何问题。也不会把钦查酒①往它们身上泼。离这儿很近有个村庄,村民们时不时杀掉一头小牛、驼羊。这样做简直是胡闹。平时还可以这样做,但此时此刻,绝不能那样。他们所喜欢的东西是人。"

利图马觉得他的助手在努力控制自己不笑出声来。他没有兴致笑那个巫婆讲的话。对于他来说,听到那样的话,不管多么像闹剧演员的蠢话,多么像疯子的呓语,他都感到紧张。

"您在德梅特里奥·查恩卡的手相上看到了……?"

"我是好心提醒他的,"她耸了耸肩膀,"用各种形式写出来的东西一定应验。"

他如果通过营地电台向万卡约的上级发去这样一份有关事件的报告,他们将怎样想呀?电文这样说:"为了不让安第斯山恶鬼更加疯狂地制造各种不幸,杀了那个人,但尚不知道是怎样杀害的,句号。证人说,他的最后结果在手相上写得明明白白,句号。就这

---

① 印第安人用玉米发酵制成的酒。

么多,句号。敬礼,哨所所长,句号。班长利图马,句号。"

"我讲话,您笑。"那女人用不高不低的声音讥讽地说。

"我笑的是,我把您对我的解释重述给万卡约的首长时,他们会说什么。"班长说,"不管怎么说,都应该感谢您。"

"我可以走了吧?"

利图马点了点头。堂娜阿特利亚娜吃力地抬起她那结实、肥硕的身子,没有向两个宪兵告辞,便沿着山坡向营地走去。从背后望去,她像一个稻草人,穿着一双大鞋,摇晃着宽大的臀胯,绿色裙子飘飞,草帽摆动。她也是一个魔鬼?

"托马西多,你看见过泥石流吗?"

"没有,班长,我也不想看到。但是,我在锡夸尼郊外看见过一次,那是几天之前发生的泥石流遗留下来的痕迹,地面裂了个大口子。十分清楚,整座大山像雪橇一样滚下来。房屋、树木,当然还有人,统统压在泥石下面。无数巨大的山石一起滚动。所有东西都覆盖着灰尘,白花花的,好几天还没有消失。"

"你说,堂娜阿特利亚娜有可能是恐怖分子的同谋吗?她想用山神山鬼那一套愚弄我们吧?"

"什么我都相信,班长。生活已经把我变成了世界上最轻信的人。"

人们说小佩得罗·蒂诺克从小就呆、哑、疯、愚;他总是张着大嘴,因而说他总是吃不完苍蝇。他有那么多难听的绰号,但他并不恼怒,他对任何东西、任何事情都没有恼怒过。阿班凯的居民也从来没有生过他的气,因为他们最后总能赢得他的和蔼微笑,得到他的恭维,得到他的爽直对待。据说,他不是阿班凯人,而是生下来没几天母亲把他带到那里；母亲待了很短的时间，把这个不受欢迎的儿子用布包好，丢在罗莎里奥圣母教堂门口就离去了。传闻也好，实情也好，阿班凯的人对小佩得罗·蒂诺克只知道这么多。人们还记得，他从小和镇上神父（一些搬弄是非的人还说此人是他的父亲）养的狗、鸡睡在一起。在神父去世之前，他一直为他打扫教堂、敲钟、做侍童。小佩得罗·蒂诺克稍稍长大以后，来到阿班凯大街上，当搬运工，擦皮鞋，做清洁工，帮助更夫、车夫和垃圾工人做点事，有时上岗顶班，帮人照看市场摊位；节假日放映宽银幕电影、演出马戏时，还当过引座员。在牲口棚、圣器室或演兵场的凳子下面过夜睡觉时，总是把身子缩成一团，吃饭靠心地善良的邻居施舍。他整天光着脚，又脏又破的裤子系着一根绳子，斗篷到处开线，尖顶带耳帽——一绺绺直挺挺的头发从四周伸出来，他从来没有剪过、梳过——一刻不离开他的脑袋。

当小佩得罗·蒂诺克被拉去服兵役时，有好几个邻居对士兵说那样做是不公正的。一个那样的人，第一眼就能看出是哑巴，怎能去服兵役呢？一个那样的人，几乎都没有学会说话，只会用傻子面孔发笑，不知人之所云，甚至不知道自己是谁，自己在什么地方，怎能去服兵役呢？但是，士兵并不善罢甘休，硬是把他拉走了。同时被抓走的还有从酒店、钦查店、电影院、体育场逮来的年轻人。来到军营里，被剃了光头，脱光衣服，用水龙头有生第一次浑身上下洗了个澡，穿上草绿色军装；那双大靴子穿在脚上总感到不习惯，在军营的三个星期里，同伴们一直看见他走路时像个瘸子或患了麻痹症。入伍第四个星期的第一天，他就逃了出来。

他一直在阿普里马克和卢卡纳斯危机四伏的地区流浪，走到哪儿偷到哪儿。在阿亚库乔，他不走大路，不过村庄，白天吃野草，晚上躲在山鼠洞穴里，避免寒冷的袭击。牧民救出他时，他已经瘦得只剩一把骨头，眼睛闪着饥饿和恐怖的目光。几把煮玉米、几颗干果和几口钦查酒使他慢慢缓了过来。牧民们把他带到奥吉帕塔，那里是山地、牧区，一小块一小块的贫瘠土地上几乎都不生长黑不溜秋的土豆和小得可怜的"欧油科"①。

小佩得罗·蒂诺克习惯了奥吉帕塔的生活，村民们让他留下。那里和在城里一样，他的恭维精神和粗鄙生活习俗，使人们很容易接受他、容纳他。他不声不响，总是微笑，随时去做别人要他做的事情。又由于他在食不果腹的天地里住过，人们便给他戴上了圣贤的光环。村民们对他敬而远之，他们明白，不管他怎样和他们一起生活、娱乐，他终究不是他们的人。

一段时间以后——小佩得罗·蒂诺克说不清楚到底过了多长时间，因为在他的生活中，时间不像在其他人身上那样流逝——外乡人大量拥入，过些日子又离去，然后再回来。一次，村务会议开了好几个小时，讨论解决办法。这些新来人的穿戴，小佩得罗·蒂诺克恍恍惚惚地记得，和以前在别的地方看见的人很相似。村长解释说，政府计划建立驼羊保护区，不侵占私人土地，而是恰恰相反，说不定会对奥吉帕塔有好处呢，因为村民们可以将自己的产品卖给到驼羊保护区来游览的游客。

驼羊被陆陆续续运到一片山地——它坐落在大山之间，坦博·盖马多和圣胡安两条河从中穿过，离村子有一天的路程——以后，雇了一户人家来看管。那儿有针茅植物，有水塘、小溪，还有山洞，驼羊一下子喜欢上了这个地方。驼羊先用卡车从遥远山区运到

---

① 生长在秘鲁和厄瓜多尔等国的一种块茎植物。

通向圣胡安、卢卡纳斯、普基奥的三岔口，然后让奥吉帕塔的牧民赶到目的地。小佩得罗·蒂诺克和看管驼羊的那户人家住在一起，帮助他们修建了一幢藏身小屋，开了块土豆地，还搭了个土窝，饲养豚鼠。本来告诉他们，每隔一段时间都有官员来，带来食品、房间用品，并且付给工钱。开始，真的不时有官员坐着红色的轻型载重汽车来那里，提些问题，把钱和食品交给他们。但是后来，就从来没有官员露面。甚至好长时间，不是官员的人也没有到保护区来。一天，那户人家收拾好东西，回奥吉帕塔去了。这样，便只有小佩得罗·蒂诺克陪伴驼羊了。

他和这些小动物逐渐建立起了良好关系，然而，他和他的任何一个同类从来没有那样亲热过。他天天观察它们，了解它们的习性、活动、玩耍、癖好。他是那样全神贯注，都好像到了痴迷程度。他看到驼羊跑跳、互相咬架、在杂草中追逐，常常笑得前仰后合。如果有驼羊滚到山下摔断腿，或者母驼羊生产时大出血，他便满脸布满愁云。和以前的阿班凯人、后来的奥吉帕塔村民一样，驼羊也接受了他、容纳了他。它们大概把他看成了善人、家人，甚至他走近身边也不害怕。有时，可爱的母驼羊伸长脖子，眨巴着聪明的小眼睛，让他揪拉自己的耳朵，挠脊背和腹部，或者摸摸鼻子（它们最喜欢这样了）。公驼羊发情期，变得那样粗暴，不让任何驼羊接近它所占有的四五个"姘妇"，却让小佩得罗·蒂诺克和这些"女性"一起玩耍；当然喽，它把两只眼睛睁得老大，从不离开他，出现危险时随时介入。

偶尔有外地人来保护区。他们来自很远很远的地方，既不讲克丘亚语，也不讲西班牙语，小佩得罗·蒂诺克觉得他们的说话声音和他们的靴子、围巾、外衣、帽子一样古怪少见。他们走东串西,给驼羊拍照、研究它们的特征。但是,无论小佩得罗·蒂诺克多么努力,没有一只驼羊让那些人接近。他让他们住在他搭建的小棚屋里,并且热情接待。他们临走时,给他留下一些罐头,并给些钱。

在小佩得罗·蒂诺克的生活中(他的生活已经和大自然的脉搏、自然现象——午后和夜间的暴风雨和冰雹、上午的无情日光熔铸在一起),这些来访者是唯一异常的东西。他设置陷阱,捕捉小动物,但他的主要食物是那小块土地产的土豆,偶尔也弄只豚鼠吃。他把病死的驼羊切成小块儿,撒上盐粒,放在露天晾干。他常常下山,到各地去赶集,用土豆和欧油科换点盐和古柯。有时,村里一些牧民跑到保护区来,在他的棚屋里休息,讲些奥吉帕塔的消息。他聚精会神地听着,尽量把他们讲到的人和事都记在脑海里。他觉得这些人来自一个模糊的梦境。牧民们唤起了他脑海深处的东西,逝去的形象,另一个世界的遗迹,一个人——这个人已经不是他——的足迹。什么大地翻了个个儿,大祸从天而降,到处杀人,他一点儿也听不懂。

就是那天早晨的夜晚,下了一场冰雹。天气突变,有些小驼羊很难挺过去,不冻死也会被雷电击死。他裹着斗篷,待在窝棚里,沉思不语,一夜没有睡觉,雨滴从顶篷的缝隙哗哗流下来。雨下了好几个小时。他最后才睡着。突然,他听到一阵嘈杂声,醒了过来。他从床上爬起,跑到外面,一看,来了那么多人,二十几个,小佩得罗·蒂诺克从来没有见过那么多人同时来到保护区。有男人、女人、青年、儿童。他立刻在脑海里把他们同模模糊糊的军营联系起来,因为这些人也拿着猎枪、自动步枪和大刀。但是,他们的穿着和军营里的士兵不一样。他们已经燃起火堆,埋锅做饭。他对他们表示欢迎,那副傻脸上露出笑容,毕恭毕敬,低下脑袋表示尊敬。

那些人先对他讲克丘亚语,之后讲西班牙语。

"你不要那样低头躬身。不要低三下四。不要把我们看作'先生'来请安。我们就是你那样的人,我们和你一样。"

说话的是个年轻人,目光凶狠,看他的表情,像个受过许多苦、心中充满仇恨的人。他还是个孩子,怎能这样呢?难道他说过什么、做过什么而触怒了他?为了弥补自己的过错,小佩得罗·蒂诺克立即跑回棚屋,取来一口袋干土豆和几条干肉,躬身送给他们。

"你不会说话?"一个小姑娘用克丘亚语问他。

"他可能忘记这种语言了,"另一个人从上到下打量了他一番,说,"这地方荒无人烟,从来不会有人来。我们讲的话,你大概能听懂吧?"

他使尽浑身解数,想不放过一个字,特别想猜透那些人的心思,为他们效劳。他们向他询问驼羊的情况。一共有多少只,保护区有多大,东边到什么地方,南边到什么地方,那边有多远,这边有多远,驼羊在什么地方饮水,在什么地方过夜。他们不停地打着手势,每一个字说两遍、十遍,让他带他们去看驼羊,让他帮助他们把驼羊赶到一起。小佩得罗·蒂诺克跳了几下,那是模仿驼羊被雨淋时的动作,意思是钻进山洞里,它们在那里过夜,一只挨着一只,互相取暖;电闪雷鸣时,它们全身颤抖。他对这些了如指掌。他混在驼羊中间,几个小时几个小时地抱着它们,缓解它们的恐惧,他也冻得直打哆嗦,用喉咙发出驼羊互相交流时发出的声音。

"在那几座山丘上,"有个人终于弄懂了,"驼羊可能在那儿过夜。"

"带我们去看看,"那个目光凶狠的年轻人命令说,"和我们一块去,小哑巴,做点贡献吧!"

他在前面引路,穿过旷野向山丘走去。雨已经停了,天空洁净、碧蓝,太阳把周围的高山染得金黄。潮湿的空气中飘浮着一股辛辣味——那是从麦秸样的杂草和布满水坑的泥泞土地散发出来的,小佩得罗·蒂诺克高兴极了。他张大鼻孔,呼吸雨水、泥土和草根的芳香。一阵暴雨之后,那芳香好像是对人间的报偿,好像安慰曾经忍受恐惧的人们:水龙卷骤起,响雷滚动,生命好像就要被斩尽杀绝,谁不害怕呀!他们走了很长时间,因为地面很滑,有的地方泥水没过踝骨,双脚不时陷下去。他们不得不脱掉皮鞋、便鞋、轮胎凉鞋。"他见过士兵、警察吗?"

"他听不懂,"那些人说,"是哑巴。"

"听得懂,但不会表达,"他们说,"这里如此荒无人烟,整天和驼羊生活在一起,都变成野人了。"

"也许。"他们说。

他们到达山脚下时,小佩得罗·蒂诺克指指这儿,指指那儿,一会儿跳、一会儿蹦,又是用手比画,又是在脸上做出这种或那种表情,告诉他们不要在草丛中弄出响声,不然会惊动驼羊的。不要说话,不要走动。驼羊的耳朵特别灵敏,眼睛看得很远,容易生疑,胆子小,闻到生人气味就颤抖。

"在这儿等等吧,轻一点儿,"那个目光凶狠的孩子模样的小伙子说,"分散开,别出声。"

小佩得罗·蒂诺克看见他们停下脚步,分散开来,组成伞状阵势,每个人相隔很远,蜷起身子,藏在针茅丛中。

他一直等待那些人安顿下来,隐藏稳妥,响声渐渐平息以后,才踮着脚尖，向山洞走去，不一会儿他便看到驼羊眼睛射出的光芒。几只靠近洞口的驼羊是卫兵，用眼睛盯着他走过去。它们的眼睛眨也不眨一下，竖起耳朵，一个劲用小鼻子闻嗅着，想辨别出那是不是熟人的气味，对公驼羊或母驼羊、对成年驼羊或幼年驼羊有没有危险。小佩得罗·蒂诺克格外谨慎，脚步十分轻微，生怕唤起驼羊的近似病态的敏感。小佩得罗·蒂诺克用舌头顶住上腭，轻轻颤抖，发出"勒勒"声。他是在学驼羊的样子，用那种特殊语言对它们讲话。他也许学会了驼羊的语言。他让这些小动物镇静下来，告诉它们是他来了，在呼唤它们。这时，他看见自己的双脚中间有个灰色流星样的东西一闪而过，那是一只鼯鼠。他身上带着石弩，完全可以打中它，但没有那样做，他是为了不惊吓驼羊。他感到那些外来人把目光集中在他的后背上，太沉重了。

驼羊开始走出山洞来，不是一只接着一只，而是像往常一样，一家一家的，一只公驼羊由四五只母驼羊保护着，妈妈带着刚刚出生的小驼羊，蹄子不时被绊一下。它们闻嗅着潮湿的空气，窥视泥泞的土地和倒伏的麦秸，闻嗅着快被太阳晒干、它们即将吃掉的野草。它们上下、左右摇晃着脑袋，伸长耳朵，疑惑——这是它们的最大天性——地颤抖着身躯。小佩得罗·蒂诺克看着一只只驼羊贴着他身子走过去。它们伸着懒腰，他时而在小动物暖融融的耳郭里揪一下，或者把手指伸进驼毛里揪一把。

突然，枪声响了起来。他以为在打雷，是雷阵雨来了。但是，他看到身边的驼羊的眼睛闪着恐惧的目光，表情茫然、慌恐，有的转了一下身子便倒下了，互相压在一起；有的发起怒来，不知道往旷野跑，还是返回山洞。他看见有的驼羊呻吟着倒在地上，全身是血，脊背豁裂着，骨骼折断，嘴巴、眼睛、耳朵被枪弹炸得远离身躯。有好几只驼羊倒下、站起、再倒下,有的已经身子僵直,伸长脖子,想飞上蓝天,从空中逃生。几只母驼羊俯下身去,吻舔被打伤的孩子。他也瘫在了那里,目睹面前的场景,想弄懂发生了什么事。脑袋一会儿转到这边,一会儿转到那边,眼睛睁得大大的,嘴巴好像脱了钩,耳朵被子弹声刺得嗡嗡作响,他比母驼羊分娩时还痛苦地呻吟着。

"不要对他开枪,"那个孩子模样的大人不时地怒吼着,"小心!小心!"

他们除了对驼羊开枪以外,还有几个人朝企图逃走的驼羊迎面跑过去,忽而从四面包围,忽而堵在一个角落里,不是用枪托毒打,便是用大刀死砍。小佩得罗·蒂诺克终于反应过来了,他狂跳着,用胸和胃吼叫,像螺旋桨那样挥动着双臂。前进,后退,站在枪支和驼羊之间,用双手、用吼声、用愤怒的眼睛向那些人央求。他们仿佛没有看见他,仍然不停地射击,追赶顺着针茅丛向断壁逃去的驼羊。他来到孩子模样的大人跟前,跪在地上,想吻他的手。但是,这个人怒冲冲地把他推开。

"不要这样,"他训斥说,"滚,滚开!"

"这是领导的命令,"另一个人说,他没有发怒,"这是一场战斗,你不懂,小哑巴,你不明白。"

"为你的弟兄们哭泣吧,为受苦受难的人哭泣吧,"一个姑娘劝慰他,安抚他,"说得确切些,为被杀害的人、遭受拷打的人哭泣吧。为关进监狱的人、为烈士、为牺牲的人哭泣吧。"

他从这个人面前走到那个人面前,想吻他们的手,央求,跪下。有人把他轻轻推开,有人厌恶地驱赶他。

"要有点骨气,注意人格,"他们对他说,"应该多想想你自己的事,而不是驼羊。"

他们一直对驼羊射击、追赶,把奄奄一息的驼羊打死。小佩得罗·蒂诺克盼望黑夜快快降临。有个人用炸子儿射中两只小驼羊——它们一直守在死去的母亲身边——把它们炸得血肉横飞。大气中充满了火药味。小佩得罗·蒂诺克已经耗尽了体力,不能继续哭泣了。他倒在地上,张着嘴巴,一会儿看看这个人,一会儿看看那个人,想弄明白到底发生了什么事。过了一刻,那个目光凶狠的孩子走过来。

"我们并不想这样做,"他把声音放得柔和些,同时把一只手搭在他的肩上,"这是领导的命令。这里是敌人的保护区。敌人,我们的敌人,你的敌人。这是帝国主义搞的保护区。在他们的世界战略范围之内,他们把饲养驼羊的任务强加在我们秘鲁人身上。供他们的科学家搞科学研究,供他们的游客摄影。在他们的眼里,你还不如这些小动物呢。"

"你应该离开这里,"一个姑娘用克丘亚语劝他,同时紧紧抱住他,"过不多久就要来警察,来士兵。他们一定会踢打你,割掉你的生殖器,最后在你头上打一枪。你必须走得远远的,越远越好。"

"也许这样你会懂得现在还不懂的事情。"那个孩子模样的大人又解释说。他一边抽着香烟,一边看着死去的驼羊。"这是一场战争,谁也不能说这和自己无关。战争和所有的人有关,包括哑巴和聋子、疯子。这场战争要把'先生'们统统送进坟墓。这是为了不让任何人跪倒在任何人面前,不吻任何人的手和脚。"

那些人在那里过了夜。小佩得罗·蒂诺克看见他们煮饭,有人到山上放哨,监视道路。他们裹着斗篷或毯子,把身子靠在一起,像驼羊那样躺在山洞里睡觉。第二天早晨,他们离开之前,又再三叮嘱他赶快远走高飞,别让士兵打死。他站在老地方,张着嘴巴,全身被晨露弄得湿漉漉的。他怎么也弄不懂这个新的、巨大的谜。他身边有许多死驼羊,秃鹰那类猛禽和爬行动物可以饱餐一顿了。

"你多大岁数了?"那女人突然问他。

"我也一直想问这个呢,"利图马感叹地说,"你可从来没有对我说过呀。托马西多,多大岁数了?"

加列尼奥本来已经打起瞌睡来,这时,一下子全醒了。现在汽车不那样颠簸了,但是总是嘟嘟响着,仿佛要在山上的任何一道弯路上炸裂开来。他们继续爬行,右手是高大的植物,左手是几乎光秃秃的山坡。华亚加牌汽车就在这山坡底下喘着粗气。他们坐在车斗的口袋和木箱中间,那里面装满了芒果、路古马果、香荔枝和马拉古亚果,上面盖着塑料布,而不是防雨帆布。那是一辆老掉牙的大货车,但是,他们走了两三个小时——驶离原始森林,攀登安第斯山,向瓦努科方向前进——还没有遇到一场阵雨。已经入夜,随着地势越来越高,他们感到越来越凉了。天空中,星斗沸腾了。

"我的上帝,但愿在他们来杀害我们之前,让我再一次投入某个女人的怀抱,"利图马祈祷说,"我到了纳克斯以后,一直像个太监似的生活着,他妈的。托马西多,你和皮乌拉姑娘的故事,简直把我变成了一块火炭。"

"你还是个孩子,我想,"那个女人停了一下补充说,仿佛在和自己讲话,"所以,你就是做了强盗、歹徒,也什么都不知道,加列尼奥。你叫这个名字,是吧?胖子叫你加列尼托①。"

---

① "加列尼托"是"加列尼奥"的昵称。

"我以前认识的女人都很腼腆、干瘦,但是,这一个是那样大方。"他的助手一下子激动了起来,"在廷戈·马利亚受到惊吓以后,她很快控制了自己,甚至比我还快,一下子镇定了。是她说服了卡车司机,把我们送到瓦努科,而我们只花了司机要的半价。以平等态度同他讨价还价呗。"

"我感到遗憾,你改变了话题。但是,我有预感,他们今天晚上要落到我们的头上了,托马西多,"利图马说,"我现在就好像看见他们从山上跳下来。外面有声音,你没听见?我们起来,去看看吧?"

"我二十三岁,"他说,"应该知道的事情,我都知道。"

"男人为了高兴,有时需要耍点手腕,这你就不知道。"她用颇有挑衅性的语调反驳说,"加列尼托,你想让我说点让你胃部不适的话吗?"

"别担心,班长。我耳朵很灵敏,我对您发誓,山上没有一个人。"

小伙子和那个女人并排坐着,挤在水果袋子和木箱中间。芒果的香味在夜里非常浓重。马达的哮喘和痉挛压过了蚊虫的嗡叫声,压过了树叶的沙沙声和小河的流水声。

"卡车颠得那样厉害,我们常常互相碰撞在一起,"他的助手回忆说,"我每次感到她的身体撞过来,都颤抖不止。"

"现在,人们把那叫作颤抖?"利图马开玩笑说,"以前,可叫作邪念顿生呀。你说得对,什么声音也没有,都是我心里恐惧的缘故。你看,听你讲话,我那东西都硬了起来,刚才听到那个响声,才软了些。"

"他都没有真正打我一下。"那女人喃喃地说。加列尼奥一惊,觉得她在笑,因为他看见她的牙齿闪出光来。"你以为他打我是因为我说那话,苦苦央求,泪流满面,你没注意到那是为了兴奋吗?是为了让他兴奋。你太天真了,加列尼托。"

"住嘴,不然,我把你推下车去。"他打断她的话,他发怒了。

"还好,你没有说:'住嘴,不然,我要抓住你,狠狠踢一顿。''住嘴,不然,我要把你的心挖出来。'"利图马打断他说,"险些闹出笑话来,托马西多。"

"班长,那是她对我说的。引得我们两个人大笑起来。我们控制不住,一个人笑了,另一个人也跟着笑。刚刚变得严肃些,又重新笑起来。"

"对,我如果打你的话,那一定是个大笑话。"小伙子承认说,"我不时有那个想法,我坦白地说,每当我想为你做件好事,而你要和我吵闹时,我都有那个想法。我告诉你一件事,现在,我不知道我的命运是怎样的。"

"也不知道我的命运?"她反驳说,"你至少是一时心血来潮做了那件蠢事。你不征求我的意见,就把我卷进纠纷里。他们会来找我们的,说不定会杀掉我们的。谁也不会相信真正发生的事。他们也许说你是有政治目的的,我是你的同谋。"

"那么,她不知道你是宪兵?"利图马惊异地问。

"我现在还不知道你叫什么名字呢?"小伙子提醒说。

沉静了一会儿,马达好像熄火了,但它又立刻响起来,发出隆隆声。托马斯看见天空有几束微小的灯光,大概是架飞机。

"梅塞德丝。"

"这是你的真实名字?"

"我只有一个名字，"她生气了，"难道我是妓女吗？我过去一直是他的朋友，是他把我从歌厅里拉出来的。"

"瓦西隆歌厅，利马市中心的一家娱乐场所，"宪兵解释说，"她是许多歌女中的一个。脏猪拥有一大帮情妇。伊斯加里奥特说他有五六个。"

"谁像他那样呀，"利图马叹了一口气，"同时有五六个！每天、每夜换一个女的，就像换短裤、衬衣那样。你在我这儿，可在忍受着饥饿呀，托马西多。"

"我背部的骨骼痛得要命，"他的助手继续说，他已经完全沉浸在往事中，"怎么也说服不了司机让我们坐在驾驶室里。他害怕我们袭击他。我们快被压扁了。我一直琢磨着梅塞德丝讲的话，脑海里滚动着一个大疑团。她那样哭泣，只是在演戏，目的是刺激他，真有这样的事吗？您怎么看，班长？"

"我不知道对你说些什么，托马西多。也许是在演戏。他打她，她哭泣；于是，他大怒，然后走掉。有这样的男人，听说过。"

"真是一头脏猪，"他的助手挤弄着眼睛说，"该死，他妈的。"

"不管怎么说，你爱上了梅塞德丝。爱情太复杂了，托马西多。"

"这一点我也许明白，"宪兵嘟哝了一句，"如果不是为了爱情，我绝不会待在这偏僻的山区里，等着那些狗娘养的把我们轻而易举地杀掉。"

"有动静，听见没有？我去看看，万一呢。"利图马竖起耳朵，抓起左轮手枪，站起来，走到茅屋门口，四处张望了一下，笑着回到行军床上。"不是，不是他们。我好像看见了小哑巴，在月光下拉屎。"

不知道他现在怎么样?还是不去想他的好。到了利马会知道的。干了那种事,还去见他的教父?那可是一杯苦酒呀。他可是一个讲义气的人,你是如何回敬他的。那可以称作天底下最大的蠢事,加列尼奥。是的,可他不在乎。他现在感觉好多了,坐在车上一颠一颠的,不时碰到她的身子。比在廷戈·马利亚好多了,颤抖,浑身冒汗,窒息得喘不过气来,把耳朵贴在那间房子的隔板上,听他干那种脏事。那些呻吟声、央求声、棍棒声、威胁声,都是演戏?都是谎言?都是假的?说不定是真的。

"我没有任何内疚感,班长,那是实话,"托马斯说,"我什么都不怕。因为我已经深深地爱上了她,你猜到了。"

汽车一摇一晃的,芒果又散发出香甜的芳香。他们两个人抵御不住困意。梅塞德丝想把脑袋枕在口袋上,但卡车颠簸得那样厉害,根本不能枕稳。加列尼奥听见她不高兴地嘟哝着,看见她把脑袋埋在两只手里,左动一下,右动一下,想找个合适的位置。

"我们做个交易吧。"最后,他听见她说。她尽量把语调放得自然些。"你在我肩上靠一会儿。然后,我在你肩上靠一会儿。我不睡上一会儿,到了瓦努科非半死不可。"

"真的,事情变得有趣味了,"利图马说,"托马西多,把你用的第一剂迷魂药,详详细细地讲给我听听。"

"我立刻伸出胳臂,把她搂了过来。"托马斯喜滋滋地说,"我觉得她紧紧地靠在我身上,脑袋枕在我肩上。"

"这回你那东西硬起来了吧?"利图马说。

小伙子这次还是没有听懂他的话音。

"我用胳臂搂住她,把手放在她身上,"他说,"梅塞德丝出汗了。我也出汗了,她的头发扎在我的脸上,钻进鼻孔里。她那富有曲线感的双胯靠在我的相同部位上。她讲话时,双唇碰在我的胸部。隔着衬衣,我感到了她肉体的温暖。"

"他妈的,我那东西硬了,"利图马说,"托马西多,我现在该怎么办呀?都要射精了。"

"班长,去外面撒泡尿吧。那么冷,把你那东西冻一冻。"

"你信教?天主教?一个男人和一个女人做点事情,你都不能接受?加列尼奥,就因为那种罪过,你杀了他?"

"我感到幸福,她就在我身边,"他的助手说,"闭着嘴巴,一动不动,听着卡车慢慢爬上山去,我想吻她,但尽量控制住自己。"

"我问你那个问题,你不要感到厌烦,"梅塞德丝说,"我想弄明白,你为什么杀他?我想不出原因来。"

"睡一会儿吧,别想那个,"小伙子对她请求说,"你应该和我一样。我都不记得那事了,早把那头脏猪忘在了脑后,把廷戈·马利亚忘得一干二净。你不要把宗教同那些事联系在一起。"

夜漫漫。每当经过弯路时,安第斯山就好像比刚才又高大了许多。但是,山下,抛到后面的原始森林里,一条蓝白相间的线条在地平线上探出头来。

"听见没有?听见没有?"利图马突然从床上坐起来,"快拿左轮手枪,托马西多。山上有脚步声,我发誓。"

三

"把卡西米罗·华加亚除掉,也许认为他是拦路鬼的缘故。"酒馆老板迪奥尼西欧说,"有关他是拦路鬼的传闻,是他自己嚷嚷出来的。就是您在的那个地方,我上千次听见他像野猪一样高喊:'我是拦路鬼,谁能把我怎么样?我要把他们剁成肉酱,把每个人的血都吸得一滴不剩。'他可能喝多了,不过,人们都知道,酒后吐真言。他讲的话,全酒馆的人都听见了。班长先生,顺便问一下,在皮乌拉有拦路鬼吗?"

利图马把老板刚刚斟满的一杯茴芹酒端了起来,对他助手说了句"干杯",便一饮而尽。那天,他一直精神不振。现在,一股甜蜜的热气流到肠胃里,使他为之一振。

"我至少到现在还不知道皮乌拉有拦路鬼。但是,有催死鬼,这一点我敢说。在卡塔考斯,我认识一个。人们从闹鬼魂的地方叫他,请他劝劝鬼魂离开。当然喽,和拦路鬼相比,催死鬼只不过是小巫见大巫了。"

酒馆坐落在营地的心脏部位,四周全是工人睡觉的大房子。酒馆的屋顶很矮,板凳和木箱代替椅子和桌子,泥土地板,裸体女人的木刻像钉挂在木板墙壁上。夜晚时,顾客盈门。但是,今天时间还早,太阳刚刚下山,除了利图马和托马斯,只有四个人,每个人都围着围巾,有两个人还戴着头盔。他们坐在一张桌子上喝啤酒。班长和宪兵手上举着第二杯茴芹酒,移到那几个人所在的邻桌上。

"我发现,我对拦路鬼的解释没有说服您。"迪奥尼西欧笑了。

老板有一张酒鬼面孔,仿佛被煤块擦蹭过。他肥胖,一身浮肉,头发鬈曲,油渍渍的。身上那件宽大毛衣仿佛从来没有脱过;两只眼睛总是布满血丝,闪着火花,那是因为喝酒过多的缘故,因为他总是和顾客一起同饮共喝。他没有完全喝醉过,这是实情。至少利图马没有看见过他像星期六晚上的工人那样,用酒精折磨肉体。他常常把胡宁电台的声音调到最大音量,但今天晚上还没有打开。

"你们相信有拦路鬼?"利图马问邻桌的人。四张面孔同时向他转过来。他们的脸用领巾半遮掩着,好像一个模子造出来似的,很难辨认谁是谁:皮肤被烈日和严寒灼烧,眼神躲躲闪闪、没有表情,鼻子和嘴唇因天气恶劣而发青,头发支棱着。

"谁知道?"其中一个人最后回答说,"也许有。"

"我相信有,"过了一会儿,一个戴头盔的人回答说,"讲得那么多,能没有吗?"

利图马微微闭上眼睛。就在那儿。一副外国人模样。半个美国佬。第一眼辨认不出来,因为他和这个世界的任何一个基督徒没有两样。住在山洞里,天黑以后出来活动。躲在路旁、岩石后面、针茅丛中或者桥下，伺机对单个行人下手。他装出友善表情，慢慢凑过去。他准备好了用死人骨头制作的迷魂药，一不小心，就向行人脸上撒去。这时，便可以尽情地吸吮油脂了。之后，放他们走掉，体内空荡荡的，只剩下皮和骨，过不了几个小时，最多几天便衰竭而死。这些是心地善良的拦路鬼，他们寻找人身上的浮油，让教堂的钟声响得更洪亮，拖拉机滚动起来更轻巧；最后，甚至能让政府用人油付清债款。凶残的拦路鬼可就狠毒得多了。他们把牺牲品像牛、羊、猪那样砍头、剁成块状以后，慢慢地吃到肚子里。让他们的血一滴滴流出来，当酒喝。山里人相信有拦路鬼，他妈的。巫婆堂娜阿特利亚娜打死过一个拦路鬼，真的吗？

"卡西米罗·华加亚是白化人，"第一个讲话的工人又开了口，喃喃地说，"迪奥尼西欧说的可能是真的。好多人说他是拦路鬼，还没等他对他们下毒手，先把他打死了。"

饭桌上的伙伴说话低声细语，随后发出轻轻的笑声，表示赞同。利图马感到脉搏跳得快了。华加亚用镐刨石、挥锹铲土、汗流浃背，和这几个人一样在尚未完工的公路上劳动着。现在，他死了，或者被绑架了。这些鬼东西不是在开玩笑吗？

"你们简直是满嘴喷粪，"他斥责他们说，"白化人发生的事，也可能发生在你们身上。如果恐怖分子今天夜里来到纳克斯，像在安达马卡那样举行人民审判大会，你们难道愿意他们把你们说成卖国贼或同性恋者，用石块打死吗？你们愿意他们把你们说成酒鬼，用棍棒拷打吗？"

"我不是卖国贼，不是酒鬼，也不是同性恋者，我不愿意被打死、被拷打。"前面讲过话的工人又说。

同桌伙伴笑了起来，用臂肘捅了他几下，表示鼓励。

"安达马卡发生的事很惨,"一直没讲话的那个工人严肃地说,"至少那儿全是秘鲁人。而我觉得安达韦拉斯的事情更惨。那对年轻法国人,喂,告诉我,为什么把他们也卷进了惨案之中?连外国人都不放过。"

"我小时候相信有拦路鬼。"宪兵加列尼奥打断他的话,转身对班长说,"我不听奶奶的话时,她就用拦路鬼吓唬我。我每次看到怪人从锡夸尼经过,都认为是拦路鬼。"

"那么,你认为小哑巴、卡西米罗·华加亚和那个工头是被拦路鬼吸干了油脂,剁成了肉块?"

宪兵用嘴唇舔了舔茴芹酒。

"我对您说过,事情接二连三地发生,班长,我必须相信面前的事实。真的,我宁愿看见拦路鬼,而不看见恐怖分子。"

"你做得对,应该相信。"班长同意地说,"为了弄清楚这儿发生的事,最好相信魔鬼。"

比如,那两个法国年轻人在安达韦拉斯发生的事。他们被赶下公共汽车,脸被打得血肉模糊。这是胡宁电台讲的。为什么这样野蛮?为什么不一枪打死?

"我们对野蛮行为已经见怪不怪了。"托马西多说。班长发现他的助手面色苍白。几杯茴芹酒下肚,烧红了他的眼睛,不过声音变得轻柔了。"我说话直来直去。您听人讲过潘克沃中尉吧?"

"从来没有。"

"驼羊事件时,我在他的巡逻队里。一天,到潘帕·加列拉斯去。我们逮住了一个,他不讲话。'你别装圣贤,那样看着我,好像听不懂我的话似的,'中尉对他说,'我警告你,你得乖乖讲出来,不然,我可要好好治治你了。'我们就治治他了。"

"怎么个治法？"利图马问。

"用火柴和打火机烧。"加列尼奥解释说，"先从两只脚开始，一点儿一点儿往上烧。听见了吧，用火柴和打火机，慢慢地。把肉都烧熟了，散发出烧焦味来，班长。当时我还不知道。后来，我恶心得不得了，几乎昏过去。"

"你想想看，恐怖分子如果活捉了我们，该怎样对待你我呀。"利图马说，"你不是处治他了吗？那件事以后，脏猪在廷戈·马利亚打那个皮乌拉姑娘时，你都跑来对我添油加醋地描述。"

"更糟糕的事，您还没有听见呢。"托马斯脸色青紫，舌头更不听使唤了，"原来，那个人不是恐怖分子，而是个弱智人。他不讲话，讲不了话呀。他不会讲话。一个阿班凯人认出了他。'喂，我的中尉，他是我们镇里的呆子，叫小佩得罗·蒂诺克，这一辈子连个屁都没有放过，怎能说话呀。'"

"小佩得罗·蒂诺克？你是说，我们的小佩得罗·蒂诺克？小哑巴？"班长把另一杯茴芹酒一饮而尽，"托马西多，你是在嘲弄我呀？他妈的，他妈的。"

"看样子，他是保护区的看守。"托马斯同意地说，他也把酒喝得一滴不留；他用那双颤抖的手握住杯子，"我们尽了最大努力，给他做了治疗。巡逻队还给他募捐了些钱。大家都很难受，连潘克沃也这样。我更难受，比所有人加在一起还难受。所以，我把他带到这儿来了。您从来没有看见他脚上、踝部的伤疤吧？班长，那是我'失身'的开始。从那以后，我看到什么都不感到恐惧了。我像所有人一样，变得麻木了。我直到现在才把这件事讲给您听，因为我感到羞愧。如果不喝这几杯茴芹酒，今天晚上也不会讲出来。"

利图马不愿多想小哑巴,便竭力想象着三个失踪人的面孔,脸变成了一团血肉,眼球破裂,骨骼粉碎,像那两个法国人一样,或者像小佩得罗·蒂诺克那样,用火慢慢烧烤。他妈的,还能想象出别的什么吗?

"我们还是走吧,"他把剩下的酒喝光,站起来,"不然,天气变得更冷了。"

他们走到门口时,迪奥尼西欧给他们送去一个飞吻。酒馆老板在桌子中间走来走去,每张桌子都坐满了工人,上演着每天晚上例行的滑稽剧。他一会儿跳两下,一会儿劝客人喝酒,有皮斯科酒①,还有啤酒;因为没有女人,他鼓励大家结对跳舞。他是那样吃力地扭动着,利图马看见了都浑身起鸡皮疙瘩。每当酒馆老板表演时,他都立刻离开。他们向在柜台上忙碌着的堂娜阿特利亚娜告别。她对他们露出那样敬慕的表情,都带出了嘲弄味道。她刚刚把收音机拨到胡宁电台,正在播送波莱罗舞曲,利图马听出来了,是《月光》。他看过一部电影,也是这个名字,一个长腿金发女郎,叫妮农·塞维利娅,跳这种舞。外边,电机开动了,照亮了周围的房舍。好几个身着外套或斗篷的影子在周围来回走动着,对他们这两个宪兵问候的晚安声,不是哼一声,便是点点头,表示回答了。利图马和加列尼奥用围巾捂住嘴巴和鼻子,把军帽压得很低,怕风吹掉。寒风呼啸,在山间回旋。他们弓着身子,低着脑袋往前行走。利图马突然停下脚步。

"他妈的,心里真不好受!"他叹着气说,怒火中烧。

"什么事,班长?"

---

① 这种白酒产于秘鲁的皮斯科城,以此得名。

"在潘帕·加列拉斯折磨小哑巴呗，好可怜呀。"他抬高声音，用手电寻找助手的面孔，"那么残忍，你良心上不感到疚痛？"

"开始几天，我感到十分痛心。"加列尼奥垂下头，喃喃地说，"您说，我为什么把小佩得罗·蒂诺克带到纳克斯这儿来？我洗掉了良心上的污点。我难道对他发生的事有过错吗？在这儿，我对他很好，给他饭吃，给他房子住，班长，是不是这样呀？他很可能原谅了我。他也许注意到，如果在原来地方待下去，早被折磨死了。"

"是这样，托马西多，我想让你给我讲讲你同梅塞德丝的那些事。小哑巴的事使我感到很沮丧。"

"我也想把这事从脑海中抹掉，这是我的心里话。"

"这些日子，我在纳克斯知道了不少事情。"利图马嘟哝了一句，"在皮乌拉和塔拉拉当宪兵，那是有经验了。可这山区，简直是地狱，托马西多。这我并不感到奇怪，山峰像锯齿一样呀①。"

"您为什么厌恶山里人，可以知道吗？"

他们已经开始上山了，哨所就在前面。上山必须弓着身子，二人于是把枪从肩上取下来，用手拿着。随着他们渐渐远离营地，他们越来越走进黑暗之中。

"好，你是山里人，而对你，我并不感到厌恶。我认为你是好人。"

"我遇到您这样的班长，是运气好。"宪兵笑了。过了一会儿，他又补充说："您不要以为营地的人对您冷淡，是因为您是海

---

① 在西班牙语中，"山脉"和"锯"是同一个字。

滨的人。不，不是因为那个，而是因为您是宪兵。他们也是站在远处看我的，尽管我是库斯科人。他们讨厌宪兵的制服。他们害怕，如果和我们套近乎，恐怖分子会把他们当成告密者处决的。"

"这是实话，只有傻子才当宪兵呢。"利图马喃喃地说，"你挣的钱少得可怜，谁也不会打你的主意，你在第一线上，随时都有可能被炸死。"

"有些人给宪兵制服抹黑，这使我们所有人声誉扫地。"

"在纳克斯，能怎么给宪兵制服抹黑呀。"利图马抱怨说，"可怜的小佩得罗·蒂诺克，他失踪的那个星期，我们还没有发给他工资呢。"

他停下来，抽出一支烟，又递给助手一支。为了点着香烟，他们不得不用身子和军帽围成个洞，因为狂风会吹灭火柴的。风到处刮着，吼叫着，像饿狼一样。两个宪兵放慢了脚步，用靴子尖头探着滑动的石块，然后才放心地把脚完全踏下去。

"我敢肯定，我们走后，酒馆里一定做出各种各样的脏事来，"利图马说，"你不这样认为吗？"

"我感到那样恶心，都不愿意再到那里去了。"他的助手申辩说，"但是，总关在哨所里，不时而去喝杯酒，还不得忧郁症死去呀？当然，他们会做出各种各样的丑事来。迪奥尼西欧任意灌他们，过一会儿，那些人还不互相干屁股呀？班长，我给您讲一件事好吗？当'光辉道路'分子处决同性恋者时，我并不感到难受。"

"奇怪的是，那些山里人倒使我感到有些难受，托马西多，尽管他们不讲话，我也感到难受。他们的生活很悲惨，是吧？像牲口一样干活，可挣的钱都填不饱肚子。如果可能的话，也应该让他们找点乐，不然，恐怖分子来了，砍掉他们的蛋子，或者来那么个潘克沃中尉,对他们狠狠地处治。"

"班长,难道我们的生活不悲惨吗?可是,我们并不喝得像畜生那样醉醺醺的,也不让那个脏家伙在身上摸来摸去。"

"等几个月看吧,谁知道,托马西多。"

下午下了一场雨,地上到处是水坑。他们走得很慢,有一阵子沉默不语。

"托马西多,你可能说我不该插手和我无关的事。"利图马突然说道,"可是,我喜欢你这个人,茴芹酒又放开了我的舌头,我对你说了吧。昨天晚上,我觉得你哭了。"

他发现小伙子改变了走路的速度,仿佛跌了一跤。他们用手电照亮道路。

"需要的时候,男子汉也要落泪的呀。"利图马说,"你不要感到羞怯。眼泪并不能使任何人变成不男不女的人。"

他们继续往山上走,年轻的那个宪兵没有开口说话。班长时不时地讲几句。

"当我想'利图马,你不会活着从纳克斯出去'的时候,便常常悲观失望。我也想大声哭一场。你不要感到羞怯。我把这些话讲给你听,不是有意使你感到不舒服,而是因为我不是第一次听见你哭。前一天夜里也听见了,尽管你趴在床垫上,堵住嘴巴。我不知道,你心中为什么那样悲苦。是不是不愿意死在这穷乡僻壤?如果是因为这个,那我理解。不过,你那么想念梅塞德丝,还不把身体想坏了呀?你把你的爱情讲给我听,我只能暂时给你一点安慰,但是,过后你就又哭成泪人了。也许你不再对我讲起她更好些,忘掉她吧,托马西多。"

"我对你讲讲梅塞德丝的事,倒感到可以减轻一点痛苦。"这是他助手的声音，有些茫然，"要么，我睡着了哭？那样，我也许不这么麻木了。"

"我们把手电关了吧。"利图马小声说，"我一直在想，他们如果埋伏起来袭击我们，很可能在那段弯路上。"

他们渡过了普马兰戈拉河，又绕过齐帕欧小镇，现在从两条路——沿着这两条从内格罗马约河上来的路可以到达这个镇子——进入安达马卡；还有一部分人沿着歌唱家小溪（它的当地克丘亚语名字是这个意思）的谷地，一路攀登，从第三条路赶到。此路是来自加瓦纳这个对立社区的人开凿的。那时，地平线上刚刚露出第一道曙光，农民还没有下地，牧人还没有开始放牧，歇脚商贩还没有上路，或向南去普基奥、圣胡安·德·卢卡纳斯，或去万卡山克斯和盖罗班巴。他们走了一整夜，也许是在附近过的夜，等到刚有一点亮光时就闯进镇里。他们的想法是，不让名单上的人趁夜色逃走。

但是，还是有个人逃掉了，此人是他们最想处决的人之一，即安达马卡镇长，他还是一个中尉。他逃走的方法是那样荒诞，后来人们听说了，都不十分相信。就是说，堂梅达多·利安塔克多亏那天夜里闹重腹泻，他全速从住房——住房坐落在霍尔赫·查维兹大街街尾，他同妻子、母亲、六个孩子住在一起——的唯一卧室爬起来，蹲在屋外的墙根下，旁边就是公墓。当他听到他们的声音时，正在那儿排泄水一样的臭屎，嘴里不停地诅咒自己的胃不好。那些人一脚踢开门，大声喊他的名字。他知道他们是谁，想干什么。自从副省长被枪杀以后，他一直等着他们。安达马卡镇长-中尉都没来得及提上裤子，便趴在地上，像虫子一样爬到公墓里，找到前一天晚上挖好的墓穴，移开做墓碑用的石块，滑下去，再把石块盖在身体上面。他蜷缩在表哥堂佛洛依塞尔·奥加托马冰凉的尸体上，在那儿躲了一个上午和下午，什么也看不见，但听到不少镇子里发生的事。从理论上讲，他是这个镇的最高政治长官。

恐怖分子对这个镇子的情况很熟悉，或者他们在镇里居民当中的同谋提供了详细情况。他们在各个出口都派了哨兵，其余人员分成小股分别搜查五条平行的大街。茅屋和平房在教堂和广场周围组成了一个个方形街区。有的人穿着便鞋，有的人穿着轮胎凉鞋，有的人光着脚，除了主要大街——利马大街，铺着粗糙的石板——外，安达马卡的其他街道不是铺着柏油，便是土路，从而听不到他们的脚步声。他们三人一组五人一队，径直把名单上的人从梦乡中拉出来。他们抓到了另一个镇长，还有法官、邮电所所长、三个酒坊老板和他们的妻子、两个退役士兵、药店主人兼高利贷者堂塞巴斯蒂安·玉潘吉和农业银行派来的两个技术人员——他们在指导小庄园主掌握灌溉和施肥技术。他们拳打脚踢，把这些人统统赶到教堂广场；其余的恐怖分子早已把镇民们集中在了那里。

那时，天已经大亮，可以看清他们的面孔了。除了三四个人外，所有的人都把面部暴露出来，尽管戴着带耳帽。他们队伍中主要是年轻人和男人，不过也有几个女人和孩子，有的可能还不到十二岁。没有带自动步枪、步枪和左轮手枪的人，手里拿着猎枪、大棒、砍刀、石弩，像矿工那样背着的武装带里装满了炸药。一些人还带着镰刀、锤子、红旗，把旗子挂在教堂钟楼上、社区办公楼的旗杆上和俯瞰全镇、长满红花的皮索纳树上，准备举行审判大会——他们是执行命令，仿佛已经举行过多次这样的大会；另外一些人在安达马卡的墙壁上涂满了口号：武装斗争万岁，人民战争万岁，马克思主义-列宁主义-贡萨洛主席指导思想万岁,打倒帝国主义,打倒修正主义,打倒杀人的、反工人的政权,打倒叛徒和告密者。

审判大会开始之前,他们用西班牙语和克丘亚语高唱歌颂革命的歌曲,宣布人民正在打碎锁链。镇民不知道歌词,凑到他们的身边,让他们重复一遍歌曲内容,把曲子用口哨吹出来。

不一会儿,审判大会开始了。除了名单上的人以外,到法院——全体人民——出庭的还有另外一些人,他们被指控犯有盗窃罪、对弱者和穷者欺压罪、通奸罪、个人主义罪。

他们轮流讲话,这会儿用西班牙语,那会儿用克丘亚语。革命有一百万只眼睛,有一百万只耳朵。谁也不能背着人民行动,逃避惩罚。现在跪在那里的恶狗-垃圾,在向从背后行刺的人求饶。这些野兽为傀儡政权效劳,而这个政权杀害农民,枪击工人,把国家出卖给帝国主义和修正主义,让富人更富、穷人更穷。这些不齿于人类的狗屎不是总到普基奥,请求当局派来宪兵,美其名曰保护安达马卡吗?不是唆使镇民向军事巡逻队告发革命的同情者吗?

讲话的人一个接一个,一遍又一遍地讲解这些为双手沾满鲜血的政权充当走狗的人所犯的和将要犯的罪行,这些为镇压和拷打在场的人、他们的子女和子女的子女出谋划策的人所犯的罪行。讲话的人教训在场的人,鼓励他们主动参与,要大胆讲话,不要害怕报复,因为人民用武装起来的双臂保护他们。

镇民们慢慢打消了恐惧和迷惑心理,在激昂气氛和不可告人的目的——昔日的争吵,埋在心底的怨恨,无声的嫉妒,家庭间的仇恨——驱使下,渐渐大起胆子来,要求发言。说得很好,堂塞巴斯蒂安对买药而付不起现金的人特别吝啬。如果当天还不上钱,不管你怎么说，必须把衣服扒下来，扣押在他那里。比如，那次，他……大约中午时分，安达马卡镇居民已经敢于走出家门，来到广场中央，讲述自己的痛苦，表达愤怒的感情。揭发坏邻居、坏朋友、坏亲戚。他们发表演说时情绪激昂，声音颤抖，他们失去了儿女，失去了牲畜，干旱和瘟疫肆虐，买东西的人一天比一天少，饥饿一天比一天严重，病人一天比一天多，送进公墓的孩子一天比一天多。

那些人都被判了死刑，森林一样的双手举了起来。进行表决时，受审人员的许多亲属没有举手，他们被恐怖分子挑起的愤怒和敌对情绪吓坏了，不敢讲一句辩护的话。

那些人被处决了：一个个跪在地上，把脑袋贴在水井的护墙上。他们被五花大绑着，镇民们排成一队，用从社区办公楼附近建筑物上扒下的石块把他们打成肉泥。恐怖集团没有参与处决行动。没有放一枪。没有扎一刀。没有砍一下。只用手、石、棍、棒，对于这些鼠蝎之类的人能浪费人民的武器、弹药吗？安达马卡镇民如此行动、参与，是保护人民正义，表明渐渐看到了自己的力量。他们一踏上这条路，就永远不回头。他们已经不是牺牲品了，开始成为解放者。

随后，开始审判坏镇民、坏丈夫、坏妻子、社会寄生虫、蜕化分子、妓女、同性恋者，审判安达马卡的污泥浊水、封建资本主义制度的残渣余孽；美帝国主义和苏联修正主义支持这个制度，麻痹群众的战斗精神。这一点也将要改变。在革命这个草原上燃起的净化火焰，将烧尽资产阶级个人主义，诞生集体主义精神和阶级友爱。

镇民们装出听进很多、懂得很多的样子。但是，在那天早晨发生事情之后,他们格外激愤、轻率、疯狂,因而参加这第二场审判会时已经不那么拘泥、做作了。这场审判会定将作为安达马卡历史上最暴烈事件留在他们和他们子孙的记忆里。

在手中拿着武器、先后演讲的女人和男人的一再要求下,第一个举起控诉拳头的是多米蒂拉·琼塔莎夫人。她丈夫每喝一口酒,都踢她几脚,强迫她在地上打滚,把她称作"魔鬼屎蛋儿"。他,一个头矮小的罗锅,后脑勺长着一绺猪鬃样的头发,发誓说那一切都是假的。之后,夫妻争吵起来,他呜咽着说,他一喝酒,就魔鬼缠身,怒火中烧,只有打人才能把怒火发泄出来。四十大鞭把他的弯弓的背部打得血迹斑斑,青一块紫一块。受了肉体痛苦之后,他发誓这辈子一滴酒也不喝,低下头连声说"感谢,十分感谢"用皮鞭抽打他的镇民。他的誓言和谢意暴露出心中的恐惧。妻子把他拖回家,涂了些药膏。

一共二十几个男人和女人被审问、判处、拷打或截肢,原因是他们强迫别人白白加班加点劳动或者用空头支票允诺来行骗。必须归还不正当所得、赔偿损失。有多少指控是确有其事,又有多少是在嫉妒和仇恨——这是骚乱的果子;在骚乱中,所有人都觉得被推着去进行比赛,揭发所遭受的暴行和不公——驱使之下捏造出来的?下午过去一大半时间时,开始审判老打钟人堂克里索斯多莫。安达马卡过去有钟时,他一直是打钟人,还当过教堂神父,这已是一年前的事了,镇民们对这一点说不出太多的情况来。一个女人指控堂克里索斯多莫在镇外偷偷拉下一个小孩的裤子。好几个人证实有这么回事。对,他的手很长,总是在男孩身上乱摸,还常常把他们带回家。一个男人,此人的声音由于激动而颤抖,在会场电一般的寂静中坦白说,他小的时候,堂克里索斯多莫像使用女人一样使用过他。他一直不敢说出来,太让人不好意思了。听到他的话,有些人也可以讲出不少相似的事情来。打钟人被用石块和木棒处死了,尸首和名单上的人堆放在一起。

天快黑时宣判大会才结束。这时,堂梅达多·利安塔克移开表哥佛罗依塞尔·奥加托马墓穴的石碑,爬着离开公墓,像魔鬼的幽灵穿过荒野,向普基奥方向跑去。他花了一天半时间才到达省会,精疲力竭,两只眼睛还充满着恐惧呢。他讲述了安达马卡发生的事。

镇民们疲倦不堪,脑袋晕沉,谁都不看谁一眼。他们觉得好像刚刚过完保护神节一样,该喝的喝了,该吃的吃了,也跳了,踢了,打了,祈祷了,三天三夜没睡觉了。此时此刻,他们还觉得那次恍惚、虚幻的大爆炸尚未结束,还不该重新回到惯常的生活中去。但是,现在站在那些尸体面前——还没有掩埋,上面爬满了苍蝇,已经开始在他们的鼻子下面腐烂——感到茫然,不是滋味,后背被打得阵阵作痛。所有人都下意识地感到,安达马卡永远不会像以前那个样子了。

恐怖分子还在不知疲倦地轮流讲话。现在,应该组织起来。没有群众的铁一样的参与,不可摧毁地参与,就没有人民的胜利。安达马卡将成为根据地,将是那条锁链上的一环,这条锁链已经把整个安第斯山脉连在了一起,并且有多条支链伸向沿海和原始森林。根据地是前线的后方。非常重要、有用,不可缺少,正如它本身名称所指出的那样,建立根据地就是为了支援战士们:提供食品,治疗伤疤,隐藏掩护,制作衣服,供应武器,搜集敌情,并且逐渐把做出牺牲的人替换下来。每个人都有自己的任务,都要出力。应该划分成小区,扩展到街道、街区、家庭,为党已经有的一百万只眼睛、一百万只耳朵再增加新的眼睛、新的耳朵,还要增加大腿、胳臂和头脑。

夜幕降临时,镇民们推选出五个男人、四个女人负责组织工作。为了教导镇民,给领导充当联系人,特雷莎同志和胡安同志留在安达马卡。应该打扮成镇民的样子,像在这儿土生土长的人一样,镇上被处决的人当中有他们的亲人。

他们做饭吃饭,之后分散到各家各户,睡在镇民中间。许多镇民彻夜不眠,恐惧不宁,疑心重重,没有安全感,被他们做的、看见的和听到的事吓得失魂落魄。

天亮时,镇民们又被集中起来。在最年轻的年轻人中挑选了几个小伙子和姑娘,让他们参加恐怖集团。他们唱了自己的歌曲,高呼胜利口号,挥动红旗。之后,又划分成来时的那样小分队。镇民们看着他们握手分别,渐去渐远,有的越过内格罗马约河,有的向齐帕欧方向前进,穿过普马兰戈拉河,慢慢消失在梯田里的绿色植物中,消失在铅红色的丛山峻岭中。

"光辉道路"分子离开四十八小时之后,共和卫队和宪兵巡逻队赶到安达马卡。巡逻队由一个年轻的少尉率领,他是海滨人,光头,浑身是肌肉块,戴着深色眼镜,手下人只叫他的绰号:小耙子。镇长-中尉堂梅达多·利安塔克和他们一起回来了;看上去,他年龄一下子长了好几岁,体重也减轻了好几公斤。

尸体还堆放在广场上,没有掩埋。镇民们燃起了火堆,用来驱赶兀鹰。但是,尽管火光冲天,十几只秃鹰还是守在四周。苍蝇比屠宰场里还多。堂梅达多和少尉问居民们为什么不把死人埋起来,谁也不知道怎样回答。没有一个人敢于主动动手,甚至死者的亲属也不敢,他们疲惫不堪,不敢触摸——尽管是为了掩埋——那些被他们刚刚打碎脑袋、打烂面孔、打断骨头的邻居,害怕恐怖集团打回来,制造新的惨案。仿佛他们是把死者当作不共戴天的敌人打死的。

由于调解法官被处死了,少尉便让镇长-中尉亲自起草一份文件,请一些镇民作为目击者签上名字。随后,他们把尸体运到公墓,挖了墓穴、埋葬起来。只是在这个时候,亲属们才反应过来,他们痛苦,他们愤怒,这是预料之中的。他们放声大哭起来,寡妇、儿女、兄弟、侄子侄女、前妻子女互相拥抱,大声咒骂,举起拳头,要求报仇。

广场用消毒水清洗之后,少尉要求镇民们说说事件的情况。不是当着众人的面说。他关在社区办公楼里,把一户户人家分别叫进去。他已经在安达马卡各个出口布置了哨兵,并且下达了命令,没有他的允许任何人都不准许离开镇子。可是,胡安同志和特雷莎同志刚看到巡逻队从普基奥路上走过来,就逃之夭夭了。

亲属们进进出出,有的十五分钟,有的半个小时,低着脑袋,满脸哭相,茫然困惑,痛哭悲伤,仿佛把应该说的说过了头或者说得不足,感到后悔似的。全镇笼罩在阴郁气氛之中,寂静得可怕。居民们不是一副愤怒的表情,就是默然不语,竭力掩饰心中的恐惧和不安,然而他们像梦游病人那样走着——直到深更半夜还有人看见他们在安达马卡的笔直大街上走动,把这恐惧和不安暴露无遗。许多女人走进教堂——它已经破烂不堪,屋顶在最近一次地震时坍塌了下来,整天都在做祈祷。

少尉用了一整天和部分夜晚的时间进行查问,没有休息,也没有吃午饭,只叫人送来一碗肉汤,他一边喝一边调查发生的事。在那非同寻常的第二天,镇民们虽然知道的事情并不很多,但还是知道了堂梅达多·利安塔克就在他们身边,疯也似的向少尉报告前来作证的人的情况,并且参与审问,让他们讲清名字和有关细节。

那天夜里，安达马卡的虚假和睦破碎了。在屋子里，在街角处，在大街上，在广场——所有人都跑到那儿，观察从社区办公楼出来的人——周围，这样的场面引发了争论、争吵、指控、咒骂、威胁，出现了推搡、抓挠、拳头。共和卫士和宪兵没有介入，因为他们接到了这样的指示，或者还没有接到命令，不知道如何对待这所有人对所有人的敌视情绪。他们射出蔑视或冷漠的目光，看着镇民们互相称作杀人犯、同谋、恐怖分子、诽谤者、叛徒、胆小鬼，并且动起手来，可都不动一根指头劝解、拉开。

那些被询问的人必须说出一切——竭力通过夸大别人的责任来减轻自己的责任——少尉因此能大致重建审判的情况，因为第二天，被指支持恐怖分子的那五个男人和四个女人被关在办公楼里。

上午九点钟左右，少尉命令手下把镇民们集中在安达马卡小广场——仍然有几只兀鹰在行刑的角落里转来转去——上，对他们讲了话。不是所有人都懂得这位军官的速度飞快、吃掉尾音的海滨西班牙语。不过，就是把他的话大部分当耳旁风放过去，也明白那是在骂他们。因为他们帮助恐怖分子，对审判默然处之，纵容可怕、罪恶的屠杀行动。

"全安达马卡都要受到审判、受到严惩。"他反复说了好几遍。之后，他耐心地——虽然没有露出理解的表情——倾听了敢于进行复杂辩解的镇民讲的话：那么说是不对的，没有一个人做了什么事，全是恐怖分子所为。先生，他们威胁他们呀，用自动步枪和手枪顶住他们的脑袋逼迫呀，谁不拿起石头，就把谁的小孩像猪一样砍头。镇民之间的说法截然相反，各执己见，不让对方讲话，最后互相指控、漫骂。少尉怜悯地看着他们。

巡逻队那天留在了安达马卡。下午和晚上，共和卫士和宪兵进行大搜查，没收了卡子、饰物，包括一切看上去值钱的物品、挎包和从床垫、箱子和衣柜夹层里找出来的金钱，但是，没有一个镇民向少尉谴责这些抢劫行为。

第二天上午，巡逻队准备带上犯人离开时，堂梅达多·利安塔克和少尉在众人面前争论了好久。镇长-中尉想让巡逻队留下几个人在镇上。但是，少尉接到命令，必须带上所有人返回省会。镇民们应该自己组织巡逻队，监视恐怖分子的动静，保护自己。

"哪有武器呀，少尉？"堂梅达多·利安塔克嗓子都喊破了，"我们用木棍，他们用枪？您让我们这样去拼吗？"

少尉说去和上级首长谈一谈，他会尽量说服他们恢复撤销了将近一年的哨所。随后，带上犯人——他们被捆在一条长绳上——出发了。

过了几天，几个犯人的亲属到普基奥去，当局不能为他们提供一丝线索。无论在宪兵哨所还是军政委员会的办公室里，都没有一个人说有从安达马卡来的一队人。说到那个绰号叫作"小耙子"的年轻少尉，他可能换了单位，因为在册的军官中没有这么一个人，在普基奥谁也不认识他。那时，堂梅达多·利安塔克和妻子已经从镇子消失，没有对母亲和儿女说去什么地方。

"我知道，你已经醒了，非讲给我听听不可。"利图马说，"好吧，托马西多，讲给我听听吧。"

卡车离开廷戈·马利亚以后，开了二十个小时才在傍晚时分到达瓦努科。它在被暴雨破坏得遍体鳞伤的公路上行驶时，有只轮胎爆了两次。托马斯从车斗下来，帮助这个瓦努科的司机进行修理。司机不随随便便提问题。在阿科马约郊外——那儿设置了路障——他们从藏身的地方,即水果袋子、箱子中间听见宪兵问车上带几个乘客,他回答说:"一个也没带。"另外两次,他们停在路旁的村落里吃早点和午饭,托马斯和梅塞德丝也下了车,但没有和司机说话。司机把他们拉到中心市场前面。

"我感谢他在阿科马约路障那儿没有说出我们来。"托马斯说,"我们力图让他相信,我们在逃避一个吃醋的丈夫。"

"如果是为了别的逃出来,千万别待在这儿。"司机劝他们说。那也是在告辞。"森林地区出产的全部古柯,大部分从这条公路运出来,所以瓦努科到处是告密者,逮捕毒品贩子。"

司机挥手向他们告别。天已经黑透了,路灯还没有点着。市场的许多货摊都关门停止营业了。在还开着的摊位里,有人借着昏暗的烛光吃饭。那儿有一股油味、油炸食品味、马粪味。

"我的骨骼和肌肉好像都被挤烂了,"梅塞德丝说,"抽筋,困乏,但是,最要紧的是饥饿。"

她打起呵欠来,不停地揉着胳臂。她的花衣服上挂满了尘土。

"我们找个地方睡觉吧,"加列尼奥说,"我也半死了。"

"这可是一举两得呀,好一顿美餐,"利图马小声说,"去睡觉还是干别的事,托马西多?"

他们向正在喝着滚开肉汤的人询问,打听到一家客栈和小旅馆的地址。他们走路倍加小心,地上横七竖八地躺着乞丐和流浪汉,都在打瞌睡。大街上,不时窜出几条狗来,朝他们疯狂地吠叫。他们放弃了路辛达客栈,那儿离警察局太近。他们走了三个街区,看见莱昂西奥·普拉多旅馆坐落在街角上。两层楼,土墙、锌板顶篷,阳台小得像玩具一样,底层有酒吧兼餐厅。

"负责接待的女人朝我要选民证,但没有朝梅塞德丝要。那女人要我们预付房租。"托马斯说，他开始讲述细节了，"她没有注意我们没有带行李。她准备房间时，让我们在走廊里等候。"

"只一个房间？"利图马兴奋起来，"一张窄床，两个人睡？"

"酒吧兼餐厅里空荡荡的，还没有人。"小伙子继续说，他没有听见利图马的话，把要讲的话拉长了，"我们要了汽水和汤。梅塞德丝打着呵欠，一直在揉着胳臂。"

"如果恐怖分子今天晚上就打死我们，你知道最遗憾的是什么吗，托马西多？"利图马打断他的话，"连个裸体姑娘都没看见就离开了这个世界。自从踏上纳克斯的土地以后，我就觉得被阉割了。我认为那对你很重要，对你来说，回忆一下那个皮乌拉姑娘就足够了，是不是？"

"我就差生病了。"梅塞德丝抱怨说。

"那是一个借口，"利图马说，"我希望你没有相信她讲的话。"

"可能在卡车上不舒服，喝点汤，睡上一会儿就好了。"小伙子给她打气说。

她低声说："但愿如此。"她闭着眼睛，浑身打哆嗦，直到送来饭菜。

"这样我可以任意地观察她了。"托马西多说。

"直到现在我还不能想象出她的模样，"利图马说，"始终看不清她。你说她长得'美'，'美极了'，但这无助于我的想象，你至少说说她是什么样子，说得详细些。"

"圆圆的脸蛋儿，面颊像苹果一样红，嘴唇很厚，鼻子端正。"托马斯一一介绍说，"讲话时，鼻子动得很厉害，像小狗那样嗅着什么。由于旅途疲倦，长长的睫毛下面出现了黑眼圈。"

"哎呀，看来你已经坠入情网了。"利图马感叹地说，"托马西多，你现在还在情网里面呢。"

"她现在头发蓬乱，脸蛋不那么红润了。一路上风吹日晒，但没有很减色。"小伙子坚持说，"班长，她仍然那样漂亮。"

"你对梅塞德丝多少有那样的记忆，这也就可以得到安慰了。"利图马说，"我对皮乌拉没有任何记忆。没有一个皮乌拉姑娘或塔拉拉姑娘令我思念，世界上没有一个女人令我思念。"

他们默默地喝完了汤。过了一会儿，又送来一份米饭团子，他们没有要这种主食。不过，也吃光了。

"突然，她的两只眼睛里滚动起泪珠来，尽管努力不哭出声。"托马斯说，"她在颤抖，我知道，她可能担心我们要出事。我想安慰她，但不知道怎样做。我也觉得我们的未来一片漆黑。"

"把那段情节省略了，我们还是直截了当地说说床上的事吧。"利图马要求说。

"擦干眼泪，"加列尼奥说着递给她一块手帕，"我发誓不会让你出事的。"

梅塞德丝擦干面颊，直到吃完饭一句话也没有说。房间在二楼，走廊的尽头，两张床中间有个床头柜样子的板凳隔着。电灯泡用一根绳子吊起来，布满了蜘蛛网，几乎照不亮龟裂、褪色的墙壁和在他们脚下吱吱作响的木地板。

"那个女管理员给我们送来两条毛巾、一块香皂。"托马西多还在绕弯子，"她说，我们如果洗澡的话，那就赶快洗，因为白天不往楼上送水。"

女管理员出去了，梅塞德丝跟在她身后，肩上搭着毛巾。过了好一阵子,她才回来。小伙子本来躺在床上,挺得比吉他弦还直。他听见她走进屋来,吓了一跳。她用毛巾包着脑袋,衣服没有系上扣子,手上拿着鞋子。

"冲个澡真舒服,"他听见她说,"冷水浴使我一下子恢复了过来。"

他抓起毛巾,也去洗澡了。

"你简直变成傻子了!"利图马生气了。"你还等什么呀?难道这个皮乌拉姑娘把你弄愚了?"

只有一根水柱,不过水很冲。水确实很凉。托马斯打上香皂,用力搓身子,觉得疲劳在一点点退去。他擦干身子,穿上内裤,把毛巾围在腰间。房间里黑洞一般。他把衣服放在柜子上,梅塞德丝已经把自己的衣服叠好,放在那儿了。他探着路,走到空荡荡的床边,钻到毛毯下面。他的眼睛慢慢适应了黑暗。他既焦急又激动,竖起耳朵,想听到点什么。她的呼吸深沉,间隔时间很长。睡着了?他觉得闻到了她的身体,她就在那儿,很近。他忐忑不安,呼吸十分沉重。去见见教父,向他解释解释?"我做的一切都是为了你呀,你倒这样报答我,狗娘养的。"不管怎么说,得到国外去。

"我在想着一切,但又什么也没想,班长。"他助手的说话声颤抖了起来。"我想吸支烟,但不愿意起来吵醒她。躺在她身边,太奇怪了。'伸手摸摸她',这种想法也太奇怪了。"

"讲下去,快一点。"利图马说出脏话来,"托马西多,你真他妈的让我着急。"

"你那样做,是因为喜欢我?"梅塞德丝突然问,"你和胖子去廷戈·马利亚迎接我时,就爱上我了?注意上我了?"

"我以前就看见过你。"加列尼奥小声说,他发现自己说话时嘴巴痛得厉害，"上个月，你去普卡尔帕和脏猪过夜时。"

"在普卡尔帕也是你伺候他呀？怪不得在廷戈·马利亚见到你时，觉得面熟呢。"

"实际上，她并不记得她第一次之行也是我接待的。"他的助手说，"普卡尔帕的那幢房子坐落在河流和木材厂之间，那天一整夜我都在看守那幢房子。我听见他如何打她，听见她如何求饶。"

"如果那事还不见诸行动的话，我真要打你了。"利图马提醒他说。

"当然喽，我觉得你面熟了。"她继续说道，"可是，这么说，你捶胸顿足并不是因为感到恶心，而是因为宗教信仰呀。你注意上了我。那是因为我使你动了情。你是嫉妒呀。所以，你向他开了枪，加列尼托？"

"班长，我的脸发烧了。'她如果还这样继续说下去，我就一巴掌捂住她的嘴巴。'当时，我这样想。"

"你爱上了我。"梅塞德丝半似气恼、半似怜悯地说，"我尽量理解你吧，男人爱上一个女人，会做出种种疯狂举动来，而我们女人更冷静些。"

"你走的地方多，知道人情世故，就以为高人一等。"小伙子终于反应了过来，"你不能把我看成一个穿开裆裤的孩子。"

"加列尼托，你就是个穿开裆裤的孩子呀。不但穿开裆裤，还流鼻涕呢。"她笑了，神情变得严肃起来。她一个音节一个音节地继续说："不过，你爱上了我，你喜欢我，为什么一直没对我讲呀？我是说，让我待在你的身边。"

"她说得太有道理啦。"利图马感叹地说，"你为什么不对她做点什么？托马西多，还在等什么呀？"

大街上传来疯狂的狗叫声,她打住了话头。有人"嘘"了声,骂了一句,又投去一块石头。狗不叫了。小伙子全身从上到下都冒出了汗珠,他看见她坐起来,在床边移动。过了几秒钟,梅塞德丝把手伸进他的头发里,轻轻地弄得蓬乱些。

"你说什么?"利图马有些茫然。

"你从淋浴间回来,为什么不直接到我床上来,加列尼托?你不是一直想那事吗?"梅塞德丝将手从头发移到他的脸上,抚摸双颊,最后移到胸前。"你的心脏跳得那样厉害!嘣,嘣,嘣。你是个怪人。你感到害羞?难道和女人有什么问题?"

"什……什……她说什么?"利图马重复说着,同时在黑暗中直起身子,注意托马西多的表情。

"我永远不占你的便宜,我永远不打你。"小伙子说话有些结巴了,他拉起梅塞德丝的手吻起来。"另外……"

"你在撒谎。"利图马说,他不相信小伙子的话,"不可能,不可能。"

"我从来没有和一个女人在一起过。"小伙子最后坦白地说,"你可以笑我,如果想笑我的话。"

梅塞德丝没有笑。加列尼奥觉得她坐起来了,掀开毛毯,侧起身子,给他让出地方来。当他觉得她已经靠在自己身上时,一把搂住了她。

"二十三岁了,还一尘不染?"利图马说,"孩子,我不知道你在宪兵队里都干什么来着。"

当他吻她——吻头发,吻脖子,吻耳朵——时,听见她压低声音说:

"我终于觉得慢慢理解你了,加列尼托。"

四

公路是不是在向前进展？利图马认为，说在向后退缩更为合适。他来到这里的几个月里，已经停工三次了。每次停工，其过程都像一张密纹唱片那样没头没脑地持续许久。本周末或本月底，工程又将停下来，政府早就给建筑公司下了最后通牒。工会召开会议，工人占领设施，夺走机器，要求得到失业保障。有那么一段弹性时间，没有发生任何事情。工程不见了，营地掌握在工头和会计的手里，他们同情罢工工人，在同一个火锅里吃饭。黄昏时，他们在房舍中间的荒地上做饭。从来没有发生过暴力事件。班长和他的助手也没有介入过。停工结束得十分神秘，没有说明公路的命运将是怎样的。建筑公司，或者部里派来解决分歧的代表允诺不辞退任何人，并且付给工人罢工期间的工资。工程慢慢地恢复了过来。但是，利图马觉得工程不是从停工的地方复工，而是走了回头路。这或者因为爆破的山井有塌方，或者因为连日阴雨，洪水破坏了路基，或者因为别的什么，班长的印象是，工人们仍然在他到达纳克斯时看到的那个地方挖掘、爆破、铲土，或铺砾石和沥青。

他站在雪山之脚一堆山石的最高处，那儿离营地只一公里半的样子，可以望到下面笼罩在清晨的洁净空气之中，房舍的锌板屋顶在晨光中闪着光芒。"就在那座废弃矿井的井口。"那个人对托马西多这样说过。井口被以前支撑坑道进口、布满虫眼的坑木半掩盖着，但坑木已经倒下，用山顶滚下的大小石块一起堵住了井口的四分之三空间。

也许约他来是让他落入圈套？也许是使用什么骗术让他离开加列尼奥？说不定对他们分别下毒手，夺走他们的枪支，拷打之后杀死。利图马想象着他的尸体将变成什么样子：满是枪眼儿，血肉模糊，肢体分离，一张纸片上写着：资产阶级走狗的下场。利图马从腰间掏出史密斯·维森38，向四周扫了一眼，石块，天空，白云在远处飘游着。天上连只倒霉的小鸟都没有。

昨天晚上，托马西多观看两队工人的足球比赛时，那人从背后凑过来，装出评论球艺的样子，对他低声说："有个人知道失踪者的线索。如果有奖赏的话，他将亲自告诉班长。有奖赏吗？"

"我不知道。"加列尼奥说。

"快笑一下。"那人补充说，"盯着球，指着球，别把我牵连进去。"

"好吧。"年轻的宪兵说，"我问问我的首长。"

"明天太阳出来时，请他一个人去废弃矿井那儿。"那人笑了一下，一边用手比划着，一边在脸上做出各种表情，仿佛对球员的脚下动作一个也不放过。"笑一笑，指着球。特别重要一点的是，要忘掉我。"

加列尼奥心情特别激动，赶快回来把消息告诉给班长利图马。

"班长,终于有点线索了。"

"好,托马西多。但愿如此。那个人是谁,你有印象吗?"

"好像是个工人。我觉得以前没见过他。"

天还黑着时班长就起了床,去矿井的路上看见太阳升起。他在那儿待了很长时间。心中的激情已经烟消云散。如果不是事先预谋,他妈的,很可能是某个山里人要对他下毒手,拿穿军装的人开玩笑。他在这里,傻乎乎的,手里拿着手枪,等候着幽灵。

"早上好。"身后传来声音。

他转过身去,手里紧紧握着史密斯·维森。酒馆老板迪奥尼西欧出现在他的面前。

"喂,喂,"他想让他镇定下来,"班长先生,把手枪放下来,别走了火。"

酒馆老板个子矮小,但很结实。他习惯把蓝色毛衣从脖子一直拉到下巴。他的脸胖且黑,长着两排半绿不绿的牙齿,一绺灰色头发从额头耷拉下来,酒精把他的一双小眼睛烧得通红,两只大手像风车翼一样。利图马不禁一惊。这个家伙来这儿干什么?

"这么蹑手蹑脚地走来,可不太礼貌呀,"他嘟哝了一句,"差一点儿吃了我的枪子儿。"

"我们大家被发生的事弄得都很紧张。"酒馆老板低声说。他讲话的语调甜蜜、卑微。不过,那双水汪汪的小眼睛却截然相反,表明他十分自信,蔑视一切。"特别是你们宪兵。事情可非同小可呀。"

利图马一直对迪奥尼西欧存有戒心,而此刻更是有增无减。不过,他尽量掩饰着。他走到他面前,伸出手:

"我在等个人,"他说,"您必须走开。"

"您在等我,"迪奥尼西欧坦白地说,看样子他很开心,"我来了。我在这儿。"

"您不是昨天对托马西多讲话的那个人。"

"忘掉那个人吧。也请忘掉我的名字,忘掉我的面孔。"酒馆老板说着,蹲了下来,"您最好也坐下,从下面能看见我们。我们谈的是秘密呀。"

利图马在他身边的一块平整石头上坐下来。

"这么说,您可以为我提供那三个人的情况了。"

"班长先生,为了这次会面,我可是冒着生命危险呀。"迪奥尼西欧喃喃地说。

"我们大家都是冒着生命危险的,每天每日。"利图马低声说。远处,高高的天空上出现了个黑影,翅膀一动不动,在滑翔,好像吊在空中,被一股看不见的微弱气流驱动着。那种高度,只能是秃鹰。"连可怜的小动物都这样。万卡皮那户人家发生的事,听说过没有?好像连狗都被处决了。"

"恐怖分子进去的时候,有个人在场,这个人昨天晚上到酒馆来了。"迪奥尼西欧操着那样一种声调说,利图马听起来都觉得讲话人兴高采烈,甚至欣喜若狂了,"像往常一样,对他们进行了人民审判。幸运的吃棍子棒子,倒霉的乱石砍头。"

"只差吸人血、生吃人肉了。"

"我们早晚也是那种结局。"酒馆老板说。利图马看见他的两只小眼睛燃烧着,射出不安的目光。"不是一只好鸟。"他想。

"好,我们回到这里发生的事情上来吧。"他说。"您他妈的到底知道些什么,快点告诉我,我将十分感谢您。失踪了三个人。我一点线索都没有。您都看到了,我对您很直率。是'光辉道路'？把他们杀了？带走了？您不会像堂娜阿特利亚娜那样，说是拦路鬼或高山鬼怪干的，是不是？"

酒馆老板拿起一根小棍儿，在地上画起来；在那之前，他把小棍儿放在嘴里咬了一会儿，看也不看一眼。利图马总是看见他穿着那件布满油渍的蓝色毛衣。他的那绺银丝也一直引起他的注意。山里人很少有白发。甚至稍稍上了年纪的人，那些没有长开、身材不高的印第安人——他们看上去像侏儒或未成年的孩子，头发都是黑黑的。不秃顶，也不花白。那是气候的关系，这一点是肯定的；或者因为嘴里总是咀嚼着古柯叶。

"谁也不会白劳动呀，"酒馆老板小声说，"我的信息说不定给纳克斯带来灾难。许多人将人头落地。我如果把信息交给您，自己的脑袋也保不住呀。您考虑过怎样报酬没有？您一定懂得我的意思。"

利图马从衣兜里摸出香烟来，递给他一支，并且给他点着。

"我不想欺骗您，"利图马郑重其事地说，"您如果想得到钱，我连一分都没有。谁都能看到，我和我的助手生活在怎样的条件里。不如工人，更不用说工头了。也不如您。我得请示万卡约的上级。他们即使答复我的话，也得拖些日子。这个问题必须通过建筑公司的无线电台报到万卡约，这样，报务员也就知道了。他一知道，全纳克斯也就都知道了。最后，人们可能这样回答我：'那个家伙要报酬呀，割掉他的一个蛋子，再让他唱支歌。如果不唱，把另一个也割掉。还不唱，就往他的屁股眼儿捅一刀。'"

迪奥尼西欧笑了笑，拍起手来，把全是浮肉的身体往后仰着。利图马也笑了，虽然他没有心思笑。带翅膀的黑影在往下降落，在他们两个人的头顶上划出一道漂亮的弧线，骄傲地向远方飞去。

对，是一只秃鹰。他知道，胡宁的一些村庄里，每逢保护神节时，人们都活捉几只秃鹰，绑在牛身上。人头牛，牛用犄角顶秃鹰。很值得一看。

"您这个宪兵可真是个大好人，"他听见迪奥尼西欧说，"营地的人都承认这一点。您从来不利用权势。这样的宪兵可不多见呀。有的人号称对安第斯山了如指掌，那我该怎样说我自己呢，我是从头至尾走遍了这座山脉的呀。"

"工人们觉得我这个人不错？可是，如果觉得错的话，该是怎样的呀？"利图马嘲弄地说，"我直到现在还没有在营地里交一个朋友。"

"他们尊重您的最好证明是，您和您的助手还活着。"迪奥尼西欧说话声音十分自然，仿佛在说水是液体，夜是黑的一样。他停了一下，又用小棍儿在地上画了起来。他补充说："相反，对那三个人，对小佩得罗，对德梅特里奥，对卡西米罗，谁对他们都没有好印象。德梅特里奥·查恩卡为人虚伪，您知道吧？"

"他当时叫什么名字？"

"梅达多·利安塔克。"

他们沉默了，不停地抽烟。利图马渐渐起了一身鸡皮疙瘩。迪奥尼西欧把这一切都看在眼里。他现在也知道事情的真相了。他们发生了什么事？可怕，肯定是可怕的事。是谁干的呢？为什么？这个两面三刀的酒鬼是同谋，这是毫无疑问的。时间过得真快，天渐渐热了起来，清晨的凉爽空气被驱散了。山峦的颜色好像深了许多，有些山峰在阳光和积雪照耀下闪烁着光芒。山下，空气透彻，利图马看到一些微小的影子在移动。

"我想知道他们发生了什么事情，"他低声说，"您如果告诉我,我将非常感谢。把什么都告诉我,全部。您已经为我揭开了一个角儿。德梅特里奥·查恩卡过去叫梅达多·利安塔克,这是怎么一回事呀?"

"他改了名字,他到处躲避恐怖分子的追捕。也许为了躲避警察,这也说不定。他跑到这儿,以为纳克斯很安全,谁也找不到他。他当工头时,脾气很坏。人们都这样说。"

"那么,一定是他们把他杀了,为什么要拐弯抹角?因为那两个人也死了,是吧?是恐怖分子杀的?营地里有不少恐怖分子吧?"

酒馆老板低着头,仍然用那根小棍儿在地上画来画去。利图马看见那绺白色头发,在猪鬃一样挺直的黑发中特别显眼。他记起了国庆节那天酒馆里纵酒狂欢的情景。迪奥尼西欧忽闪着两只恶毒的眼睛,像两颗葡萄珠似的,唆使所有人——都是男人——结对跳舞:这是他每天夜晚的压轴戏。他在一伙一伙人中间来回走动着,蹦呀、跳呀、碰杯、撞瓶。皮斯科酒一杯接一杯,他不时地模仿狗熊的动作。有时突然扒下裤子。利图马又听见了堂娜阿特利亚娜的笑声、工人们的哈哈大笑声,又看见了酒馆老板的肮脏不堪的屁股。他对那个夜晚感到厌恶。他和托马西多走后,又发生了怎样的脏事呀?那个长着一绺白发的脑袋点了几下。他举起那根小棍儿,在空中画了一个半圆儿,指着废弃矿井。

"三个人的尸首都在矿井里?"

迪奥尼西欧没有说在那里,也没有说不在那里。他的那只胖手又回到刚才的位置上,用小木棍儿指着岩石,脸上露出不耐烦的表情。

"我不主张您去那儿找。"他说,他那副样子与其说可亲可爱,毋宁说居心叵测,"那些矿坑神奇般地支撑着,随便踏一只脚，都会坍塌的。另外，坑道里充满了瓦斯。对，如果没有被魔鬼吃掉的话，应该还在那个迷宫里。您知道是谁，是吗？矿山魔鬼，人类在贪婪驱使下开发的矿山的复仇者。他只杀矿工。班长先生，还是少对您讲这些吧。当您知道的时候，已经是死人一个了。都活不过去一个小时。我把那事告诉您，只是为了金钱，当然早就知道您会被送上断头台。我们要钱，是为了离开这儿。您都发现了。包围圈还在收紧，他们可能随时到这儿来。在您和您的助手之后，我和我妻子也会被列在名单上。也许在你们之前。他们不仅仅仇恨警察。他们也仇恨吸血鬼和行凶犯，仇恨让其他人吸血和行凶的人，仇恨把自己的快乐建立在他人痛苦之上的人。我们也得被判处乱石砍头的这种极刑。必须离开这里，可是，用什么？您没有什么东西来买我的秘密，这是一种运气。班长先生，您挽救了生命！"

利图马用脚一碾，把烟头儿弄灭。也许酒馆老板说得对，他现在还活着大概是由于自己的无知。他想象着那三具碎尸，被抛到潮湿、阴暗的坑道底部，在永恒的黑暗之中，在爆炸气体和硫质气体的通道里。阿特利亚娜夫人说得也许对。说不定是被宗教迷信杀害的。"光辉道路"分子不会把人扔到坑道里，而是暴尸光天化日之下，让所有人都知道。酒馆老板对发生的事了如指掌。谁能干出这种事呀？如果把史密斯·维森对准他的嘴巴，他不慌张？"再叫唤，就把你送到坑道底部，去陪伴那几个人的尸体。"这种事很可能只有席尔瓦中尉能干得出来。在那儿，在塔拉拉。他禁不住笑出声来。

"把笑话讲给我听听，班长先生。"

"我笑我太紧张了。"利图马解释说，"您大概记得，在三个失踪者中，有一个我很熟悉。小佩得罗·蒂诺克帮助我们放哨，自从我的助手把他带到纳克斯以后，一直和我们生活在一起。他从来不做损人利己的事。"

他站起来，走了几步，深深吸了几口气。像前几次一样，他现在觉得满是岩石的大山压得他喘不过气来，安第斯山脉的深沉天空就压在头顶上。在这里，一切都是走向高处的。他身体的每一个细胞都在思念皮乌拉的无垠平原、遍地紫荆、羊群和白色沙丘。利图马，你在这儿干什么？几个月来已经那么多次了，他又一次感到自己不能活着离开纳克斯。他会像那三个人一样，葬身洞底。

"想弄清楚那事，是白白浪费时间，班长先生。"酒馆老板说。他坐在利图马坐过的那块平整石头上。"人们因为发生的事而头脑发热起来。人们变成这样，什么事情都可能发生。"

"你们太天真、太轻信了。"利图马说，"什么骗人的事，什么拦路鬼呀，鬼怪呀，都信而不疑，而在文明之地已经没有人相信这一套了。"

"相反，海滨的人很有知识，是吧？"迪奥尼西欧说。

"像您妻子那样，把失踪的责任推到撒旦身上，那再容易不过了。"

"可怜的撒旦，"迪奥尼西欧说，"阿特利亚娜只是随大流而已。人们不是一直把发生的所有坏事都推到撒旦身上吗？您惊奇什么。"

"可是，您不觉得撒旦那么坏呀。"利图马一边说一边窥视他的表情。

"因为如果不是由于他，我们就学不会生活和享受。"迪奥尼西欧那双讥讽的小眼睛射出挑衅的目光，"或者说，和那些狂热分子一样，反对人们寻欢作乐？"

"对于我来说,人生在世不就是娱乐、享受吗?"利图马说,"在这儿,我也想这样。但是和谁娱乐、享受呀。"

"您还等什么呀,不给您的助手吃点迷魂药,"迪奥尼西欧笑了,"小伙子不错。"

"我可不想沾同性恋那种脏事的边儿。"利图马生气了。

"只是开个玩笑,班长先生,别生气。"酒馆老板说着站起来,"好吧,既然不能做买卖,我就走了,还是让您蒙在鼓里吧。这样对您也好,我再说一遍。但是,对我来说,是凶多吉少。我知道,我已经掌握在您的手心里了。您如果心血来潮,把我们谈话内容讲给随便一个人,我就是死尸一具了。"

他嘴上那样说,但面部没有闪现出半点不安的表情,仿佛他毫不怀疑,班长不会出卖他。

"我的嘴巴比瓶口还严。"利图马说,"很遗憾,我们没有做成交易。不过,这并不取决于我。我穿了这么多年的宪兵制服,等于这个世界上没有我。"

"我可以劝告您一点,"迪奥尼西欧说,"喝个酩酊大醉,把一切忘得一干二净。一个人脑海里空空的,就会感到幸福。我在酒馆里,随时为您效劳。再见,班长先生。"

他用手对他做了个好像致敬的动作,便离开了,但是没有沿着通向营地的那条小路走,而是在坑口那儿转了一圈。利图马又坐在那块石头上,用渗出汗珠的手点着上午的第二支香烟。酒馆老板讲的话像出现在雪山方向的黑鸟一样,在他脑海里盘旋。营地里有许多恐怖分子的帮凶,这一点毫无疑问。正因为如此,迪奥尼西欧才惶恐不安,想离开纳克斯,尽管想对他的某位顾客揭发出来,捞些钱。莫非那三个人在什么事情上拒绝合作,拒绝同某个人合作,所以才被扔到矿井底部活活摔死？如果某天夜里恐怖分子放火烧掉哨所，把他和助手烧成肉干，上级将向家属表示哀悼，把他们放在议事日程上。可悲的安慰哟。

他一口接一口地抽烟，已经不再生气，而是变得精神不振、沮丧悲哀了。不，不可能是"光辉道路"干的。很可能是山里人的某种巫术或蠢行所为。他站起身来，向被石块半掩着的矿井方向走了几步。在哪里？或者是哪个醉汉编的谎言，想捞几个索尔，离开纳克斯？他和托马西多必须到那儿看个究竟，尸首到底在不在那里。

他扔掉香烟头，向山下走去。加列尼奥一定已经开始准备早餐。托马西多也有令人不解的地方。夜里，他常常突然哭起来。这只是因为那个皮乌拉姑娘？不管怎么说，这太可笑了。天简直快塌下来了，处决、失踪、魔鬼、幽灵、拦路鬼。宪兵托马斯·加列尼奥整天哭泣，因为他被一个姑娘抛弃了。唉，她是第一个投入他怀抱的女人，是她使他失去了"贞操"。事实很清楚，她是唯一一个吞食了这个天真青年的女人。

那天清晨，像以往几次外出旅行或郊游一样，哈古特夫人天还没有放亮就起了床。过了好几秒钟，她上好的闹钟才响。近三十年来，她一直这样，每次到农村去，无论是工作还是游玩（对她来说，这两样东西是分辨不清的），都有一种新奇的感觉。她很快穿好衣服，为了不吵醒丈夫，踮着脚尖下楼到厨房，准备一杯咖啡。昨天晚上，她就把旅行箱子收拾停当，放在临街大门口旁边。她洗刷咖啡杯子时，马塞洛出现在厨房门口，穿着长衫，光着脚，头发蓬乱，不停地打呵欠。

"我尽量不弄出声响，可总避免不了。"她抱歉地说，"或者潜意识不听从我的,想让你醒来?"

"你如果不去万卡韦利卡,你要什么东西我都给。"他又打了个呵欠,"我们谈判谈判,好吗?我这儿有一大本支票。"

"月亮和星星,这是开始谈判的条件。"她笑了,顺手递给他一杯咖啡,"马塞洛,你别犯傻了。我在山上,要比你每天去办公室安全得多。利马大街比安第斯山危险,统计数字说明了这个问题。"

"我从来不相信统计数字。"他一边打呵欠,一边伸懒腰。他望着她,看着她有条不紊地收拾杯子、盘子、刀子,一样样摆在柜橱里。"你一趟趟去那里,非得得上胃溃疡不可,奥滕西娅。如果不先让我得心肌梗塞死去的话。"

"我从安第斯山带回新鲜奶酪。"她把他额头上的一绺长发梳理好,"回到床上去,做个梦,梦见我。我不会出什么事,别犯傻。"

这时,他们听到部里的吉普车停在门口,哈古特夫人急忙走出去。她吻别丈夫,又一次安慰他说,不必提心吊胆,并叮嘱他把装有亚纳查加-切米连国家公园照片的信封寄给史密森尼博物馆。马塞洛走到大门口,一边告别,一边把前几次的话又对卡尼亚斯说了一遍:

"一定把她给我安全无恙地带回来,工程师。"

利马街头空荡无人,湿漉漉的。没过几分钟,吉普车就开上了中央公路;公路上,车辆还很少。

"工程师,您出来时,您妻子也像我丈夫那样紧张吗?"哈古特夫人问道。利马的街灯渐渐地落在了后面。远方,显露出了乳白色的晨曦。

"也有点儿，"工程师同意地说，"不过，米尔塔没有多少地理知识，意识不到我们是去虎口。"

"去虎口？"司机说。吉普车颠了一下。"工程师，应该早些告诉我呀，我就不来了。给那么一点钱，我可不想把命搭上。"

"也没给我们多少钱呀。"卡尼亚斯笑了。

"还多少给你们一些呢，"哈古特夫人接过话茬说，"我可一分钱都不挣呀。我做这一切都出于对艺术的热爱。"

"您酷爱艺术，夫人。您当然要为这些事付出代价呀。"

"当然喽，这是大实话，"她同意他的话，"这能把我的生活弄得充实些。植物和动物从来没有使我感到沮丧过。而人类，却相反，有时使我感到不快。您也是喜欢艺术的，工程师，如果不是因为那一点点工资这个重要的缘由，您是不会待在部里的。"

"这都是您的过错，夫人。我对您讲过，因为读了您发表在《商报》上的文章。您打开了我的胃口，想到秘鲁各地旅游，看看您描绘的那些奇迹。我之所以学习农学，并且最后来到林业司，都是您的过错。您不感到良心上受到谴责吗？"

"我三十年来一直在寻找知音，现在有了一个学生，"哈古特夫人说，"我可以死而瞑目了。"

"您有许多学生，"卡尼亚斯工程师说，语调中充满自信，"您使我们发现了我们所拥有的得天独厚的土地。而我们对待这块土地太残忍了。我认为没有一个秘鲁人像您这样直接认识这个国家。他们做的和您背道而驰。"

"我们太客气了，现在，我把这朵鲜花戴在您胸前，"哈古特夫人说，"您来到部里以后，我的生活发生了很大变化。终于有了一个人理解环境问题的重要性了，不停地同官僚主义作斗争。

工程师,这不是演说。由于有了您,我已经不像以前那样感到孤独了。"

他们到达马图卡纳时,山丘之间射出了太阳光芒。那天上午天气干冷。在余下的路程里,工程师和哈古特夫人在穿越拉奥罗亚冰峰和哈乌哈温暖谷地时,一直在研究为万卡韦利卡山区绿化计划寻找新的赞助,这个绿化计划是粮农组织和荷兰共同主持的,他们这次是去调查取得了哪些成果。几个月前,粮农组织和荷兰在圣伊西德罗的一家中国餐馆组织过一次庆功会。经过四年的工作,又是备忘录、座谈,又是文章、信函、交涉、推荐,最后才取得那些成果。绿化计划已经启动。社区不再把精力集中在放牧和粮食作物上,已经开始同树木打交道了。如果资金到位,用不了几年工夫,茂盛的灰毛林将重新覆盖那些山洞、石穴,洞穴里到处是雕刻的神奇文字和图画——远古祖先留下的信息。一旦恢复和平,全世界的考古学家都会前来破译的。需要更多的国家和基金会提供现金赞助。倡导者应该教育农民做饭、取暖时不用木材,而用动物粪便。还需要建立一家试验站,至少再建十处苗圃。总之……尽管哈古特夫人是一个务实的女人,但常常被幻想拖着行走,用理想重塑现实。她太了解这个现实了,她大半辈子一直在同它作斗争。

中午刚过,他们便来到了万卡约,停下车抓紧吃饭,司机也好加油、检修吉普的马达和轮胎。他们走进广场角落的一家餐馆。

"我差一点说服西班牙大使同我们一道来,"哈古特夫人对工程师说,"但他未能如愿以偿,因为从马德里来了一个什么代表团。他答应我下次一定来。他将竭尽全力,看看能不能让西班牙政府帮助我们。生态在西班牙好像也很时髦。"

"我真想去欧洲看看,"卡尼亚斯工程师说,"我母亲的祖父是加利西亚①人。那儿,我们可能还有亲戚。"

旅程的第二阶段,他们几乎无法进行交谈,公路破坏严重,吉普车颠簸、摇晃得十分厉害。阿科斯坦博和伊斯库恰卡之间的路程,坑洼和塌陷是那样严重,都差一点调转车头返回了。尽管他们下扶座位,上抓车顶,但一遇上坑坑洼洼便彼此相撞起来,有时几乎被甩下车去。司机很开心:"小心车轮下!""发怒的公牛在前面!"司机一边开车一边唱着。他们夜里才赶到万卡韦利卡。天气很冷,他们穿上毛衣,戴上毛手套,围上围巾。

地区长官在旅游者饭店等候他们,因为已经收到利马的指示。他们洗完澡以后,长官在该饭店设宴款待。部里派出的陪同他们的两个技术员也前来欢迎。还有卫戍司令,他个子矮小,待人很热情。司令行军礼,紧紧握手。

"夫人,接待您这样一位如此重要的人物,是我的莫大荣誉。"他摘下军帽,说,"我一直读您发表在《商报》上的专栏文章。我读过您的关于瓦伊拉斯谷的著作。很遗憾,我没有把书带来,本来想请您签个名的。"

他告诉他们巡逻队已经准备就绪,早晨七点钟就可以开始视察。

"巡逻队?"哈古特夫人用眼睛询问卡尼亚斯工程师。

"我已经解释过,我们不需要保护。"工程师对地区长官说。

"我反映给了司令。"地区长官耸耸肩膀说,"但是,船长在,海员就没有指挥权了。这里是军事当局的紧急状态地区。"

"很遗憾,夫人,不过,我不能让你们在没有保护的情况下

---

① 西班牙北部的一个地区。

只身到那里去。"司令提醒他们说。司令很年轻,胡须修剪得十分整齐,尽量表现得热情些。"这个地区很危险,破坏分子叫它'解放区'。我们责任重大呀。我向您保证,巡逻队不介入你们的任何行动。"

哈古特夫人叹了口气,同卡尼亚斯工程师交换了个沮丧的眼色。应该向司令好好解释一下;自从这一带山区发生暴力事件,到处死人、幽灵游荡、充满恐惧以来,他向地区长官、地区副官、尉官、校官、司令、宪兵、共和卫队和普通士兵一再说过,不需要保护。

"我们不是搞政治的,和政治毫无关系,司令。我们关心的是自然、环境、动物、植物。我们不是为这个政府,而是为秘鲁效劳。为所有秘鲁人效劳。为军人,也为这些地区首长效劳。这一点,您知道吧?如果看见我们身边有那么多士兵,就会对我们,对我们做的事情产生不正确的想法。感谢您的好意。我们不需要保护,我对您坚定地说明这一点。我们的最好保护,就是孤身而行,告诉他们,我们没有任何东西隐瞒。"

司令不让步。他们走了万卡约到万卡韦利卡之间的路已经是冒很大危险了,那一带发生过十多次拦路、杀人事件。司令仍然坚持,他为自己辩护。也许他们认为他固执己见,但那是他的职责,不想事后被人责备。

"我们写张纸条,签上名字,不让您负任何责任。"卡尼亚斯工程师提议说,"司令,您不要错怪我们。可是,为了我们的工作,他们不能把我们同你们混淆起来。"

当哈古特夫人说如果司令仍然坚持,她就停止考察时,争论才最后结束。司令起草了个东西,让他们签字,并请地区长官和两位技术员做见证人。

"您的脑袋可真顽固呀，"哈古特夫人在向他预祝晚安时，与他和解了，"不管怎么说，感谢您的合作。把您的地址写在这里，我有本书快出版了，是写科尔卡谷地的，照片很美，我寄给您。"

第二天早晨，哈古特夫人去圣塞巴斯蒂安教堂听了弥撒，观看了好一阵子它的庄严的殖民时代柱廊和画着挂满眼睛的大天使宗教组画。他们分乘两辆车出发，吉普和黑色的福特。地区首长和两个技术员乘坐后一辆车。在驶向圣巴巴拉煤矿的路上，他们曾遇上一队巡逻兵。士兵的步枪上好了刺刀，仿佛随时准备射击似的。又开出几公里以后，道路便变成一条似有似无的小径。吉普车为了不把福特甩得很远，放慢了速度。有两三个小时，他们一直走走停停，上上下下。在半荒芜的景色里，光秃秃的大山连绵不断，山坡上的生命迹象和颜色标志只是偶然可见的茅屋和土豆地、燕麦地、蚕豆地、甜薯地。福特已经失去了踪影。

"我最后一次来到这里时，没有这么多标语和红旗。"卡尼亚斯工程师说，"司令讲的话大概是真的。好像这个地区控制在他们的手里。"

"只要不影响绿化工程。"哈古特夫人说，"有这一点就行。四年一定能实现规划，当……"

"到现在为止，我一直没有插话，这你们很清楚。"司机说，"可是，如果问我的意见的话，我觉得有巡逻队保护更安全些。"

"如果这样的话，他们一定会把我们看成敌人。"哈古特夫人说，"而我们不是他们的敌人，不是任何人的敌人。我们也在为他们工作。知道吗？"

"我知道，夫人。"司机嘟哝了一句，"但愿他们也知道。您在电视里没有看见他们干的惨无人道的事？"

"我从来不看电视。"哈古特夫人说，"也许因为这一点，我才感到那么平静。"

黄昏时分，他们来到华依拉拉海拉社区，那里有一处苗圃。农民们都去那里领取灰毛树苗，栽在耕地、池塘和小溪旁。社区中心除了一座小教堂——它是瓦顶，钟楼被削去了脑袋——泥土小学、粗石广场以外，几乎是空荡荡的。但是，华依拉拉海拉镇长和镇委高举着权杖，让他们参观了社区成员义务劳动建立起来的苗圃。看来，他们对绿化规划很有积极性。他们介绍说，到目前为止，所有社区成员都住在山上，十分分散。但如果制订规划，把人们集中起来的话，就必须有电和自来水。山下明亮的地方，可能是一大片土地，黑乎乎的地块是庄稼，还有一块硬板地渐渐升高，消失在云朵之间。卡尼亚斯工程师深深吸了一口气，张开双臂。

"这里的景色驱走了我在利马的神经官能症！"他十分激动，指着景色说，"夫人，您不是这样吗？我们本应该带来一瓶什么酒，用来驱寒。"

"您知道我第一次是什么时候看到这种景色的吗？二十五年前。就是从您现在站立的地方。太奇妙了。走吧？"

苗圃旁边有间小屋子，可以吃饭。工程师和哈古特夫人前几次就住在这里，这次也要住在这里。但是，昔日的那户人家只剩下了一个老奶奶。老奶奶对他们解释不清楚，不知道亲人在什么地方，为什么离开这里。小屋子里，除了一张大床外别无他物。老奶奶默然无语，忙着干活，点着灶火，移动炒锅，背朝向他们。镇长和镇委返回自己家中。社区中心只剩下他们两个人了。苗圃的两个看守关在自己的房间里，把门闩起来。芦苇鸡栏——哈古特夫人记得，那里原来养着小羊和母鸡——里，空空如也。所有木桩都被拔除了。屋顶的草垛上，一根木棍的顶端挑着一块红色法兰纸。

当福特载着地区长官和两个技术员到达华依拉拉海拉时，深栗色的天空已经布满星斗。工程师和哈古特夫人打开行装。他们把睡袋摆在小屋的一个角落里，把橡胶枕头充满气，点燃便携式煤气炉，开始煮起咖啡来。

"我们还以为你们出了车祸呢，"卡尼亚斯工程师打招呼说，"我正要去找你们。"

但是，地区长官变成了另外一个人：身材矮小，是万卡韦利卡的大好人，对人有礼貌。此刻，他的两只眼睛射出愤怒的光芒来。真的，有个轮胎被扎了，但使他怒火中烧的并不是这一点。

"必须立刻回去，"他一边走下车，一边命令说，"我无论如何不能在这里过夜。"

"喝杯咖啡，吃块饼干吧，好好欣赏一下景色。"工程师安慰他说，"这里的景色在世界任何地方都看不见。好了，别发火了。"

"您没有发现吗？"地区长官提高嗓门说。他下巴颤抖，眼睛时而睁开，时而闭上，仿佛被光线刺耀了一样。"您没看见一路上都是涂写的口号吗？我们的头上不就飘着一面红旗吗？司令说得对。这太冒险了。我们不能这样白白送死。特别是您，哈古特夫人，更不应该这样。"

"我们是来工作的，而且这工作与政治没有任何关系。"她让他消消气，"但是，您如果觉得不安全，可以回城里去。"

"我绝不是胆小鬼。"地区长官的声音都变了，简直不是人的声音了，"这太莽撞了。我们已经处于危险之中了，不能在这里过夜。我不能在这里过夜,技术员不能,工程师也不能。听我的,快回去。我们和巡逻队一块回来,哈古特夫人,您不能让别人跟着您遭到不测。"

卡尼亚斯工程师向两个技术员转过身去,他们一直听着争论,一句话也没有说。

"你们也想走吗?"

他们很年轻,衣着十分简朴。他们那副样子好像很自然,互相看了看,没有说什么。

"他们不勉强了,我说,"哈古特夫人说,"如果愿意回去,可以走。"

"您留下吗,工程师?"其中一个人终于开了口。他是北方口音。

"当然喽。"工程师说,"我们斗争了很长时间,才争取下来这个项目,又是朝粮农组织申请经费呀,又是向荷兰要钱呀。事情一旦开始,我决不走回头路。"

"那么,我们留下来吧,"提问题的那个技术员说,"听天由命吧。"

"很遗憾,但是我必须走,"地区长官说,"我负有政治责任。他们如果来,不等我讲话就得一命呜呼了。我请求司令给你们派巡逻队来。"

"千万别派,"她说着向他伸过手去,"您走吧,其他事情不用管了。过几天,我们在万卡韦利卡见面。祝您回程之旅一帆风顺。不必为我们担心。到了那边,有人保护我们,要比巡逻队好得多。"

他们把技术员的毯子和手提包从车上卸下来,看着福特在黑暗中渐去渐远。

"这么晚了一个人回去,又走那条路,简直是发疯。"一个技术员喃喃地说。

有好一阵子,他们几个人默默地忙碌着,准备在那间小屋子里过夜。老奶奶为他们做好木薯辣汤以后,便躺在她的那张大床上休息去了。他们一个挨一个放好睡袋和毛毯,然后燃起火堆,围着坐下来;天上的星斗眨巴着眼睛,渐渐多起来。他们有三明治,还有火腿、鸡肉和鳄梨。哈古特夫人把点心、巧克力分给每个人。他们慢慢地用餐,一边吃一边聊天。他们谈到了第二天的行动路线,谈到了在利马的亲人。那个北方口音的技术员是帕卡斯马约人,他谈到了自己的未婚妻,她是特鲁希略人,去年曾经获得海军服装设计大赛二等奖。之后,谈话集中在星星上。夜间,从这里的安第斯山峰望去,星星显得格外多,格外明亮。突然,哈古特夫人改变话题,说:

"三十年来,我一直在秘鲁旅行,说句老实话,从来没有想到某一天会发生这样的事。"

工程师、技术员和司机一声不响,他们是在思索她的话。过了一会儿,他们便躺了下来,和衣而睡。

当考察人员起床时,他们来了。那时,天刚刚放亮。一共有五十几个人,男人,女人,年轻人占多数,还有几个孩子。大部分是农民,但也有城里的混血儿。他们穿着长衫、斗篷、便鞋或轮胎凉鞋、牛仔裤,毛衣上绣着粗鄙的花纹,那是模仿西班牙征服前的古陶装饰。脑袋上戴着护耳帽、草帽或单帽;有的人用护耳帽把面部遮挡起来。他们的武器很可怜,只有两三个人拿着卡拉什尼科夫,其余的拿着猎枪、左轮手枪、卡宾枪,或者只拿着砍刀和木棍。做饭的老奶奶早失去了踪影。

"不必把枪口对准我们,"哈古特夫人走上前去说,"我们没有武器,也不会逃走。我可以和你们的首长谈谈吗?我要向他解释一下,我们在这里做什么。"

没有一个人回答她。没有听到命令声,但所有人都好像早就接受过良好的训练一样。一堆人分散开来,两一组三一群,把他们五个人分别包围起来,仔细搜身,把衣兜里的东西统统掏了出去。然后,用绳子或肠衣把他们的胳臂反绑在背后。

"我们不是你们的敌人,我们不是搞政治的,我们不是为政府,而是为秘鲁人工作的。"哈古特夫人一边说一边伸长手,让他们检查,"我的任务是保护环境,不让大自然受到破坏,让山区的孩子们将来有饭吃,有工作做。"

"哈古特夫人写了许多书,都是有关我们的植物、我们的动物的。"卡尼亚斯工程师解释说,"她是一个理想主义者。她和你们一样,都想让农民生活得更好些。由于她,这个地区将种满树木。这对社区居民,对万卡韦利卡来说,是一件大事。对你们,对你们的子孙后代来说,是一件大事。这对我们大家都有好处,不管政治思想如何。"

那些人让他们讲话,不打断,但并不注意听。他们已经摆好阵势,在各个重要地点——能够俯视他们来时走过的路和通向雪山之路的地点——布置了哨兵。那天早晨,天气干冷;天空晴朗,寒风刺骨。高山峭壁显得格外鲜绿。

"我们的斗争和你们的斗争很相似,"哈古特夫人说,她的声音镇定,表情里没有一丝惊恐,"不要把我们当作敌人,我们不是你们的敌人。"

"我们可以和你们的首长谈谈吗?"卡尼亚斯工程师不时地问一句,"或者和某位负责人谈谈?"

过了好一阵子,有几个人走进小屋。外面的人让考察人员一个一个地进去。他们被大声地审问,站在外面的人能够听到一些审问内容。审问进行得很慢,反反复复。有时问个人简况、政治倾向,有时问到某些人物和一些稀奇古怪的事情。司机是第一个被叫进去的,接着是两个技术员,然后是卡尼亚斯工程师。他出来时,已经是黄昏时分了。哈古特夫人有些慌了,她已经在那儿站了十个小时,没有吃一口饭,没有喝一口水。但是,她不饿不渴,也不累。她想到了丈夫,与其说为自己感到痛苦,毋宁说为丈夫感到悲伤。她看到卡尼亚斯工程师出来了。他的表情和先前不一样,仿佛失去了安全感,和白天那种兴奋心情,想对他们解释情况的那种兴奋心情迥然不同。

"他们听你讲话,但听不进去,根本不想知道你在对他们说什么,"她和他交叉而过时,听见他喃喃地说,"好像是另一个星球的人。"

她走进小屋。他们让她坐在地上,姿势和在场的三个男人、一个女人一样。哈古特夫人把身子转向一个身穿皮上衣、脖子上围着围巾的男人。此人很年轻,胡须留得老长,褐色的眼睛冷漠,目光直射。她对他讲了自己的身世,讲得很详细,从出生——她很快就满六十岁了,她生在一个遥远的波罗的海国家,那个国家是什么样子她不记得了,也不会讲它的语言——讲起,童年是在欧洲和美洲度过的,学习时很不安定,换了好几所学校、好几种语言、好几个国家。她最后来到秘鲁,那时她都快三十岁了,刚刚同一位年轻外交官结婚。她还讲了,一来到这个国家,便爱上了秘鲁人,特别是对它的荒漠、原始森林、高山、树木、动物、白雪产生了浓厚兴趣。现在，秘鲁已经变成了她的祖国。这不仅因为她的护照——她的国籍是随第二个丈夫马塞洛的，还因为她走遍了秘鲁大地，写文章、做报告、著书立说，多年来一直研究和宣传秘鲁的美丽的大自然，从而有权利称自己是秘鲁人。她下决心这样做到生命的最后一刻，因为她生命的意义就在于此。她不是他们的敌人，懂了吧？

他们一直听着她的讲述，没有打断她，但他们的面部没有流露出半点兴趣。只是当她讲完如何同卡尼亚斯工程师这个性格豁达、富有自我牺牲精神的年轻人克服种种困难、推动万卡韦利卡的绿化工程上马以后而沉默下来时，他们才开始向她提问题。他们没有表现出厌恶、反感来，都是干巴巴的、公式化的问题，说话声不高不低，和平时讲话一样。哈古特夫人想，这些问题都是例行的，没有什么意义，因为他们事先已经知道答案是怎样的。他们问她从什么时候开始给警察、军队和情报部门递送报告，还问到了她为什么经常外出旅行、到处奔波。她一一做了准确而详细的回答。军事地理学院曾经要求她帮助常设机构重新制作一套精细的地图册。这是她同武装力量的唯一联系。其他方面，也就是在军事学院、海军或高等军事研究中心作过几次报告而已。他们还想知道她同外国政府的联系，为哪些国家服务，哪些国家给她下达指示。她解释说，她与之保持联系的不是政府，而是科研机构，如华盛顿的史密森尼博物馆、巴黎的人类博物馆、伦敦的不列颠博物馆，还有几家基金会和生态中心。她从这些机构曾经得到过经费；每一次，钱都少得可怜，都用在小型工程上。但是，她讲话、说明情况、回答问题时，再三强调那些接触、联系都是为了科学研究，除了科学还是科学。这时，她从审问者的表情和目光看得出他们一定理解偏了，双方根本无法交流，仿佛她讲中文，那些人讲西班牙文一样。

当审问好像接近尾声时，哈古特夫人感到口干舌燥，精疲力竭。

"是不是要杀死我呀？"她问道。她第一次感到自己说话声音变了。

穿皮上衣的男人盯着她的眼睛，眼皮一眨不眨。

"这是一场战争，您是阶级敌人的马前卒，"他解释说，用白眼珠看着她，以他自己的单调声音做着独白，"您成了帝国主义和资产阶级国家机器的工具，只是您还没有意识到。另外，您高谈阔论，心眼儿好，认为自己是秘鲁的伟大的撒玛利亚女人。您是一个十分典型的例子。"

"您可以解释一下吗？"她说，"老实说，我不明白这是什么意思。我是哪方面的典型例子呀？"

"是背叛人民的知识分子的典型例子。"那个人说。他的声音仍然那样平静、冷漠。"为资产阶级政权、为统治阶级服务的知识分子。您做的事和环境保护没有任何关系，而和您的阶级、和政权的关系十分密切。您和那些官员在一起，用报纸做广告，为政府效劳。谁说这里是解放区？谁说这个地区已经成为新民主主义共和国？纯粹是信口雌黄。这就是证明。看看这些照片。资产阶级的和平笼罩着安第斯山。这您也不知道，但是在这里有一个新的国家在诞生。流了多少血，受了多少苦呀。反对如此强大的敌人，我们不能手软。"

"我至少可以为卡尼亚斯工程师说点情吧？"哈古特夫人说话有些结巴了，"他几乎和您是同一辈的年轻人。我没有见过一个他这样的理想主义的秘鲁人，如此热情工作……"

"谈话结束了。"穿皮上衣的年轻人说着站起身来。

他们从屋里走出来时,太阳正向山后移去,苗圃开始消失在一个大火堆里,火舌把空气都烧热了。人们感到自己的面颊被烧着了一样。哈古特夫人看见司机走上吉普车。过了一会儿,车开动了,向万卡韦利卡方向驶去。

"至少他得救了。"卡尼亚斯工程师说。他在她身边。"太好啦,这个混血儿是个大好人。"

"我感到很遗憾,工程师。"她喃喃地说,"我对不起您。我不知道怎样向您……"

"夫人,这对我来说是个莫大的荣誉。"他说,声音还没有完全卡在咽喉里,"我是说,在这种时候陪伴您,两个技术员被带到那边去了,他们不是什么重要人物,朝脑袋上打一枪了事。您和我不同,是享有特权的。他们刚刚对我解释过。好像是象征性的。您是教徒吧?请为我祈祷吧,这是我的请求,我不是教徒。我们可以结合吗?我如果能拉一下您的手,我将更好地坚持下去。我们两个人要坚持下去,好吗?过来一点,夫人。"

"托马西多,你又在说什么梦话呀?"利图马说。

小伙子惊恐地睁开眼睛时,太阳已经射进房间。这个房间比昨天晚上显得更狭窄、更嘈杂。梅塞德丝已经漱洗、穿饰好,用那双询问的目光从床角望着他。她的面孔上浮出一丝嘲弄的微笑。

"几点钟啦?"他一边说一边伸着懒腰。

"我看着你睡觉已经好几个小时了。"梅塞德丝张开嘴巴,笑了。

"别说了,别说了。"小伙子觉得有些别扭。"还好,你今天醒来心绪很好。"

"不仅仅看着你睡觉,还听你说话呢——我的班长,在梅塞德丝的黝黑面部露出几颗洁白的老鼠牙齿——你说呀,说呀。我还以为你装睡呢。可是,我走过去一看,你的嘴角干干的。"

"托马西多,你在梦里说什么鬼话了?"利图马又问了一句。

"我正在吃火鸡,班长,那味道谁也想象不到。"

"你学得真快,没多久就赶上了潮流。"梅塞德丝大笑起来。他为了掩饰自己的茫然和困惑,假装打了个长呵欠。"你还在对我说昨天晚上的那些美食。"

"已经到了调情的时候了。"利图马开心地说。

"也是的,人睡着了什么都能说出来。"加列尼奥自辩说。

梅塞德丝变得严肃起来,直勾勾地看着他的眼睛。她向他伸过手去,把指头伸进他的头发里,托马斯觉得她像昨天晚上一样,把他的头发梳理平整。

"你真的感受到了整夜对我说的那些东西?你睡着时继续对我说的那些话?"

"那样说出自己心中的秘密,太爽直了。谁也没有看见过那种方式。"托马斯激动地说,"班长,我感到不好意思。"

"你的嘴真甜,也变得老练了。"利图马纠正说,"我的那位同乡使你发生了一百八十度的变化。"

"还是说,你和我亲热了,你现在满足了,热乎劲儿就过去了?"梅塞德丝补充说。她简直要用眼睛把他吃掉。

"在大白天讲那些黑夜里咬着耳朵讲的东西,班长,并不能使我感到满意。我几乎生气了,我发誓。但是,她刚刚开始为我梳理头发,我就转怒为喜了。"

"我知道,你不喜欢我对你讲那种事。"梅塞德丝说着,又变得严肃起来,"但是,你只见过我两次面,没说过两句话,就那样爱上了我,我也感到有些突然。谁都没有对我说过那种话,一个小时接一个小时地说,甚至完了事以后还说。谁也没有像你那样跪下来吻我的双脚。"

"你跪下,吻她的双脚?"利图马惊讶了,"那已经不是爱情了,而是教徒的崇拜。"

"亲爱的,我的面部烧了起来,都不知道如何动作了。"小伙子开玩笑说。

他记得昨天晚上把毛巾扔在了床脚下,伸手去摸。毛巾在地上,他抓起来,围在腰间,站起来。他从梅塞德丝身边走过时,俯身吻了一下。嘴贴在头发上,轻轻地说:

"我对你说的话,都是我的内心感触。是我对你的真挚感情。"

"你百分之百地变成了恋人。"利图马精神大振,"又躺到床上去了?"

"我来例假了,你别太激动了。"梅塞德丝说。

"你用那种方式说话,我真不习惯。"加列尼奥说着笑起来,"要么学会适应你,要么改变你?"

她在胸脯上拍了一下。

"快穿上衣服,准备去吃早餐。昨天夜里那么累,还不饿呀?"

"我在皮乌拉的妓院里,曾经和一个来例假的妓女睡过觉,"利图马回忆说,"她要我一半钱。我的热血青年朋友把我鼓动得发疯了,听了他们的,非染上淋病不可。"

加列尼奥一边大笑着一边走到走廊里。淋浴的水龙头和洗手池都没有水,但那儿放了一脸盆水,还可以像小猫那样洗一下。他穿好衣服,两个人下楼到餐厅去。现在,桌子上都坐满了人,不少人转过头来看他们。人们已经在用午餐,那时都过了中午了。他们坐在唯一一张空桌子上。服务的小伙子说已经过了吃早餐的时间。他们决定离开那里。付房钱时,那位女管理员告诉他们,大公共汽车和小公共汽车售票站都在马尔马斯广场。他们去那儿之前,经过一家药店,给梅塞德丝买卫生巾。他们还去了商店,各自买了件驼羊毛衣,为到山上御寒用。

"还好,脏猪预付了我一些钱。"托马斯说,"如果我们口袋里一分钱都没有,该怎么办呀?"

"那个吸毒犯没有名字呀?"利图马问,"你为什么总叫他家伙、脏猪、首长什么的?"

"谁都不知道他叫什么名字,班长,我想我教父也不知道。"

他们在一家小咖啡馆吃了奶酪三明治,立即去打听班车情况。他们决定乘坐下午五点的班车,第二天中午能到达首都利马。夜间,公路检查站松得多。那时,刚刚下午一点钟。他们便在阿尔马斯广场上休息。高大的树荫下,不感到那么炎热。加列尼奥叫人把皮鞋擦干净。在偌大的广场上,到处是擦皮鞋的、卖东西的、流动照相的,还有不少流浪汉,不是晒太阳,就是躺在凳子上睡大觉。来往车辆很多,一辆辆卡车上满载着水果;卡车有的来自原始森林,有的出发去山区和海滨。

"可是,我们到了利马以后怎么办呀?"梅塞德丝问。

"我们一起生活。"

"就是说,我们的事你一个人决定了。"

"对，你如果同意，我们结婚。"

"这可真是神速呀。"利图马打断他，"结婚是件严肃的事呀？"

"在教堂里，戴白纱，穿白色礼服？"梅塞德丝惊讶地问。

"你说了算。你如果在皮乌拉有家，我和我母亲去那儿向你求婚。因为我没有父亲。亲爱的，一切听你的。"

"你真让我羡慕呀。"利图马叹了一口气，说，"这种恋爱法真有点奇特。"

"我看到了，你一片真心。"梅塞德丝靠在他身上，小伙子用胳臂搂住她的肩膀，"加列尼托，你简直为我发疯了。"

"而且比你认为的疯得多。"他咬着她的耳朵说，"如果需要的话，再杀死它一千头脏猪。你一定能看到，我们会摆脱危险的。利马很大。我们到了那儿，就谁也抓不到我们了。我担心另外一件事。你知道我对你有感情，可是，你呢？爱我吗？哪怕一点点？"

"我不爱你，还没有爱上你。"梅塞德丝立刻答道，"很遗憾，使你感到沮丧，但我不能对你说假话。"

"她不想说假话。"托马西多伤心起来，"她不是那种女人，没说两句话就燃起情火。我们正说着的时候，胖子伊斯加里奥特从天而降。"

"你疯了吗？在这儿做什么呢？你刚刚把那个家伙杀了，就当众和他的情妇打得火热，你不想想现在是那种时候吗？真他妈的……"

"胖子，镇静些，镇静。"加列尼奥对他说。

"他说得对。"利图马同意地说，"在廷戈·马利亚，在利马，在全国各地搜捕你，而你却在舒舒服服地洗澡呢。"

"人只有一次生命，应该好好活一把，我的班长。"托马斯说，"从前天开始，我和我所爱的女人一直紧锣密鼓地享受着生活乐趣。脏猪关我什么事，让他们抓我吧，关押我吧。谁能抢走我的幸福？"

胖子伊斯加里奥特的眼珠都快从眼眶里跑出来了，手上装满乌米塔①的篮子猛烈地跳动着。

"你不能这样糊涂，加列尼奥。"

"你说得对，胖子。你不要这样。我要对你说件事，想听吗？我很高兴看见你。我本来以为永远见不到你了呢。"

伊斯加里奥特身着西装，打着领带，但衬衣显得很紧巴，不时地摇晃一下脖子，好像要从衬衣中解脱出来。他的脸涨了起来，闪着汗珠，胡茬子清晰可见。他警觉地向周围扫了一眼。擦皮鞋的人用好奇的目光看着他。一个二流子躺在凳子上，吸吮一只柠檬，伸手朝他要钱。胖子挨着梅塞德丝，躺在凳子上。可是，他突然站起来，仿佛被电击了一下。

"所有的人都在盯着我们。"他指着旅游者饭店说，"在那儿好些，27号房间。上去吧，什么也别问。我出来一会儿买玉米。"

他大步向远处走去，没有回头看他们。他们等了几分钟，在广场周围绕了一圈之后，赶快跟上去。在旅游者饭店里，一个女人正在清扫前厅，她把楼梯指给他们。27号房间的房门掩着，加列尼奥用指头敲了几下，推开。

"那个胖子吃东西像野兽似的，侍候那个吸毒犯。"利图马

---

① 一种食品，将嫩玉米磨碎加上辣椒、西红柿、糖、猪油，调和在一起，用玉米大苞叶包起来煮熟，放冷之后，再在火中烧烤。

说，"这是您对我讲的伊斯加里奥特的唯一情况。"

"他和警察有些相似。"他的助手说，"我教父把他介绍给我，我对他的情况知道得不多。他也不是整天和脏猪在一起工作。打零工，和我一样。"

"把门锁上。"胖子命令说，同时嘴里不停地咀嚼着。他早已把上衣脱掉，坐在床上，小篮子放在两腿中间，用手抓着乌米塔吃。他把手帕塞在脖子上，当作餐巾。托马斯坐在他身边，梅塞德丝坐在房间唯一一把椅子上。广场上，枝叶茂盛的树冠伸进房间窗子里，栏杆脏污的街心花园就在饭店旁边。伊斯加里奥特一句话没说，把小篮子递给他们，里面还有几个乌米塔。他们谢绝了。

"以前做得很好吃，"胖子一边说，一边把半个乌米塔塞进嘴里，"加列尼奥，这很重要。你到了瓦努科，怎么办呀？"

"我们今天下午就走，胖子。"托马斯在他的膝盖上拍了一巴掌，"也许做得不怎么好吃，可你吃得多香呀！"

"我一紧张就饿。看见你在广场上，我的头发根儿都竖起来了。对，说句老实话，真饿了。"

不一会儿他就把乌米塔吃完了。他站起身来，从上衣口袋里掏出一盒香烟，点着一支。

"我给我的联系人打了电话，就是大家叫他马梅路克的那个。"他说着，从嘴里喷出几个连环烟圈来，"我把发生的事讲给他听了。首长被杀，你和那个女的一起失踪了。他一连打了好几个嗝儿。你想想，他是怎样反应的？'说不定卖身投靠哥伦比亚人了，那个妓女也一定是这样。'"伊斯加里奥特似笑非笑，微笑很快变成了苦笑。"加列尼奥，哥伦比亚给你钱啦？"

"他有点像您，我的班长，根本想不到有人只是为了爱就能杀人。"

"伊斯加里奥特，马梅路克，脏猪，"利图马笑了，"这不都是电影里的名字吗。"

胖子露出怀疑的表情来。他又喷出一串烟圈来。透过烟雾，可以看见他正用那双杏仁眼睛——几乎深陷在颧骨上方的肉袋里——从上到下打量梅塞德丝。

"你从很久以前就爱上了那个女的？"他问，接着打了个口哨，表示羡慕。

"应该对别人尊敬一点呀。"梅塞德丝抗议说，"你以为你自己是什么人，大象……"

"她现在和我在一起，你应该像对待别人那样对待她。"加列尼奥拉起梅塞德丝的胳臂，露出一副所有者的表情，"梅塞德丝现在是我的未婚妻，胖子。"

"好吧，我们不要做傻事了。"伊斯加里奥特抱歉地说，一会儿看看这个，一会儿看看那个，"我只想搞清楚一件事。后面是不是有哥伦比亚人插手？"

"和我没有任何关系。"梅塞德丝抢着回答说。

"只我一个人，胖子。"小伙子发誓说，"我知道，很难说服你。但是，事情果真是这样，一时冲动。"

"那么，起码应该告诉我，那时她是否已经是你的情妇了。"胖子坚持问道，"起码把这一点告诉我，加列尼奥。"

"我们几乎都没有说过话。我们去普卡尔帕机场接她，送到廷戈·马利亚时，我只扫了她一眼。事情就是这样，胖子，你应该相信我。"

伊斯加里奥特一口接一口地抽烟，摇着脑袋；脑袋里装满了那类蠢事。

"只有疯子才能做出这种事来。"他喃喃地说,"看来,大概是真的。你打死他是因为……"

"因为,对,"小伙子打断他,笑着说,"让他们以为是哥伦比亚人收买了我吧,那有什么关系。"

伊斯加里奥特把烟头从窗户扔了出去。烟头在空中画出一个"之"字以后,坠落在阿尔马斯广场的行人中间。

"脏猪想背叛他们。他已经厌了,哥伦比亚人不能再拿走收入的大头了。我听见他说过好几次。他们可能得到了情报,便派人把他杀了。这不是很有逻辑吗?"

"是有逻辑,"小伙子同意地说,"可并不是事实。"

胖子伊斯加里奥特观察着广场上的树冠。

"很可能是事实。"他终于这样说,表情茫然,"另外,是一个对你很合适的事实。加列尼奥,懂得我的意思吗?"

"这还用说。"利图马惊奇地说。好一个阴谋呀!

"这头大象什么都知道。"梅塞德丝说。

"她都懂了。"胖子伊斯加里奥特重新坐在床上,靠近加列尼奥,把一只手放在他肩上,"把他的尸首送给哥伦比亚人吧,托马西多。脏猪不是想背叛他们吗?他不是想另起炉灶,自己加工、出口,架空他们吗?你为他们做了一件大好事,铲除了一个竞争者。他们应该给你报酬,对,应该这样。如果没有报酬,当商业大王干什么?"

他又站起来,从上衣口袋里掏出一支香烟,点着。托马斯和梅塞德丝也抽了起来。他们沉默了一会儿,一口一口地抽着,一口一口吐出烟雾。外面,好几座教堂响起了钟声。钟声时而深沉,时而尖厉，回音或悠长或短暂。钟声在房间里回荡。梅塞德丝在胸前画了个十字。

"到利马以后，穿上宪兵制服，去看看你的教父。"伊斯加里奥特说，"'我为他们除掉了他。把他们从他手中解脱了出来。教父，我除掉他，为哥伦比亚人做了一件大好事。现在，您可以把账单交给他们了。'司令认识他们。他和他们有联系，为他们提供保护。你可以把坏事变成好事，加列尼奥，这样，你教父说不定会原谅你做的事的。"

"这个胖子简直是个炮筒子。"利图马感叹地说，"他妈的，具有非凡的创造才能。"

"哼，我不知道。"小伙子说，"你说的可能有道理。我也许应该那样做。"

梅塞德丝看看这个，看看那个，表情困惑。

"让你穿上宪兵制服干什么？"她问。

"胖子想得很好，"小伙子解释说，"他有自己的计划。他想让我教父原谅我的过失，通过教父的嘴让哥伦比亚人知道，我杀死脏猪是为了讨好他们。伊斯加里奥特是想为国际贩毒集团工作，某一天到纽约去。"

"这样，就可以从一件大坏事中引出一件大好事来。对于你，甚至对于我都有利。"伊斯加里奥特说，露出一副喜形于色的表情。"加列尼奥，你会去你教父那儿，把发生的事讲给他吗？"

"我向你保证，胖子，一定去。到利马以后，我们不要失去联系。"

"你是否能到利马，"伊斯加里奥特说，"还得看一看。你每每做一件蠢事时，我都感到你远离保护神一步。"

"这个胖子变得比你和那个皮乌拉姑娘的恋情还有趣味了。"利图马说,"再给我讲讲他的事。"

"他是个大好人,班长。是个好朋友。"

"在离开这里之前,最好别在公共场所干那种不体面的事。"伊斯加里奥特劝他们说,"你穿上宪兵制服那天,不是都教给你了吗?"

"他说的是什么宪兵制服呀?"梅塞德丝又对托马斯说,她有些恐慌了。

胖子伊斯加里奥特大笑起来,突然向梅塞德丝提出一个始料不及的问题:

"你对我的朋友做了哪些事,才使他爱上了你?你有什么秘密武器?"

"秘密武器?"利图马打断他说,"耍了什么手腕?"

但是,梅塞德丝没有理睬他,继续问小伙子:

"宪兵制服是怎么回事?什么意思?"

"她是你的未婚妻,怎么还没有告诉她你是宪兵呀?"伊斯加里奥特说,"你看,你的这桩生意搞得多糟呀。用一个大官换来一个小宪兵。"

"那个家伙说得对,托马西多,"利图马大笑起来,"那个皮乌拉姑娘做了一桩十分糟糕的生意。"

五

"这么说,我们已经被捕了?"阿特利亚娜夫人问。

雨瓢泼似的下着,豆大的雨点打在屋顶的锌板上,发出叮叮当当的响声,听不到说话声。屋里的地面上铺着一块羊皮,她坐在上面,眼睛盯着班长,后者坐在办公桌的一个角上。迪奥尼西欧在他身边站着,一副疯人表情,仿佛周围发生的一切与他毫无关系。他的眼睛布满了血丝,目光比平时更加污浊。宪兵加列尼奥也站着,靠在衣柜-枪械柜上。

"我没有办法,请理解我。"利图马说。他十分讨厌安第斯山区的雷阵雨,常常突然电闪雷鸣,他一直没有适应这种气候。他觉得,雨会下得越来越大,越来越大,甚至造成严重水灾。把酒馆老板兼酒鬼和那个巫婆抓到这里来,他并不认为是件快事。"还是把那些事情讲清楚吧,堂娜阿特利亚娜。"

"为什么把我们逮起来?"她又问了一句,面色如故,"我们做了什么呀?"

"您没有把德梅特里奥·查恩卡的事,真实地讲给我听,说得确切些,梅达多·利安塔克的事。他是工头,对吧?"他掏出从万卡约发来的电报——那是对他请示的回复,在那个女人面前晃了一下。"您为什么没有讲他原来是安达马卡镇长,在'光辉道路'大屠杀时逃了出来?您知道他为什么躲到这里来吗?"

"这事全纳克斯都知道呀,"巫婆说,神色镇定,"但他遭了厄运。"

"上次我审问您时,为什么不讲呀?"

"因为您没有问到这件事。"那女人反驳说。她还是那样镇定自然。"我以为您都知道了呢。"

"不知道,请听好,我不知道。"利图马提高了声音,"不过,我现在知道了,而且还知道了您和他争吵过,于是您找了个简便易行的法子报复他,把他交给了恐怖分子。"

堂娜阿特利亚娜用讥讽、怜悯的表情,足足看了他好几分钟,好像要用那双突眼睛吃掉他。最后,她放声笑了起来。

"我和'光辉道路'分子没有任何联系。"她嘲弄地说,"他们对待我们,比对待梅达多·利安塔克还狠毒呢。不是他们杀的。"

"那么,是谁?"

"我对您说过了,是命运。"

利图马恨不得把她和她的酒鬼丈夫打几棍子。不,她不是在嘲弄他。她可能是那种满口胡言乱语的疯子,但对发生的事了如指掌。一定是同谋。

"至少您应该知道那三个人的尸体扔在废弃矿井的哪个坑道里,对吧?您丈夫没有对您说起过?但是,他对我说过。您如果没有喝得烂醉的话，可以证实一下吧。"

"我不记得对您说过什么。"迪奥尼西欧胡诌起来，脸上做出各种怪相，手脚学着狗熊的动作，"我刚才有点头晕，现在恢复了正常，班长先生，我不记得和您谈过话。"

他笑起来，全身的浮肉颤抖着，重新露出寻找乐趣、若无其事的表情，饶有兴味地观看着房间里的物品。加列尼奥走到他妻子身后的凳子上坐下。

"纳克斯所有的人都在用手指着你们的脊梁骨。"他说。但是，阿特利亚娜夫人没有回过头去看他。"人们都说，你们把那几个人发生的事解释成另外一种样子。"

"他们发生了什么事？"那女人挑衅地笑了一下。

"这正是我希望您对我讲出来的，堂娜阿特利亚娜。"利图马说，"不要说魔鬼、幽灵、黑白魔幻那些东西。您总是向工人讲述那些妖魔鬼怪的事。直截了当地告诉我，那三个人发生了什么事？为什么营地里议论纷纷，说您和您丈夫是造成三个人失踪的罪魁祸首？"

那个女人又笑了起来，但脸上没有高兴的表情，眼睛里射出蔑视的光芒。不过，她那样坐着，又穿着宽大衣装，好像变了样的体形还是透出了邪恶和令人不安的东西。她似乎对可能发生在自己身上的事情并不感到害怕。利图马心想，这个女人对自己的命运是那样自信，甚至对他和助手瞎子一样的东突西闯表示怜悯。再说说那个酒馆老板吧，谁看见过那样的无耻之徒？现在，他几乎不记得想出卖秘密的那件事了，甚至恬不知耻地否认他们曾经在废弃矿井旁谈过话，明白无误地告诉他失踪者的尸体扔在一个坑道的底部。从那以后到万卡约发来电报，利图马和托马西多排除了恐怖分子作案的可能，他们和三起失踪案子没有任何关系。但是，他们现在又有些迟疑了。安达马卡的那个镇长，叫那个名字，恐怖分子一直在追捕他，这有什么怀疑的。要么，是……托马西多说过，不管什么时候，人们都用手指着这对夫妻。他们今天骗这个人，明天骗那个人。如果把这些人和那些人暗示出来的东西联系起来，就没有一点疑问了。酒馆老板和他妻子与案件的关系重大，他们对发生的事了如指掌。雨还在下着，下得越来越大。

"您想找到失踪案的凶手，"迪奥尼西欧突然说道，他把脸转向利图马，仿佛回到了现实世界里，"班长先生，您抓这根稻草抓错了。我们和那事没有任何关系。阿特利亚娜给别人算命，但不能决定他们的命运。"

"那几个人发生的事离你们和我们都很远，"酒馆老板的妻子接过话茬说，"我早对您说过了。命运，是命运。确实存在命运，尽管人们不相信它。再说，您知道得十分清楚，工人能议论什么东西呀，全是狗屎。"

"不是狗屎。"加列尼奥在她身后说，"德梅特里奥的老婆，我是说梅达多·利安塔克的老婆离开纳克斯之前对我们说，她最后一次见到丈夫时，后者说去酒馆喝杯酒。"

"不是所有工人和工头都到我们这儿来吗？"迪奥尼西欧说，好像又醒了过来，"不然，让他们到什么地方去？纳克斯还有别的酒馆吗？"

"我要把话讲清楚，我们对你们没有任何具体的指控。"利图马承认说，"这是实话。他们对情况知道得并不完整，也许心里害怕。可是，对他们稍稍施点压力，都暗示你们插手了失踪案子。"

阿特利亚娜夫人又笑了笑，那是苦笑，挑衅的笑。她做了个怪相，把嘴巴张得老大，犹如大人逗小孩时把脸弄得四不像一样。

"我从来不把自己的想法塞进任何人的脑袋里，"她喃喃地说，"而是把他们脑袋里的想法掏出来，摆在面前。问题是那些印第安人没有一个喜欢照镜子。"

"我给他们一点喝的，只想帮助他们忘掉心中的痛苦。"迪奥尼西欧又打断她，用污浊、颤抖的眼睛看着利图马，"如果工人们连个酒馆都没有，不能借酒浇愁，那他们该是怎样的呀。"

远方划出一道闪电，接着是个响雷。四个人默默不语，直到雷声过去。只能听到连续不断的雨点声。通向营地的山坡已经变成一片沼泽，无数条小溪川流不息。从半掩着的房门，利图马看见一条条"水帘"从天空垂落下来，后面有大块大块的黑云衬托着。营地和四周的小丘被灰色斑点抹去了影子。那时是下午三点钟。

"堂娜阿特利亚娜，人们讲的那些关于您的话，都是真的吗？"加列尼奥突然说，"他们说您年轻时，和您的第一个丈夫，一个大鼻子矿工，曾经杀死一个拦路鬼。有这么回事吗？"

这次，巫婆转过身去看了宪兵一眼，两个人默默地让时间过去好一阵子。最后，托马西多眨眨眼睛，低下头。

"把手伸给我，小伙子。"阿特利亚娜夫人小声说，语调很温柔。

利图马看见他的助手向后退了一下，脸上露出微笑，但很快严肃起来。迪奥尼西欧一副开心的样子，一边用眼睛审视着小伙子，一边低声哼唱着。堂娜阿特利亚娜仍然把手伸在那里，等着。从背后看上去，她的脑袋像一个乱鸡窝。助手用眼睛询问利图马，该怎么办呀。利图马耸耸肩膀。托马西多把手伸过去，那女人把他的手放在自己的双手中间。班长伸长脖子。堂娜阿特利亚娜把宪兵的手揉了揉，又擦了擦，然后拉到她那双又大又突的眼睛前面。利图马觉得那两只眼睛快从眼眶里掉出来，在茅屋的地上滚动了。托马西多面色苍白，任凭她怎么做，只是用怀疑的目光看着她。"得想个法子，不能让她演出这场闹剧。"利图马心里想着，一动不动地坐在那里。迪奥尼西欧又沉浸在梦境之中，眯缝着眼睛，低声哼唱着一支赶牲灵的曲子。车夫长途跋涉时，心中生厌，常常用这种曲子解除烦闷。最后，巫婆放下宪兵的手，喘了一口粗气，仿佛消耗了很大力气一样。

"就是说，是爱情上的悲苦。"她喃喃地说，"你的脸早就告诉了我这一点，小伙子。"

"世界上所有算命的人都这样说。"利图马说，"堂娜阿特利亚娜，我们还是回到重要事情上来吧。"

"你的心这么大，"她补充说，仿佛没有听见利图马的话似的，她把两只手分开来，比画出一颗巨大心脏的模型来，"她真有福气，有某个人这么爱她。"

利图马努力笑了笑。

"托马西多，她是想让你软下来，别听她那一套。"他小声说。但是，宪兵的脸上没有笑容，也没有听他讲话。他非常严肃地看着那个女人，眼前出现了幻景。她又拉起他的手，揉了揉，把眼睛睁得老大，仔细查看起来。酒馆老板依然小声唱着曲子，不停地摇着身子，踏着旋律轻轻跳着，对周围的一切漠然置之。

"这桩爱情，给你带来了不幸，使你受了苦，"堂娜阿特利亚娜说，"你的心每天晚上都在流血。不过，这样至少能帮助你活下去。"

利图马不知道该怎么办，但感到不舒服。他不相信巫术，更不相信营地和纳克斯社区流传的有关阿特利亚娜的那些流言和蠢话，说什么她和她的矿工丈夫亲手杀死一个拦路鬼。但是，每次谈及"那边"的事情时，他都感到茫然，动摇。在手掌的纹线上能算出每个人的过去生活？在纸牌上也能？在古柯叶上也能？

"你的结局是幸福的，所以不必沮丧。"阿特利亚娜夫人说着，放下宪兵的手，"但我看不出是什么时候。你可能要多受点苦。有好几个饿鬼，朝你要这个要那个。但是，现在使你流血的东西，结局是好的。"

她喘着粗气，向利图马转过身去。

"夫人，您是在讨好我们，想使我忘记失踪的案子吧？"

巫婆嘶嘶地笑起来。

"班长先生，您就是给我钱，我也不给您看手相。"

"我还不让您看呢。他妈的，这个家伙怎么啦。"

迪奥尼西欧的脑海里充满了幻想，兴奋异常，抬高了哼唱的声调，半闭着眼睛，在原地跳了起来，一副全神贯注的样子。宪兵一把抓住他的胳膊，摇了几下，这位酒馆老板才停下来，睁开眼睛，惊恐地扫了他们一眼，仿佛是第一次看到似的。

"别装成喝醉的样子，没那么厉害。"利图马斥责他说，"我们回到原来所在的地方吧。你们把那几个人发生的事说出来，我放你们走。"

"我和我丈夫什么都没有看见。"她说。她的目光变得锋利了，声调凶狠了。"好了，谁指控我们说假话，您就去套谁的真话吧。"

"不管怎么说，班长先生，事情发生了，已经没有办法了。"迪奥尼西欧冷冷地说，"您应该明白，一切都是徒劳的。不能与命运作对。那样做没有任何好处。"

雨突然不下了。外边,一下子闪耀起中午的大太阳来。利图马可能看见了一道彩虹,架在营地的上空,架在桉树林的上空。大地到处是水洼、小溪,闪着鱼鳞光芒,水银一样。彩虹就在那里,在安第斯山脉的地平线上。那儿,石块和天空连成一片。那种近似紫色的光彩十分奇异,他在印第安女人的衣裙和头饰、在农民挂在驼羊耳朵上的花包上都看见过。对他来说,那光彩就是安第斯山的颜色,神秘山脉的颜色。加列尼奥听完巫婆的话,陷入了沉思,那里好像没有他这个人。当然喽,托马西多,她对你讲的,都是你想听到的。

"您要把我们关在什么地方?"阿特利亚娜夫人轻蔑地看了一下茅屋,"在这儿!四个人睡在一块儿,一个个摞起来?"

"对,我知道,我们没有一个人有资格进您那样级别的警察局,"利图马说,"您应该将就一下。这个哨所对我们来说也过于简陋了。是吧,托马西多?"

"是这样,班长。"宪兵醒了过来,喃喃地说。

"那么,至少应该放迪奥尼西欧走呀。不然,谁照管酒馆呀,还不把我们偷得一干二净?我们只有那么一点破烂了。"

利图马又看了她一眼,不禁有些惊异。肥胖、瘫软,裹在一身旧衣服里,只有宽大的臀胯显露出一点线条,提醒人们那堆肉是个女人。巫婆讲话时,毫无激动表情,好像只是为了完成例行任务,表明她并不担心发生什么事。迪奥尼西欧对于自己的命运,似乎比她更感到骄傲。他又闭上眼睛,到了另外一个世界。他们两个人仿佛超脱了一切。这么傲慢,他妈的。

"我们签个协议吧,"利图马说,他突然感到失去了信心,

"你们答应我不离开营地。不能离开二十米。答应这个条件,我放你们回去。我们进行调查期间,你们要住在酒馆里。"

"我们还能去什么地方呀?"迪奥尼西欧半睁着眼睛说,"如果有地方,早远走高飞了。那些人不就在那儿,藏在丛山峻岭里,手里拿着石块吗?纳克斯变成了一座监狱,你们和我们都关在里面,您还没有发现呀,班长先生?"

那女人吃力地站起来,用手抓住丈夫。他们没有向两个宪兵告辞,立刻走出茅屋。他们的身影渐去渐远,迈着小步,用脚探着石块,或者找到没有水洼的地方。

"巫婆看完手相,你都变得僵硬了,托马西多。"

利图马递给他一支香烟。两个人一边抽烟,一边看着迪奥尼西欧和阿特利亚娜的身影渐渐变小,最后消失在山坡上。

"她说你在爱情上经受了很大磨难,你感触很深吧?"利图马喷出一口烟,"唉,所有人都要经受磨难的,只是有人多些,有人少些。难道你以为你是唯一一个为女人而苦恼的人?"

"您对我说过,班长,您没有这方面的体会。"

"是说过,不过,我有过我自己的爱,"利图马说,他感到自己在托马西多面前变得矮小了,"只是,总是在那种地方。和妓女,几乎每次都如此。一次,在皮乌拉,在那家妓院,我对你讲过,我疯子似的爱上了一个金发女郎。但是,说句老实话,我从来没有达到那种程度,即为一个女人而自杀。"

他们抽了很长时间的烟。下边,山坡脚下,有个影子顺着小路向哨所爬上来。

"我看,我们永远弄不清楚那三个人到底发生了什么事,托马西多。这是实话,不管营地的工人怎么说迪奥尼西欧和堂娜阿特利亚娜卷了进去，但我总是将信将疑。"

"我也是这样，班长，很难相信。不过，所有工人最后都指控他们，这又怎么解释呢？"

"因为山里人都很迷信，相信魔鬼、拦路鬼、幽灵。"利图马说，"迪奥尼西欧和他妻子是半个巫师，自然要把他们同失踪案子联系起来了。"

"在这之前我根本不相信那一套，"宪兵想开个玩笑，"可是，堂娜阿特利亚娜看过手相之后，我应该相信了。她说我有一颗巨大的心，我真爱听。"

利图马已经看清了那个一步步爬上来的人。他头上的矿工钢盔，在下午的明亮阳光下闪着光芒。天空晴朗，没有云彩。谁能说几分钟之前还下着暴雨、电闪雷鸣、乌云滚滚呢？

"啊，他妈的，巫婆把你收买了。"利图马接着他的话茬儿，开玩笑地说，"托马西多，那三个人失踪，不会是你搞的鬼吧？"

"谁知道，班长。"

说完，两个人都笑了；他们的表情很紧张，那不是爽朗的笑声。那个头戴钢盔的人越来越近了。利图马不能把小佩得罗·蒂诺克的影子从脑际驱走，他做他吩咐的一切事，打扫茅屋，洗衣服，他亲眼看见了发生在潘帕·加列拉斯的屠杀驼羊事件。自从托马西多给他讲述了这个人的身世，他几乎时时把他记在心上。为什么总觉得他还待在那个地方，在护墙和灰色岩石中间洗衣服？那个头戴钢盔的人腰间别着手枪，手中的棍子和警棍十分相似。但是，他身穿便服、牛仔裤、夹克，右侧小臂上戴着黑色袖章。

"毫无疑问，这儿有许多人知道发生的事，只是不愿意开口讲出来罢了。只有你和我像傻子一样，还蒙在鼓里。托马西多，你不觉得自己在纳克斯像个大傻子吗?"

"我感到有些紧张。看样子,谁都知道一点儿什么,尽管每个人都撒谎、说假话,把责任推到酒馆老板和他妻子身上。我甚至认为他们串通一气,故意制造假象,使我们认为迪奥尼西欧和阿特利亚娜是凶手,混淆视听,推卸责任。班长,我们还是把那些事埋葬起来吧。"

"托马西多,这些案子能不能弄得水落石出,与我并没有多大关系。我是说,这是为了工作。不过,我这个人非常猎奇。我很想知道那几个人发生了什么事。自从你给我讲了小哑巴和潘克沃中尉的事以后,不了解得一清二楚,就睡不好觉。"

"人们都心惊胆战的,他注意到了吧?在酒馆,在工地,在班组之间,甚至在还没有离开这里的印第安人中间,气氛十分紧张,仿佛即将发生什么似的。为什么会这样?可能因为有传言说,公路要停工,所有人要失去工作。还可能是听说到处有杀人事件发生。很可能听了传言。谁的神经能承受得住呀。气氛紧张得点火就着。感觉到了吧?"

对,利图马感觉到了。工人们的面孔露出沉思的表情,目光恍惚不定,好像要随时随地发现埋伏的敌人。在酒馆和住房之间的空地上,人们的谈话时断时续,声音愁苦,一看见他就停下来。这一切是失踪案子造成的?人们那样心惊胆战,是不是害怕成为第四个失踪者?

"下午好,班长。"头戴矿工钢盔的男人说,同时做出打招呼的手势。他是个混血儿,高个子,身材魁梧,胡须长得老长。那双宽底矿工靴子上溅满了泥水。他走进茅屋之前,想把靴子弄得干净些,在门槛上使劲跺了几下。"我从拉埃斯佩兰萨来。利图马班长，来找您。"

拉埃斯佩兰萨是一座银矿，有四个小时的路程，在纳克斯的东面。利图马没有去过那里，但是他知道营地里有几个工人是那个公司的注册矿工。

"昨天夜里，恐怖分子袭击了我们，损失严重。"他解释说，随手摘下头盔，甩了甩满是油垢的长发。他身上的夹克和牛仔裤被雨淋透了。"杀了我们一个人，另外伤了一个。我是拉埃斯佩兰萨的安全员。他们抢走了炸药、炼出的银子和其他许多物品。"

"很遗憾，可是，我不能去，"利图马抱歉地说，"我们这个哨所只有两个人，我和我的助手。我们还有个重要问题需要解决。您应该请示万卡约司令部。"

"工程师们请示过了。"那个人彬彬有礼地解释说。他从衣兜里掏出一张折叠的纸，递给利图马。"通过电台与司令部首长谈过。万卡约方面说，您应该过问此事，拉埃斯佩兰萨在您的管辖之内。"

利图马读了一遍电报，接着又读了一遍。电报是那么说的。在那座矿山里，条件比这儿破烂不堪的营地好得多。在这里，与外界完全隔绝，像瞎子、聋子一样，对别处发生的事一无所知。这是因为营地的电台开得很晚，有时根本不开，而且效果不好。是谁突发奇想，要在纳克斯设一个宪兵哨所？应该设在拉埃斯佩兰萨呀。但是，如果他和托马西多在那里的话，也要面对恐怖分子的挑战了。离得很近，只需把绳子在脖子上稍稍勒一下。

加列尼奥点着煤气炉，准备煮咖啡。那个矿工名叫佛朗西斯科·洛佩斯。他一屁股坐在堂娜特利亚娜坐过的兽皮上。咖啡壶咕嘟咕嘟沸腾起来。

"并不是说您现在能做什么。"洛佩斯解释说,"他们打死打伤了人,抢走了不少东西。不过,请警察局打个报告,让保险公司赔偿。"

托马斯把滚开的咖啡斟到铁皮杯子里,递给他们。

"班长,您如果同意,我到拉埃斯佩兰萨跑一趟。"

"不,我一个人去就够了。你留下来,照看哨所。我如果耽搁不回来,要为我做祈祷。"

"没有危险,班长。"佛朗西斯科·洛佩斯安慰说,"我是坐吉普车来的,车放在小路那边了。不太远,走一个小时就到了。只是因为遇上了雨。手续办完以后,我送您回来。"

佛朗西斯科·洛佩斯在拉埃斯佩兰萨工作已经三年了。他一直主管安全事务。这已经是他们第二次遭受恐怖分子袭击了。第一次发生在六个月前,没有伤亡,但是被抢走了不少东西,有炸药、衣服、物资和药品。

"幸运的是,工程师躲藏得很及时。"那个矿工解释说,接着呷了一小口咖啡,"还有个美国人,是工程师的朋友,在那儿参观。他们爬到水箱里,躲了起来。如果被发现,早就成了冰凉的尸体了。工程师、管理人员和行政领导落在恐怖分子手里,就别想活。当然喽,外国人更是如此。"

"您别忘了警察呀。"利图马说,他的声音低沉。

佛朗西斯科·洛佩斯开玩笑说:

"我本来不想说,怕把您吓坏了。相反,他们对工人不动一根毫毛,除非认为他们是黄色工会成员。"

他讲话是那样自然,仿佛发生这些事是正常现象,从来如此似的。也许他说得对,他妈的。

"经常发生这种事,大家都喊要关掉拉埃斯佩兰萨矿。"洛佩斯补充说。他吹了吹杯子,呷了一口咖啡。"工程师都不愿意去那里了。革命税大大加大了生产成本。"

"交革命税,为什么还袭击?"利图马说。

"我们每个人也都这么问,"佛朗西斯科·洛佩斯同意地说,"这没有逻辑呀。"

他继续吹着杯子,不时呷一口,仿佛他们的交谈,也是世界上最正常的事。

长着一头麦秸色黄头发,眼睛颜色浅淡、晶莹,这对卡西米罗·华加亚的童年来说,是一场噩梦。因为在他出生的尧利这个安第斯小村子里,所有人都是深色头发,特别是因为他的亲生父母和兄弟、姐妹也都是黑头发,面孔麦黄,眼睛乌黑。华加亚这户人家,从什么地方跑出来这么一个白化人?财政学校的同学总拿这个话题和卡西米罗开玩笑,他好几次不得不动起手来,因为同学们每每想看看他发怒是什么样子,便暗示他的父亲不是他的父亲,而是来过尧利的某个外国人,或者干脆是魔鬼。对于这一点,安第斯山区的人都知道,魔鬼到人间干坏事时,常常附着在长相像美国人、一拐一瘸的外国人身上。听了这话,他的脾气再好,也要火冒三丈呀。

另外,卡西米罗自己也一直在脑海里琢磨,他开缸瓦店的父亲阿波利纳里奥·华加亚是不是也怀疑他这个儿子的"出身"呀,因为他确信父母不和都是因为他,而且阿波利纳里奥对他的兄弟、姐妹都很好,对他则不然,不但让他干重活,而且即使只出了一点点小错,就拳打脚踢。

可是,卡西米罗尽管总是受到同学们的嘲弄,和家里的关系不好，但在成长的道路上还没有遇到太大的挫折。他体壮、手巧、聪明，热爱生活。他从记事时起，就渴望快快长大，早些离开尧利，到大城市去，比如万卡约、潘帕斯或阿亚库乔。在那些地方，他的麦秸色头发和浅色眼睛可能不会引来人们的好奇目光。

他快满十五周岁时，同一个流动商贩从村子里逃了出来。这个商贩每次来尧利时，他都帮助装卸货物，在市场上出售。堂佩利格莱斯·查万加有一辆年代久远的小货车，大修过不下一千次。他开着这辆车在周围社区和村镇跑来跑去，出售城里的商品——药品、工具、服装、器皿、鞋子，收购奶酪、落葵、蚕豆、水果、葫芦和各种编织品，然后送到城里。堂佩利格莱斯除了做生意外，还是个技术娴熟的技师。卡西米罗在他身边学到了如何牢记卡车的秘密，卡车每次在险情丛生的山路上出现故障——每次外出都要发生多次故障——时，能及时修好。

他在堂佩利格莱斯身边感到无比幸福。这个商海中的老者为了启发他，向他讲述了自己的冒险生活，他是他人鸡栏里的骄傲公鸡，在阿普里马克、万卡韦利卡、阿亚库乔、库斯科和塞罗-德帕斯科——他宣称在这些省份"我用自己的血脉种下了私生子和私生女"——的各县、郊区和村镇引诱了无数个女人，包括孕妇和被抛弃的姑娘。他在商旅征途中，时不时挤弄一下他那无赖的眼睛，告诉卡西米罗，某某是他的私生子，某某是他的私生女。他们当中有许多人彬彬有礼地问候他，吻他的手，叫他"养父"。

但是，小伙子最为感兴趣的不是他们过着的风餐露宿、食宿无时、行止无地的生活。在这种生活中，不是风吹就是雨打，忽而奔赴东边的集市，忽而返转西边的节日，一会儿接受顾客的委托，一会儿修理汽车的毛病。所有这一切决定他们的每日命运、行程路线、过夜地点。堂佩利格莱斯在潘帕斯有一处固定的、不带轮子的别墅，那儿居住着他的一个外甥女——她已经结婚，有儿女。他们每每去那里时，卡西米罗都同他们住在一起，仿佛是家中的一员。但是，他在卡车上度过了大部分时间——埋在货物中间，或者盖一块厚帆布——只用牛皮挡风御寒；下雨时，钻进驾驶室里；休息时，在车下睡觉。

生意并没有带来很大的进项，至少对堂佩利格莱斯和卡西米罗来说是这样，因为几乎所有收入都被汽车吞食了，要经常购买零配件、更换轮胎。不过，还能勉强维持生计。在与堂佩利格莱斯共同度过的那些岁月里，卡西米罗走遍了安第斯山的中部地区，那里的村镇、社区、集市、深谷、平川对他来说是轻车熟路，也掌握了生意中的秘密：去哪儿购买最好的玉米，去哪儿销售针线，什么地方的人把灯具和布匹视为神圣之物，什么样的项链、发卡和手镯使姑娘爱不释手。

开始时，堂佩利格莱斯待他如徒弟，后来像儿子，最后似伙伴。随着堂佩利格莱斯一年老似一年和小伙子逐渐长大成人，生意的重担逐渐转移到他的肩上。最后——过了好长时间——卡西米罗独当一面，掌握买和卖的大权，而堂佩利格莱斯成了这家有限公司的技术指导。

一天，老人心脏病突发，一下子瘫痪失语，庆幸的是，事情发生在潘帕斯，从而得以把病人及时送到医院，把他从死亡线上抢救了过来。但是，堂佩利格莱斯已经不能重返商业战场。从此，卡西米罗只能单枪匹马，独挑大梁了。他这样在那辆老掉牙的小货车上经营好几年，直到一天不得不放弃它，因为堂佩利格莱斯的外甥女和外孙提出要求说，他如果继续使用那辆车，必须交纳高得脱离实际的租金。在堂佩利格莱斯逝世之前,他每次经过潘帕斯,都要去看望,并带上一些小礼品,尽管他已经是"独资公司"的老板和经理了。他是个身体强壮的小伙子,皮肤晒得黝黑,到处都有朋友,能干,乐观。村镇里欢度节日时,他可以整夜酒杯不离手,手舞足蹈地跳个不停,第二天早晨比任何人都早地开门营业。他天真无邪地回答酒鬼们拿他金黄头发开的玩笑。他从万卡约一个农场主那里买了一辆三手轻型汽车——分期付款,他每月都及时交付——取代了那辆小货车。

一次,他在安达韦拉斯的一个小村子里兜售假卡子和耳环时,看见一个姑娘,好像等着单独和他说话。姑娘很年轻,梳着辫子,圆脸蛋,像小兽一样怯生生的。他觉得不是第一次见她。有那么一刻他没有顾客时,姑娘便走到车槽旁,卡西米罗正坐在里面。

"我知道,"他笑着说,"你想买只卡子,但没有钱。"

她摇摇头,表情茫然。

"你使我怀了孕,大哥哥。"她用克丘亚语小声说,同时低下眼睛,"你难道把我忘了?"

卡西米罗恍恍惚惚地记起一点来。莫非她就是跑到他车上的那个姑娘?那是在大天使加百利的一次节日庆典上。那天,他喝了不少钦查酒。他不敢肯定面前这张面孔就是记忆中那个模模糊糊的姑娘。

"谁说是我呀?"他没好气地回答说,"在那种节日里,不知你跟多少男人有关系呢。你以为这么一说,能让我老老实实地就范呀?上帝知道那孩子是谁的,我怎能背上这个包袱呀?"

姑娘跑着走开了,他无法对她继续又喊又叫。卡西米罗记起了,堂佩利格莱斯给他出过主意,遇到这种情况,赶快坐到方向盘前,一走了之。可是,几个小时之后,当他结束一天生意时,便开始在村子里东走西窜,寻找那个姑娘。他感到不安,想与她和解。

他在村头一条柳树成荫、无花果树茂盛的大道上——那儿,青蛙呱呱叫个不停——找到了她。那时,她正怒冲冲地往家里走。最后,华加亚使她息了怒,说服她登上汽车,把她拉到他住的社区附近。他设法安慰她,给她一点钱,劝她找个产婆帮助把胎打下来。她同意了,眼睛几乎湿润了。这姑娘的名字叫亚松塔,他问她多大岁数了,她回答说十八岁,但他猜测她把年龄说大了。

过了一个月,他又经过那个村子,打听了好几个人才找到她的家。她和父亲住在一起,还有一大群兄弟姐妹,每个人都向他投去不信任的目光,和他保持很远的距离。她父亲在社区内有一块自家的土地耕种,并且负责组织过节日活动。他懂西班牙语,尽管用克丘亚语回答卡西米罗提的问题。亚松塔没有找到一个人能给她那种药物,但她对华加亚说,不必担心,她住在邻村的教父教母对她说过,干脆把孩子生下来,如果被赶出家门,就住到他们那儿去。看样子,她准备接受即将发生的事。卡西米罗告别时,送给她一双半高跟皮鞋和一条花格大披巾。她吻了他的手,表示感谢。

他下一次经过那个村子时,亚松塔已经不住在那里了。她的家人不愿意对他谈起她。她父亲比他第一次来访时更加冷漠,扯着嗓门对他说,永远别到他家来。谁也不知道,或者不想告诉他亚松塔的教父教母住在什么地方。卡西米罗在心里自言自语地说,他为那个姑娘做了一切力所能及的事,不应该绝望。如果能够找到她,一定尽力帮助她。

可是,他不能再像以前那样生活了。首先,那么多年来,他开始与堂佩利格莱斯一起,后来独自走过了那么多道路、那么多高山、那么多村镇，从来没有感到有什么危险，只是有时轮胎爆炸或者摔下汽车，而现在那些道路、那些高山、那些村镇渐渐成了暴力活动的场所。卡西米罗发现高压输电铁塔被炸倒，桥梁被炸塌，道路被岩石和树干堵塞，山上到处是威胁性的标语，有的地方插着红旗。他还经常遇到武装小分队，每次都得把身边的东西送给他们一些，包括布匹、食品、菜刀、砍刀。路上也开始出现了防暴警察和士兵组成的巡逻队。他们检查他的身份证件，抢劫他的汽车，和叛乱分子毫无区别。村镇里，对抢劫、施暴和枪杀事件怨声载道。有些地区，开始了名副其实的大逃亡。整个家庭、整个社区背井离乡，放弃耕地，丢掉房舍、牲畜，纷纷跑到海滨城市去。

他的生意越来越难经营了，几乎无法维持生计。一天，他突然发现已经入不敷出。那么，他为什么还要继续到处奔波、收购、兜售？这也许因为他一直想着，那样做说不定能找到亚松塔。那件事时时向他提出挑战，好像在脑海里扎了根一样。他每到一处，都那样打听她的消息，人们以为他半疯了，甚至拿他开心，向他提供一些假线索，讲些幻影般的情况。

他又去过亚松塔的村子两次，想从她家人那里打听到她的下落。她父亲把他臭骂了一顿，甚至用石头打他。不过，亚松塔的一个妹妹在路上迎上去，告诉他说，她姐姐的教父教母住在安达韦拉斯，姓加利尔哥。可是，他去了安达韦拉斯，那儿没有一个人能够告诉他有那个姓的人家。当他再次来到亚松塔家时，她的父亲已经过世，母亲和儿女们同社区的好几户人家都搬到伊卡去了。那一带发生过多次屠杀事件，人们惶惶不可终日。

他为什么那样一而再、再而三地寻找亚松塔呢？他自己常常这样自问，但不知道如何解答。也许是为了看一眼儿子或女儿，现在大概已经三岁了吧？他虽然对找到亚松塔已经不抱很大希望了，但仍然四处打听她的消息，好像那是一种礼仪，明明知道只能得到否定的回答。她可能像山区的其他姑娘一样，去了利马。说不定在什么人家里当保姆，或者在工厂做工，也许结了婚，他的儿子或女儿有了小弟弟、小妹妹。

时间过去了许久，卡西米罗·华加亚已经对亚松塔想得越来越少了。这时，在一个纵酒狂欢的夜晚——那时正是阿亚库乔南边的阿尔卡村的保护神节前夕，他来到阿尔卡村。他刚从用过餐的小饭馆里出来，就被一群男女团团围住，他们一个个瞪着仇恨的眼睛，指着他的头发破口大骂，说他是"纳卡古"，是拦路鬼。他们喝得烂醉，怎么解释也无济于事。他说，长浅色头发是一大不幸，但并不是所有有这种头发的人都四处去寻找猎物，吸干他们身上的油脂。不过，他还是躲到驾驶室好久。但是，那些人不让他走。他们又怕又气，互相唆使，对他动起手来。

他们硬把他从驾驶室里拉出来，不容分说便揍了起来。正当他以为无法逃生的时候，传来一阵枪声。他看见不少荷枪实弹的男男女女，先前那些射出仇恨目光的人散开了。卡西米罗被打倒在地上，现在听到了救命恩人的声音。他们对那些人——他们把他从这些人手里解救了出来——解释说，不应该相信所谓的怪物，那是迷信，是敌人灌输给人民的愚昧思想。

这时，他认出了亚松塔。他丝毫不怀疑，那就是亚松塔。光线虽然很暗，他脑海又如同一团糨糊，但他一秒钟也没有怀疑。是她。不过，她现在没有梳辫子，而是把头发剪得很短，像个男人似的。她没有穿裙子，而是穿牛仔服和篮球运动员的胶鞋。她手上拿着猎枪。看样子，她也认出了他。他用手向她打招呼，但她没有回应。他对她笑了笑,也没有反应。现在,她向其他手拿武器、围着他的男男女女解释说,这个白化人叫卡西米罗·华加亚,五年前在另外一个村子举行节日活动时强奸了她,使她怀了孕。一次,她把怀孕的事告诉他时,他把她说成妓女,或者几乎说成妓女。后来,他像把骨头扔给狗那样,给她一点钱,叫她去打胎。她是亚松塔,可又不是亚松塔。至少卡西米罗很想相信,吻他手的腼腆姑娘就是面前这个女人。这个女人冷漠无情,严肃古板,能说会道,大声讲述他们之间的隐私,仿佛在说另外一个女人。

他想告诉她,他一直在打听她的消息,想知道孩子怎么样,他始终盼望看到他,是否也是白化人的样子。但是,他的声音卡在了喉咙里。那些人交谈了好一阵子,用西班牙语和克丘亚语交换意见、看法。他们向他提了一些问题,他不知道怎样回答。当他看到他们对他的命运做出决定时,觉得那是在做梦。他多年来一直在寻找的女人,就站在那里。她拿着猎枪走过来,瞄准他的脑袋。卡西米罗肯定,她开枪时手都不会哆嗦一下。

"宪兵,宪兵。"梅塞德丝说,"最后,我脑海里冒出了这样一个想法,你是指挥交通的那种警察。"

"我知道了,你和我在一起,觉得降低了身份。"小伙子说,"但是,你不必担心,和你这样的女人在一起,我会走得很远的。"

"我如果什么时候看见你穿上宪兵制服,将会羞死的。"她说。

"为什么她对我们的评价这么低?"利图马嘟囔道。

"为什么那样,"托马西多说,"还不是因为我们挣得微薄。"

快六点时——比规定时间晚了一个小时——他们才离开瓦努科。那是一辆破旧的道奇,他们坐在前面司机旁边的两个座位上。后面,四个乘客挤在一起,其中有位夫人,汽车每次颠簸一下,她都说一句"哎哟,我的耶稣",呻吟起来。司机把帽子压在耳朵上,围巾把嘴巴包得那样严实,谁也看不清他的面孔。他把收音机音量开得老高,加列尼奥和梅塞德丝咬着耳朵讲什么,其他人根本听不见。随着这辆小面包车渐渐爬上安第斯山,收音机越来越听不清了,音乐淹没在各种杂音之中。

"乘客那么拥挤,你可以趁机摸摸她呀。"利图马说。

"你跟我讲话,是找个引子吻我的脖子。"她说。她也把嘴巴贴在他耳朵上讲话。

"你讨厌我那样做?"他低声说着,用嘴唇轻轻地触及她耳朵的边缘。

"在汽车上那样嬉戏太不文明了。"利图马评论说。

"你弄得真痒,"她说,"司机一定以为我是个呆子,只会笑。"

"因为对你来说,爱情并不是一件严肃的事。"加列尼奥又吻了她一下。

"答应我,这辈子永远不穿宪兵制服,"梅塞德丝说,"至少我们在一起时。"

"我答应你的所有要求。"小伙子声音甜蜜。

"你已经看到了,"利图马叹息说,"你后来还是穿上了宪兵制服。而且在这里几乎从不脱下来。托马西多,你死时都要穿着靴子的。你看过那部电影吗?"

加列尼奥用胳臂搂着她的双肩，想用自己的身体减缓汽车颠簸对梅塞德丝的冲力。天黑得很快，开始冷下来。他们穿上了在瓦努科买的毛衣，但是汽车有块玻璃破了，寒风从那儿钻进来。司机终于把收音机关上了，简直没法听。

"我并不认为会发生什么事，"司机从围巾后面用力地说，"但是，我有义务提醒你们。这条路的后半段，常常发生拦路抢劫的事。"

听到这话，乘客们没有一个发表自己的看法。不过，车内的气氛像一杯浓牛奶咖啡一样，顿时沉重起来。加列尼奥觉得梅塞德丝变得僵硬了。

"我们两个人极可能穿着宪兵制服被送进坟墓，托马西多。你是不是感到等厌了？你不这样想吗？干脆一下子都来，快点结束这场倒霉的神经战？"

"您那是什么意思？"最后，坐在后排的那位一直呻吟不止的夫人说，"我们已经处在危险之中啦？"

"但愿没有。"司机说，"不过我有义务给你们打预防针。"

"如果发生那种情况，该怎么办呀？"又一个乘客问。

"如果发生那种情况，最好不要问这问那。"司机建议说，"至少，我这样看。拦路抢劫的人都是荷枪实弹，或者把指头放在扳机上。"

"你是说，把我们所有东西都给他们，像温顺的羊羔那样，"那位夫人说，她有些生气了，"尽管我们身无分文。他妈的，真是个好主意。"

"您如果想当英雄，到时候当吧，"司机说，"我只是说说我的看法。"

"您是在吓唬乘客，"加利尼奥插进来说，"讲看法是一回事，吓唬人是另外一回事。"

司机把脑袋斜过来一点，看了他一眼。

"我不想吓唬任何人，"他说，"不过，我要告诉你们，我已经遭受三次抢劫了。最后一次，一拳头把我膝盖打碎了。"

一阵沉默。只能听到马达的隆隆声和抽搐声，汽车在路上碰到坑洼和石块颠簸时发出的金属声。

"我不知道您为什么要干如此危险的工作。"一个乘客直到那时才开口讲话。

"你们不是也知道危险，但还要坐汽车去利马吗。只有一个原因，"司机说，"都是为了维持生计呀。"

"真倒霉，我偏偏这个时候来廷戈·马利亚，这个时候接受那个家伙的邀请。"梅塞德丝在小伙子的耳畔低声说，"我生活得好好的，有钱买衣服，在瓦西隆歌厅很开心，自由自在，而现在，却和一个宪兵在一起，谈情说爱，失去了自由。"

"那是你的命运决定的。"小伙子又在她耳朵上吻起来。他觉得她全身颤抖。"尽管你不那样看，现在，你一生中最美好的岁月开始了。为什么，你知道吗？因为我们两个人在一起。我有件事想告诉你，你愿意听吗？"

"我一直等着听到有趣的事情、想法、计谋，想看到你抚摸她，缓解缓解我的饥饿感。而你一直抓住浪漫色彩的东西不放。"利图马抱怨说，"托马西多，你是没有办法呀。"

"什么事？"她低声说。

"永远在一起，直到死神把我们分开。"

加列尼奥咬了梅塞德丝的耳朵边一下，她笑了，笑得很厉害。

"你们二位是不是在做新婚旅行呀？"司机看了他们一眼。

"我们刚结婚。"加列尼奥立刻证实说，"您怎么猜到的？"

"我的第六感觉。"司机笑着说，"你们频频地接吻。"

后排座位上有个人笑了起来，一个乘客低声说："向新婚夫妇表示祝贺。"加列尼奥把梅塞德丝搂过来，一边吻着一边说：

"在人们面前，你已经是我的妻了了。你永远不能离开我。"

"你如果再胳肢我，我就坐到别处去，"她小声说，"我笑得都要尿裤子了。"

"要是能够看到一个小女子撒尿，我什么东西都可以掏出来。"利图马吼了一声，行军床颤抖起来，"他妈的，我还从来没有这样想过呢。而现在受到了启发，可是眼前没有女人。"

"那你就坐到行李舱里吧。"加列尼奥说，"好吧，让你休息一会儿。十分钟，不吻你。你可以像在卡车上那样，在我肩上睡一会儿。如果有拦路的，我叫醒你。"

"她一说撒尿，什么问题都没有了，你就打发她去睡觉了。"利图马抗议说，"噢，太不幸了。"

"你真有意思，小宪兵。"她一边说一边把头放好。

"谁也不能打扰我们的蜜月。"小伙子说。

公路上空荡荡的。只是偶尔有辆豪华汽车驶过，逼迫多赫跑到路外。已经不下雨了，但天空还很阴沉，没有星星，只有一丝光亮隐约勾画出铅色云朵的轮廓和鸡冠雪峰的线条。加列尼奥也打起瞌睡来。

"一道光线射到我的眼睛上，并且有个声音说'证件'，我立刻醒了过来。"宪兵继续说，"我尽量战胜茫然和困惑，摸了摸腰间，左轮手枪还在。"

"我们回到正题上来吧。"利图马说,"这次你杀死了几个?"

梅塞德丝揉着眼睛,不停地摇着脑袋,一会儿往左,一会儿往右。一个男人手中拿着自动步枪,把半个脑袋伸进汽车里。司机把乘客的选民证递给他。加列尼奥看见一座小房子里点着灯,门口挂着标志。还有一个男人穿着斗篷,肩上背着自动步枪,不停地搓着双手。一条铁链把两只大汽油桶连接起来,切断了公路。周围没有房子,没有灯光,只有山丘。

"等一会儿。"那个男人说着,手里拿着证件向那座小房子走去。

"不知吃了什么苍蝇,"司机转过身去,对乘客们说,"从前并不叫汽车停下,特别是这个时候。"

一个警察借着微弱灯光一个一个地检查证件,证件几乎贴到了眼睛上,仿佛是近视眼似的。另一个警察还在那里继续揉搓着双手。

"外面一定很冷,看他那样子,想必快冻成了冰块。"后排的那位夫人说。

"等我们到了山上,您才知道什么是冷呢。"司机提醒说。

有那么一阵子大家沉默不语,只听见风在呼啸。现在,两个警察在交谈,收走证件的那个警察一边把其中一个证件拿给另一个看,一边指着多赫。

"我如果出了事,你要继续旅行。"小伙子吻了一下梅塞德丝的耳朵,同时看着那两个警察一前一后地朝汽车走过来。

"梅塞德丝·特雷列斯。"那个警察把脑袋伸进汽车里,说。

"你的那个皮乌拉姑娘姓这个姓呀?"利图马说,"我认识一个人，说不定是她的亲戚呢。那个人叫帕多赫·特雷列斯。他在市电影院附近开一家鞋店，总看见他吃炸香蕉。"

"我是。"

"过来一会儿，有件事。"

他把其他证件还给司机，让他分别还给乘客。他等着加列尼奥下来，帮助梅塞德丝下车。这时，另外一个警察已经用手端起自动步枪，站在离汽车只一米远的地方。

"两个警察中没有一个看重那事，"托马斯说，"他们看上去很厌烦了，是例行检查。也可能随便叫过去一个人。但是，涉及她，我不能不冒险呀。"

"当然喽，当然喽。"利图马嘲弄地说，"你是那种人，把人杀了以后才问死者叫什么名字。"

梅塞德丝离开汽车，向哨所慢慢走去。检查证件的那个警察跟在后面。加列尼奥站在多赫的车门旁，车门已经打开，他在阴影里，一个劲儿地对监视汽车的那个警察笑着，后者大概不会看不见他。

"怎么不冻死人呀，长官，"加列尼奥低声说，同时搓手擦臂，有意叫别人看见，"海拔多少？"

"三千二，不高。"

小伙子掏出一盒香烟，抽出一支放在嘴上。他正要把香烟塞回衣兜里时，好像记起点什么，立刻把那盒烟伸向警察那里，说："抽吗？"他没有等对方回答，便向前走了几步。警察没有丝毫警觉，抽出一支香烟，连谢都没有谢一声，便把烟放在了嘴上。

"那个家伙，作为警察，也太没有脑子啦。"利图马说，"我这个人也是没有脑子，但在那种情况下，也得起点疑心呀。"

"他们困得要死,班长。"

加列尼奥划着一根火柴,被风吹灭了。他弓下身子,保护火种,又划着第二根。他全神贯注,犹如一头准备扑向猎物的野兽。他听见不断抱怨的那位夫人要求司机关上车门。这时,他把点燃的火柴向那张叼着香烟的嘴巴移过去。当这个警察看到对准他牙齿的不是火柴,而是左轮手枪的枪筒时,吓得像块石头那样,呆立在那里。

"别喊,别动!"托马斯对他命令说,"我这是为你好。"

他用眼睛盯着那个警察——他张开嘴巴,香烟掉在地上,滚了几下——后者把自动步枪轻轻放下来,但他仍然竖起耳朵听着车内有没有动静,希望司机或某个乘客喊叫一声,让哨所里的警察听见。

"可是,那个警察什么也没有听见,因为乘客们一个个迷迷糊糊的,根本没有发现外面发生的事情。"利图马替托马西多说道,"你看,我什么都能猜出来。为什么,你知道吗?因为我这一辈子看过好多部这种电影,知道用什么计谋。"

"举起手来。"他站在房门口,大声命令说。他用左轮手枪对准坐在桌子上的那个警察,同时用自动步枪顶着前面那个警察的后脑勺儿。他那是用后一个警察作为掩体。他听见梅塞德丝叫了一声,但并没有去看她。他一直盯着桌子上的那个警察。惊愕过后,那个人举起了双手。他看着托马斯,眨巴着眼睛,一副傻相。

"我对梅塞德丝说,把他的自动步枪拿起来。"加列尼奥回忆说,"但她吓得几乎昏过去,一动不动。我不得不大声喊起来,叫她赶快把枪拿起来。"

"那时,她没有想撒尿?"

这时，她才用双手把警察放在桌子上的枪拿起来。

"我让两个警察面对墙壁站着，双手放在脑袋上。"小伙子继续说，"班长，他们是那样听话，您见了都会吃惊的。他们乖乖地让我搜身，夺下手枪。我把他们两个捆在一起时，都不张一下嘴巴。"

只是当托马斯和梅塞德丝准备离去时，其中一个才仗起胆子，低声说：

"你不会走得太远的，伙计。"

"你没有走得太远。"利图马说，"我睡觉去了，太困了，你的故事我听厌了。"

"我有枪，完全可以自卫。"加列尼奥打断他的话。

"出什么事了？"司机在他后面说。

"没什么，没什么。我们走吧。"

"没出事？"他听见一个人喊起来，"可是，您是什么人，为什么……"

"别喊，别喊，和你没关系，你不会出事的。"小伙子说完，把那个人推到车外。

乘客们一个个从多赫上走下来，围住梅塞德丝，七嘴八舌地问个不停。她摆手摇头，像得了歇斯底里症一样，说："不知道，不知道。"

加列尼奥把那两个警察的自动步枪和手枪扔在多赫的座位上，让司机坐在方向盘前。他一把抓住梅塞德丝的胳臂，把她拉上车。

"你把我们丢在这里呀！"一路上一直不停抱怨的那位夫人气愤地说。

"会有人来接你们，不必担心。你们不能和我一块儿走，不然,会把你们当成我的同谋的。"

"是那样呀,让我和他们留在一块吧。"司机坐在方向盘上,说。

"何必带上司机呀?"利图马打着呵欠说,"有梅塞德丝陪伴,不就足够了吗?"

"我和我的妻子都不会开车。"加列尼奥解释说,"快点,把加速器踩到底。"

第二部

六

"那好,我想现在可以走了吧。"利图马说。他估计,如果马上出发,可以在天黑之前赶到纳克斯。

"说什么也不能走,我的朋友。"高个子、黄头发的工程师用两只热情的手拦住他。自从他踏上拉埃斯佩兰萨的土地,这位工程师一直对他很好。"说不定半路上天就会黑下来,我不能让您走。您留在这里吃饭、过夜,明天一大早让佛朗西斯科·洛佩斯用吉普车把您送回纳克斯。"

另外一个名叫皮钦的工程师也那样坚持,利图马没有再推辞,决定在矿上多留一个晚上。原因之一,那个地区十分偏僻,夜里旅行很容易出事。原因之二,留在矿上,他将有机会再多看看、多听听,和在拉埃斯佩兰萨参观的美国人多聊聊,他是探矿专家或者别的什么专家,自从见到他,就被他深深地打动了。他留着大胡子,头发又长又乱,利图马只在《圣经》上描绘的预言家和使徒的画像上见过这种样子的人,再就是利马大街上的疯子或衣不遮体的乞丐才是那个样子。但是，这个美国人和疯子毫无共同之处，他是一位大学者。他简朴、友善，一副天仙下凡的模样。在矿上遭到恐怖分子袭击时，他面对危险泰然自若，也许他没有意识到大难就要临头。工程师都叫他教授，有时叫埃斯卡拉丁纳。

利图马在记录证词、统计恐怖分子抢走的物品、给保险公司写报告时，曾经听见那两个工程师，特别是黄发工程师拿那位教授开心，说恐怖分子如果发现水箱里有个中央情报局特务藏在他们鼻子尖下面，不把他打得粉身碎骨才怪呢。而他顺着杆子往上爬。他说，在怎样进行恐怖活动的问题上，他可以为那些人讲课。他们只会用枪弹、大刀杀人，用石块砸碎脑袋，这些方法和古代秘鲁人的杀人技术相比太原始了。当时，已经达到了相当高的水平，想出了许多好法子，比古代墨西哥人的所作所为有过之而无不及，虽然历史学家在世界范围内掩饰秘鲁对杀人技术的贡献。人们都知道，阿兹特克人①神父站在金字塔最高处，把战争俘虏的脑袋割下来，可是，有多少人听说过长卡人②和万卡人③的宗教狂热？他们崇拜人的内脏器官，小心地取出俘虏的肝、脑、肾，举行隆重仪式，一边喝着玉米钦查酒，一边大口大口地吃下去。工程师们向他表示祝贺，他向工程师们表示祝贺。利图马装作全神贯注的样子，继续撰写报告，但把他们的谈话字字句句记在心里。他愿意把身上的东西都献出去，以求得坐在这个美国人身边，听他高谈阔论地讲上一会儿，

---

① 阿兹特克人，是墨西哥古代印第安人部落，阿兹特克帝国的创建者。1521年，被西班牙人征服。征服前，他们继承墨西哥古代各民族的高度文化，创造了光辉灿烂的阿兹特克文化。
② 秘鲁古代印第安人部落。
③ 秘鲁古代印第安人部落。

尽情地欣赏他那神奇的面容。

他是美国人？他有一双浅蓝色的眼睛，金黄头发，头上和下巴已经有了不少银丝。从这一点来看，他好像是美国人。他身上穿一件黑白格子的夹克，样子很普通，有很大一部分罩在裤子上，里面是件牛仔衬衣；脚上穿着一双登山鞋。没有一个秘鲁人像他这种打扮。但是，他讲的西班牙语不能再纯正了，有好多字词利图马都是第一次听到，尽管他确信书本上一定有那样的字词。他妈的，堪称一部活辞典。今天晚上得和他谈谈。

工程师解释说，拉埃斯佩兰萨鼎盛时期，一共有一百多个工人在坑道工作。可是，现在也就是三十个。随着形势的变化，问题不断出现，金属价格暴跌，说不定会像塞罗-德帕斯科和胡宁的一些矿山一样，关闭起来，停止开采。这并不是为了别的，而是使矿产不受到损失，因为采矿已经挣不到多少钱了。它的营地和纳克斯的建筑营地大不一样，面积窄小，大部分是木板房，结实的房舍也只有一两幢，那是办公室和工程师刚来那里时的住处。在一幢配房里，住着工头，他现在不在，送伤员去万卡约了。在这幢房子里，给利图马腾出了一间屋子，有床、油灯和洗手池。他从小窗户看见了那两个水箱，就在矿山坑道和房子中间。水箱很高，用石柱支撑着，一副又窄又小的梯子通到上面。其中一个水箱，前天晚上进行了一年一度的例行清洗。那两个工程师和那位美国教授听到恐怖分子的声音时，立刻爬上去，躲藏起来。在里面，他们又冷又怕，直打哆嗦，不过，说不定还在低声说着什么笑话呢。他们在水箱里躲了三个小时。恐怖分子与十几个保安人员交了火，把他们赶跑了。佛朗西斯科·洛佩斯指挥的小组一死一伤。最后，恐怖分子抢走了炸药、雷管、药品、靴子和衣物，仓库和药房洗劫一空。他们还把矿工从房子里赶出来,在几盏乙炔灯的照耀下,集合在附近的一块平地上。

"关于我们这次冒险举动,您知道我要讲些什么吗,班长?"黄发工程师——皮钦把他叫作巴利——问道。"不是我们如何惊恐,也不是恐怖分子如何抢劫,甚至也不是他们如何追捕可怜的小伙子,而是没有一个矿工说出我们藏在什么地方。"

矿工们围在一张长桌子周围,刚刚开始吃饭。香烟的烟雾和饭菜的香味混在一起。

"只要一个矿工用指头或脑袋指一下水箱,"皮钦说,"恐怖分子就会对我们进行革命审判,把我们送上天堂,你说是吧,巴利?"

"我和你下地狱,皮钦。教授上天堂,他上天堂。因为你看见了,班长,埃斯卡拉丁纳还没有犯下第一桩罪恶呢。"

"我不想对恐怖分子做那个恶作剧,"教授说,利图马想从他的语调里发现某个音节有外语音色,"想和他们共享烟雾。烤人的烟雾,不是从嘴巴吐出的烟雾。"

在两个工程师、佛朗西斯科·洛佩斯和利图马品尝着醇香可口的伊卡的皮斯科酒——班长感到血管渐渐热起来,脑海里无忧无虑——时,教授已经把饭做好了。真的,教授准备了一桌丰盛的佳肴:土豆汤里加了蚕豆、鸡肉,还有白米团子。真让人垂涎三尺!冰镇啤酒更使利图马喜出望外。他好几个月没有吃过这么好的东西了。如果从皮乌拉时代开始算起,就更没有吃过了。他很开心,从和这个人坐到桌子上开始,几乎就没有记起纳克斯的失踪者,也没有记起托马西多夜间的哭泣和感情流露,而这两件事——他直到现在才发现——最近占去了他的全部时间。

"班长，您知道我为什么总是记着那三十个矿工的一片忠心吗？"巴利工程师说，"因为他们给我和皮钦上了一堂课。我们原来以为他们和恐怖分子串通一气呢。您看，多亏他们保持沉默，我们现在还能在这里。"

"而且还活得很好，有妙趣横生的故事讲给朋友们听。"皮钦补充说。

"还有许多面包没有切成片呢，尝尝味道呀。"教授举起啤酒杯子说，"你们认为能活下来，多亏了那些工人，他们没有告发你们。但我要对你们说，应该感谢这些大山里的阿普。而且由于我，这些阿普才对你们发了善心。所以，归根结底，是我救了你们。"

"教授，为什么说你救了我们呢？"皮钦说，"你给神明上了什么供？"

"三十年的苦心钻研。"教授感叹地说，"五部作品。一百多篇论文。啊，还有一幅安第斯山中段的语言地图。"

"教授，您说的阿普是什么神明？"利图马鼓起勇气问。

"是安第斯山脉的高山和小丘的山神、保护神。"教授说。看来，他很高兴说点他感兴趣的事。"安第斯山脉的每座山头，不管多么矮小，都有自己的保护神。西班牙人来到这里以后，破坏了所有神像、偶像，给印第安人做了洗礼，禁止异教信仰，他们以为这样做就可以消灭一切偶像崇拜。结果怎么样呢，印第安人的信仰同基督教礼仪共存。在这一带，阿普决定人的生与死。我的朋友们，正因为有阿普的保护，我们才得以待在这里。为拉埃斯佩兰萨的阿普干一杯！"

利图马喝了几杯皮斯科酒、啤酒，又看到气氛那样热烈，胆子一下子大了起来，再一次插嘴说：

"在纳克斯有个半瓶醋女巫,教授,她对这类事情知道得很多。她就是阿特利亚娜夫人。她也这么说,山上有许多幽灵,她同它们有沟通。她肯定,幽灵都很凶残,喜欢吃人肉。"

"阿特利亚娜?卖皮斯科酒的迪奥尼西欧的妻子?"教授听了这话说道,"我太认识她了。我也认识她的酒鬼丈夫,他带着乐手和舞蹈演员,走村串庄。他常常打扮成狗熊样子。这两个人消息特别灵通。'光辉道路'分子还没有把他们当作反社会分子杀掉呀?"

利图马突然一惊。这位美国教授简直是上帝,什么都知道,谁都认识。再说,他可是个外国人呀,这怎么解释呢?

"不要叫我教授,叫我保罗好了,保罗·斯蒂姆森,或者只叫我巴勃罗或埃斯卡拉丁纳。在欧登塞①,学生们都这样叫我。"他从红格夹克的衣兜里掏出烟斗,把两三支香烟的黑烟丝拆出来,放在手掌上托着。

"埃斯卡拉丁纳,给利图马班长讲一讲,你是怎样变成秘鲁狂的。"皮钦鼓励他说。

在他还是个孩子、穿短裤的时候,在故乡丹麦,父亲就给他买了一本有关西班牙人发现和征服秘鲁的著作,是一位名叫普雷斯科特的先生撰写的。这本书决定了他的命运。从那以后,他对这个国家的人物、事件、历史产生了浓厚兴趣。他先是在哥本哈根,后在欧登塞研究和教授秘鲁民俗、神话和历史。三十年来,他的假期都是在秘鲁山区度过的。安第斯山成了他的家。

"我现在明白了,您为什么讲一口流利的西班牙语。"利图马

---

① 丹麦的一座城市。

低声说,他对这位教授肃然起敬。

"您还没有听他讲克丘亚语呢,"皮钦插话说,"和矿工们在一起,他讲起话来口若悬河,长篇大论,一个地地道道的印第安人。"

"这么说,他也讲克丘亚语了。"利图马惊叹地说。

"还讲库斯科和阿亚库乔方言呢,"教授说,他看到面前的这个警察一脸惊色,掩饰不住内心的喜悦,"还能讲一点艾马拉语①。"

他补充说,不过,他喜欢学习秘鲁的地方语言,像万卡人讲的语言,它属于安第斯山脉中段的古老文化。这个古老文化被印加人征服了。

"确切地说,应该是被印加人从地球上抹掉了。"他纠正说,"他们曾经一度名扬四方,从十八世纪开始,所有人都在谈论他们,说他们是宽容的征服者,允许被征服民族信奉的神明存在。那是一个有名的神话。像所有帝国一样,印加人对不屈服于他们的民族十分残忍、凶暴。万卡人和长卡人基本上从历史上除掉了。他们的城市被破坏殆尽,他们的居民因所谓的移民制大批大批地流放到塔万廷苏约②各地。他们的习俗和信仰几乎没有留下任何痕迹,语言也遭到同样的厄运。这里残存下来的克丘亚方言,并不是万卡人的语言。"

他又补充说,现代历史学家不十分同情他们,因为他们帮助西班牙人对抗印加军队。他们这样做对吗?他们是根据一条十分古老

---

① 居住在秘鲁和玻利维亚交界处的的的喀喀湖区的印第安人讲这种语言。
② 古印加帝国的名称,由四个大地区组成,疆土包括今厄瓜多尔、秘鲁、智利和阿根廷的广大地区。

的原则行事的：敌人的敌人就是我们的朋友。他们帮助征服者，以为这些人反过来会帮助他们从奴役他们的人手中解救出来。当然，他们错了，因为后来西班牙人对他们的奴役比印加人更加残酷。事实是，历史对万卡人太不公正了，他们在有关古代秘鲁的书籍中几乎没有露过面，一般都称他们是野人，是侵略者的帮凶。

身材高大、头发金黄的工程师——巴利是他的名字，还是绰号？——站起身来，又把饭前饮过的醇香可口的伊卡皮斯科酒拿了来。

"我们打一管御寒针吧。"他一边说一边在每个人的杯子里斟满了酒，"如果'光辉道路'分子回来的话，喝得醉醺醺的，管他呢。"

风在窗户和屋顶上呼呼作响，房子都抖动了起来。利图马觉得有了醉意。埃斯卡拉丁纳不可思议，他认识迪奥尼西欧和堂娜阿特利亚娜？他见过酒馆老板走东串西，打扮成狗熊的样子，在狂欢节上狂蹦乱舞。肯定，他还拿着小镜子，戴着项链和面具。这三个人讲起拦路鬼和阿普来，真是动人心弦。他妈的，真有趣。难道教授真的相信阿普，还是装作无所不知？他想到了纳克斯。托马西多可能躺下了，在黑暗中看着天花板，想着使他彻夜不眠、睡着觉还流泪的那些心事。皮乌拉姑娘梅塞德丝是一个狠心的女人？她把小伙子弄得惶惶不可终日。迪奥尼西欧和堂娜阿特利亚娜的那个洞穴里，一定坐满了面色悲苦的酒徒，酒馆老板唱呀、跳呀，鼓励他们结伴而舞，互相触摸。他妈的，这是干什么呀？他想到了工人，他们睡在大房子里，那三个失踪者的秘密藏在他们的脑海里，他本人永远不会弄得水落石出。班长突然怀念起遥远的皮乌拉来，太阳火热，人们心直口快，不知道保守秘密，荒漠和高山上没有阿普，也没有拦路鬼。自从他被派到这陡峭的大山深处以后，皮乌拉像一座失去的天堂那样留在他的记忆里。还能重返故土吗？他控制住自己，继续同那三个人交谈。

"埃斯卡拉丁纳，万卡人简直是野兽。"皮钦说。他把杯子对着光线，看个没完没了，好像害怕虫子掉进去一样。"长卡人也一样。你亲自对我讲过，他们为了取悦阿普而犯下了许多残忍罪行。把儿童、男人、女人杀死，供奉给泛滥的河水、开凿的道路、修建的神庙和碉堡。这种做法，起码应该说是不文明的。"

"在欧登塞，离我住的小区很近的地方，一伙撒旦匪徒在一个老者身上扎满了针，杀死以后，祭祀贝鲁塞巴布[①]。"斯蒂姆森教授耸了耸肩膀说，"他们当然是野兽了。在古代，哪个民族没被严厉地审查过？哪个民族从现代文明角度看不是野蛮，而是宽容的？"

佛朗西斯科·洛佩斯出去看了看，没有发现异常情况。他回来时，带进一股寒冷刺骨的穿堂风。

"一切都很平静。"他说着把斗篷取出来，"但是，气温下降了不少，而且又下起雪来了。我们得击木驱邪。今天可别发生泥石流。"

"喝口酒，暖暖身子。"黑发工程师又给他满了一杯，"就差发生泥石流了。恐怖分子之后，再来一场泥石流。"

"我一直在想，"金黄头发的工程师喃喃地说，他已经完全陷入了沉思，好像在自言自语，"在秘鲁发生的事，并不是过去那些暴行的复活。暴行仿佛一直隐藏在什么地方，由于某种原因而突然

---

① 《圣经》中的魔鬼，被称为幽灵之首。

跑到地面上来。"

"你如果再给我讲那个生态环境专家的事,我可要睡觉去了。"皮钦想让他打住话头。但是,他指着他的朋友、教授,对一直用惊愕目光看着他的利图马解释说:"他认识哈古特夫人,她上个月在万卡韦利卡被杀害了。他喝杯酒,对她的事能讲上一天一夜。从矿工到哲学家,可有一段很大的距离呀,巴利。"

但是,金黄头发的工程师没有回答他。他沉思着,几杯酒下肚,眼睛变亮了,一绺头发垂在额头上。

"说句老实话,如果说有一种死是难以理解的话,那就是奥滕西娅的死。"教授的面容阴沉了下来,"可是,当然喽,是我们的过错,无法用脑袋去理解那些屠杀事件,因为没有任何道理可解释。"

"她本人知道得很清楚,她是在冒险。昨天夜里,我们如果被逮住,我和皮钦还有可能同他们谈判。可是,他们一定会用石头砸烂你的脑袋,像对待奥滕西娅那样。不过,你还是来这里。老先生,我摘下帽子。"

"对,你们不是也来吗。"教授还礼说。

"我们靠这座矿山活着,"皮钦说,"我是说,以前靠这座矿山活着。"

"秘鲁有什么东西能激起外国人的这种感情?"巴利一副惊愕表情,"我们不配呀。"

"这个国家,谁都弄不懂它,"埃斯卡拉丁纳笑了,"除了难以破译的秘密,它没有任何吸引人的东西。我是说,对和我国同样光洁、透明的国家的人来说。"

"我看,我再也不会到拉埃斯佩兰萨来了,"巴利改变话题说,"我不想当英雄,特别是,更没有兴致为这座亏损的矿山工作。说句老实话,我昨天夜里吓得半死。"

"我和教授在水箱里感觉到了,"皮钦说,"说得确切些,听到了。"

巴利笑了笑,教授笑了,佛朗西斯科·洛佩斯也笑了。但是,利图马表情严肃,几乎没有听见他们的谈话。他心里很不平静。过了一会儿,他们喝完那瓶皮斯科酒以后,互相致了晚安,返回各自的房间,班长走到斯蒂姆森教授的卧室——和他的卧室相邻——门前,停下脚步。

"教授,我还有件事问一下,"他小声说,一副毕恭毕敬的表情,舌头都有些不好使了,"长卡人和万卡人开山修路时,真的砍人头,庆祝开工吗?"

教授弯下身子,解下护腿,乙炔灯光把他的五官扭曲了,好像幻影一样。利图马心里想,他的白发周围很快会出现一道神明的金色光环。

"他们那样做,不是因为是虔诚的教徒。"他解释说,"他们用那种方法表示对山神、地神的敬慕,这些神明常常显灵。他们敬慕神明,是为了避免受到报复,为了保护自己生存下去,为了不发生塌方,不发生泥石流,不让闪电击人、烧人,不让湖泊泛滥成灾。我们应该理解他们。对他们来说,如果不发生天灾,是上天的恩赐。一切都是上天意志决定的,只有杀生祭祀,才能得到上天的恩赐。"

"您说的这些,我有一次从堂娜阿特利亚娜那里也听说过,教授。"

"请代我向她和迪奥尼西欧问好,"教授说,"我们最后一次见面是在万卡约的博览会上。阿特利亚娜年轻时很漂亮。后来,像所有人一样渐渐凋谢了。我看,她对历史很感兴趣,班长。"

"有一点儿。"利图马同意地说,"晚安,教授。"

人们得知拦路鬼袭击事件,阿亚库乔街区的居民组织了巡逻队抵御拦路鬼的消息以后,一直食宿不宁,昼夜不安。他们说:"我们也得组织起来,不能让拦路鬼在纳克斯横行霸道。"他们夜间想在住房之间点燃火堆,不等拦路鬼进到镇里,就能看到他们的影子。什么地方形势不好,拦路鬼就在什么地方露面。现在,纳克斯衰败了,到处在重演它的历史。纳克斯以前曾是一座十分繁荣的矿区,所以,我和蒂莫特欧从昆卡逃出来以后,便来到了这里。

当时,我很年轻。纳克斯矿还没有被废弃。矿工们来自本地区的各个村落,甚至包括遥远的潘帕斯、阿科斯坦博、伊斯库恰卡和利尔凯。每隔一段时间,坑道里就开凿出一个新的工作面,开采银矿和锌矿。招募矿工的人员必须到越来越远的地方去,与愿意来矿山——矿山的名字叫圣丽塔——的人签订合同。山坡上布满了茅屋和棚屋,供矿工们栖身。不过,还有许多矿工裹着斗篷,睡在岩洞的大石头下面。一天,工程师们说,高品位的矿石已经枯竭,只剩下卖不出去的石渣了。

当开始辞退工人,圣丽塔矿走下坡路,许多人离开纳克斯时,发生了许多奇事,谁也解释不清楚。当时镇子里出现的不信任情绪和恐惧心理,和现在筑路工人的不信任和恐惧情感十分相似。一个来自华西坎齐亚的小胖子——他是仓库看守员——开始消瘦。他说,感觉和以前不一样,仿佛体内空洞洞的,只剩下了肉皮和骨头,像个球似的,只要用针扎一下就会爆炸。他的脑袋也空洞洞的,没有想法,没有记忆。过了两个星期,他就死去了。死时,他身体抽缩、消瘦得像个十岁的孩子。他已经不记得自己是什么地方的人,叫什么名字。有人去探望他,他总是颤巍巍的,用微弱的声音问他是人还是动物。他连人和动物都辨认不出来了。这些不是从别人那里听来的,而是我和蒂莫特欧亲眼所见。

这位仓库看守叫胡安·阿帕萨。圣丽塔矿工和他的亲人把他埋在了一个山沟里。过后,他们才怀疑阿帕萨得的并不是什么怪病,而是因为他在路上遇到过拦路鬼。那时,和现在一样,纳克斯的所有人都坐立不安,神经异常紧张。"有没有办法防止呀?"他们说。"能不能做点什么对付拦路鬼呀?"他们都跑来问我,因为早就听说我知道哪座山是公山,哪座山是母山,知道它们会生出什么样的怪石。当然有办法呀,完全可以做点什么对付拦路鬼的。一定要小心,要处处预防。在房门口放一盆水,这样可以使拦路鬼不能用迷魂粉伤人。这办法很管用。在穿斗篷和衬衣之前,在衣角上撒几滴尿,也有帮助。在毛衣外面挂上一点什么东西,女人是一条带子,一把剪子、一小块肥皂、一瓣蒜或一包盐也行。但是,谁也没有这样做。所以,类似的事件继续发生。他们不接受现实。现在,纳克斯倒慢慢地接受了。那样的事例太多了,怎么不让人感到不安呀,对吧?

纳克斯人发现事情依然如故,看到将胡安·阿帕萨置于死地的那个拦路鬼又使好几个人变得瘦骨嶙峋。人们编了歌谣说,用人油做药膏,又可以加在用来铸造铁钟的金属里。自从发生拦路鬼袭击事件以来,现在已经有许多阿亚库乔人确信,人油被运到国外去了,有一部分运到利马,那里的工厂只能用男人或女人的油开动机器。

我对圣丽塔的那个拦路鬼十分熟悉。他吸干了胡安·阿帕萨身上的油脂以后，又吸干了塞巴斯蒂安身上的油脂。塞巴斯蒂安是蒂莫特欧的朋友。全纳克斯的人渐渐地注意到他的变化，因为他感到体内有了奇异感觉以后，便把情况讲给了矿工们。就是说，当天晚上就讲了。一天，他赶着一群大驼羊从草场回来时，在镇子外面突然碰见了一个人，他认识，是为圣丽塔矿招募工人的。这个人身披斗篷，把帽子拉得很低，压在耳朵上。他依在一块石头上，一口一口地抽烟。塞巴斯蒂安立刻认出了他。他在本地区的毗邻村镇、社区里见过他和农民谈话，劝他们去纳克斯做工；为了说服他们，甚至预付了几个索尔。

塞巴斯蒂安走上去，和他打招呼。他请塞巴斯蒂安抽烟。他是个外国人，白皮肤，蓄着一撮蟑螂颜色的短胡子，眼睛浅色。纳克斯人叫他帕特里略[1]，因为他自称是好色之徒；他还追求过我好几次呢，这事蒂莫特欧不知道。他们两个人一边抽烟，一边聊天，谈到了圣丽塔遭受的厄运、银矿枯竭。突然间，塞巴斯蒂安觉得帕特里略往他脸上吐了一口烟，使他一连打了好几个喷嚏。他即刻感到脑袋晕眩，要睡觉。当然喽，喷到他脸上的绝不是香烟的烟雾，而是拦路鬼用来迷魂人的那种粉末，被迷魂的人感觉不到被吸出了体内的油脂。是什么样的粉末呢？几乎总是驼羊的骨粉。谁吸进这种粉末，谁就失去感觉，什么事都不知道了。拦路鬼可以任意掏出他的内脏，而他没有感觉，感觉不到疼痛。帕特里略做的就是这一套。从那天夜里起，塞巴斯蒂安就开始消瘦、抽搐，以前的东西忘得一干二净。和胡安·阿帕萨一样，最后死去了。

---

[1] 在西班牙语中，"帕特里略"有"种畜"之意。

这件事发生在纳克斯还依靠圣丽塔矿赖以生存的时候。而现在，依靠公路生存，但这种事依然继续发生。这些不幸事件并不是恐怖分子制造的，尽管他们判处那么多人死刑，或者把很多人带回他们的基地。可以说，也不是在那一带游荡的拦路鬼制造的。是这样，拦路鬼总是在困难日子里出来活动。阿亚库乔受到袭击，就是一个例子。这儿可能有好几个拦路鬼，藏在山洞里，一直在储存人油。可能利马或美国需要给新机器做润滑油用，也许给他们发射到月球上的火箭做油料。据说，汽油和其他油都不如人油能使当代高科技机器运转那样良好。正因为如此，他们很可能派出杀手，用那种像口香糖一样伸缩自如的月牙刀武装起来，去砍受害者的脖子。谁能否认这一点呀，这些家伙也是作恶多端的。

但是，最大的不幸总是幽灵制造的。它们干了坏事，你还看不到它们的面孔。幽灵索要的很多很多，人们不可能给予它们那么多。它们就在那里，石头和石头碰一下就能生出来。它们制造不幸事件以后，坐等工人们自动打开自己的脑壳。我把这些情况讲出来，它们很可能勃然大怒起来。你们听了以后，把耳朵捂起来，而不想弄个水落石出，何必向我问这问那呢？还是听听我丈夫的劝告吧：喝呀，喝呀，喝他个一醉方休；喝醉了，你就会觉得一切都比现实美好；恐怖分子不见了，拦路鬼不见了，使你们生怒、恐惧的东西不见了。

"可是，为什么？"梅塞德丝突然又问道。

"很遗憾，托马西多，"利图马打断他的话，屋子里漆黑如洞，"我们在利马报纸上看到过这样的消息，有人挖小孩的眼睛，真是毛骨悚然。今天夜里，我已经打不起精神听你的爱情故事了。"

我们说说挖眼睛的事吧,这更好些。或者谈谈迪奥尼西欧和巫婆,这两个人的谜,我还没有解开。"

"无论如何不能谈论那事,班长,"托马斯说,他躺在行军床上,"夜晚是属于梅塞德丝的,而不属于任何人,除非我值勤。白天,我已经有了那么多小时为发生的事而感到绝望了。您去想您的拦路鬼吧,我想我的小女子。"

"为什么没有把你,或者说,把我们两个人抓走?"梅塞德丝重复问道。

自从他们从警察手里逃出来以后,这个问题又重新回到她的嘴边。加列尼奥每问必答:警察很可能看到她的名字,并且同脏猪联系起来;脏猪已被警察列在档案里。也许在她的选民证上发现了错误或可疑的涂改笔迹,或者把她当作随便一个乘客那样叫了去,想从她身上榨出点钱来。为什么对那件事还说个没完没了,厄运已经过去了呀。不是自由了吗?不是走了大半个安第斯山而没有发生问题吗?再过两三个小时,就要安全抵达利马了。火车司机好像有意打断加列尼奥的话似的,拉响了汽笛,尖厉的汽笛声在周围光秃秃的山间回荡了许久。

"报纸没有说到拦路鬼,而是说挖眼睛、偷眼睛的人。"利图马说,"但是,托马西多,还是你说得对,和山里的拦路鬼很相似。我感到惊奇的是,现在在利马,人们也开始相信那些事了。在秘鲁首都,这怎么可能呢!"

"您以为我在听您的话,可是我并不在这里,"托马西多轻轻地说,"而是在山区的火车上,在开往德桑帕拉多斯的火车上,搂着我的恋人。"

"你给我说说,给我说说。"她一边说,一边向他靠过去。

"他们把我叫去,莫非是偶然、巧合?我不想去监狱。我认识一个女人,她在乔里约斯被关了好久。我经常去探望她。我宁愿自杀身亡,也不去监狱。"

小伙子用力搂着梅塞德丝,在她耳边窃窃私语。他们两个人坐在供一个乘客落座的位子上,把身子靠在一起。车厢里满满的,有的人站着,手里拿着箱子、包裹,甚至小鸡,而且每到一站,还继续有人上来,很快就喘不过气来。还好,已经到了马图卡纳。托马斯把嘴巴贴在梅塞德丝的那头浓发上。

"我对你发誓,永远不会发生那种事。"他许诺说,"我要像昨天晚上那样,每次都把你救出来。"

他吻了她一下,看见她闭上眼睛。通过车窗,可以望到山峰闪过,山坡上不时有村庄出现,公路旁的石块上涂画着各种广告。那是一个铅色的下午,云朵低垂,好像要下雨,可又下不起来。利马的气候就是这样。

"这个国家正在发生严重事件,托马西多。"利图马又打断他,"利马的整整一个街区被这种传言弄得惊慌失措,这怎么可能呢?有的美国人把四五岁的孩子抓到汽车里,用高速手术刀挖出眼睛。当然喽,这也许是疯人痴语。利马也有自己的堂娜阿特利亚娜。但是,整个一个街区的人信以为真,居民们纷纷把孩子从学校接回来。他们碰见外国人,就把他处死,你认为这可能吗?"

"说到眼睛,我的梅塞德丝有一双大眼睛,"宪兵低声说,"和星星一样大,颜色像炒面那样。"

现在,他一点儿也不担心了。可是,在安第斯山解放区的那段旅程里,他对司机的方向盘可提心吊胆的,加列尼奥不时掏出手枪来,不让他开得过快。但是,他们一路上交上了朋友。司机听说加列尼奥和梅塞德丝正在逃避一个嫉妒的丈夫以后，勉勉强强相信了这个说法，或者说装作相信了。那位丈夫说不定已经向警察局报了案。他两次下车去买吃的、喝的，司机劝他们在塞罗-德帕斯科换乘火车。加列尼奥把那两支自动步枪留给了他，作为汽车费。

"你如果愿意，就作为遵纪守法的公民上缴了吧，或者卖掉，弄几个钱。"

"我让命运来决定吧。"司机说。他祝他们蜜月幸福。"我忍几个小时再去警察局吧。"

"报纸上说，上个月在奇克拉约也出现了这种疯狂病，费雷尼亚费也发生过类似情况。"利图马说，"有个女人看见四五个身穿白大褂的美国人抓走了一个孩子。后来，发现一个孩子的尸体躺在水沟里，没有眼睛，挖眼凶手在他兜里放了五十美元。和阿亚库乔传说有拦路鬼袭击一样，那里的居民也组织了巡逻队。利马、奇克拉约和费雷尼亚费受了山里人的迷信的影响。纳克斯就是这样。好像瘟疫一样，你说呢？"

"我开诚布公地说，和我没有屁大的关系，我的班长。因为此时此刻我很幸福。"

快六点钟时，火车到了德桑帕拉多斯车站。天已经渐渐黑下来，但电灯还没有点亮。加列尼奥和梅塞德丝穿过半明半暗的高大前厅。厅里没有警察，出口那里也没有，只是治安处的铁栅栏旁有几个值班人员。

"现在，我们最好各走各的路，加列尼托。"来到大街上，梅塞德丝说。

"你想回家呀？你家一定和我家一样，早被监视了起来。我们最好在我妈妈那儿躲几天。"

他们叫了辆出租汽车。小伙子叫司机开到布雷尼亚以后，俯身咬着梅塞德丝的耳朵，低声说：

"也许你是想摆脱我吧？"

"得把事情讲清楚，"她说，声音很小，不让司机听见，"过去的事过去了，也就算了。但是，我进行了艰苦斗争，才获得了生活上的独立。你不要产生不切实际的想法，我可不能做一个宪兵的小尾巴。"

"过去是宪兵。"小伙子打断她的话。

"你把我们两个人卷入了这件麻烦事中，我们只能一块走到从麻烦事中摆脱出来的时候。好吧，加列尼托？"

"我不能不把这件事同迪奥尼西欧和巫婆联系在一起，"利图马说，"仿佛那两个野人说得有道理，而文明社会的人倒没有道理。会读书识字，身穿西装，系扎领带，去学校念书，住在城里，倒一钱不值。只有巫师、巫婆懂得发生的事。你知道今天下午迪奥尼西欧在酒馆里都说了什么吗？他说，只有乱伦的人才能成为学者。那个家伙每次张开嘴巴，我都不寒而栗。你不这样吗？"

"我现在不为他不寒而栗。但是，我的班长，我是另外一种不寒而栗。在我正在开始的蜜月里，事故丛生呀。"

在布雷尼亚，他们沿着阿利加大街往下走时，昏暗的街灯开始亮了起来。出租汽车绕过拉沙列学院，驶进一条胡同，正要在小伙子指示的地方拐弯时，他纠正自己的命令说：

"往前走，不要拐弯，我改变了想法。到上街区去，这样好些。"

梅塞德丝转过身来，看了他一眼，心中很是纳闷。她发现加列尼奥手里握着左轮手枪。

"魔鬼和疯子统治着秘鲁,不管发生什么事,你一定和你的小女子在一起。真的,托马西多,谁也不如狗见了骨头那样自私。"

"房前的路灯旁有个家伙,不是好人。"小伙子对她解释说,"也可能是疑心,但我们不能冒生命危险。"

到了上街区,他叫司机把车停在老年收容所旁边。等汽车开走以后,他拉着梅塞德丝的胳臂走了两三个街区,最后来到一座三层小楼前。这座小楼外墙的涂料已经褪色,一楼的房子不大,门窗都有护栏。房门立刻打开了,一个女人身穿长衫,脚穿便鞋,头戴纱巾,把他们从上到下打量了一番,面无笑容。

"你到这儿来,一定是事情不顺吧,"她这样对加列尼奥说,表示向他打招呼了,"你好几百年没有到这儿来了。"

"对,阿利西娅大妈,暂时是有点不顺,"托马斯承认说,同时吻了一下那女人的前额,"有没有空闲的膳宿房间?"

那女人把梅塞德丝从头到脚打量了一下,勉强同意了。

"只租给我几天,阿利西娅大妈,行吧?"

她往旁边站了站,让他们进去。

"昨天刚刚空下来一间。"她说。梅塞德丝从她身边走过时,向她说了声晚安。那女人哼了一声。

阿利西娅领着他们穿过一条狭窄的过道,过道墙壁上挂着照片。她打开一扇门,点着电灯。卧室里只有一张床,上面盖着粉红色的床罩。一个柜子占去了半间屋子。窗子很小,没有窗帘。床头摆着一尊木制的耶稣蒙难像。

"今天晚上没有饭了,时间太晚了,不好出去买东西。"那女人提醒说,"明天,我给你们准备午饭吧。房间里虽然只有一张床,但你们是两个人……"

"我付双人床的钱，"小伙子接受了，"事情就应该公平嘛。"

她同意了，临走时，关上了房门。

"你一直说自己是圣徒，可那是神话。"梅塞德丝说，"你以前没带过女人到这儿来？那个女人真讨厌，看见我都没有一点表情。"

"谁听了这话，都会说你嫉妒。"他打了个口哨。

"嫉妒？"

"我知道你不会嫉妒，"加列尼奥说，"只是开个玩笑，想看看能不能驱走你脸上的惊色。我从来没有带人到这里来过。有一段时间，我住在这里。好了，我们洗一洗，到外边吃点东西。"

"就是说，按照那个家伙的逻辑，学者必然是兄妹的儿子，或者父女的儿子，太野蛮了。"利图马把话题扯远了，"我在纳克斯听到的东西，在皮乌拉没有听见过。迪奥尼西欧可能是乱伦的儿子，完全有可能。不知道为什么，他和巫婆如此引起我的注意。实际上，这里只有他们说了算。我和你连配角也当不上。我一直想从工人、工头和社区居民嘴里套出一些有关他们的情况，但谁都不松口。另外，我不知道他们是不是在嘲弄我。你知道开压路机的万卡约人怎么说迪奥尼西欧吗？他的克丘亚语的外号是……"

"生肉食客。"他的助手打断他的话，"哎呀，班长，您是不是还要对我讲什么酒馆老板的母亲被雷击死了？"

"托马西多，这些事情很重要，"利图马嘟哝了一句，"能帮助弄懂他的特点。"

梅塞德丝坐在床上，用那种表情看着加列尼奥，后者觉得她很顺从自己似的。

"我不想欺骗你，"她继续说道，语调友善，像是不想伤他的心，"你在我身上感觉到的东西，我在你身上并没有感觉到。最好对你讲清楚，好吧？我不会同你一起生活，不能做你的妻子。加列尼托，把我的话记在心里，我们只能一起待到从这件麻烦事摆脱出来的时候。"

"从现在到那时，你有足够的时间爱上我的。"他一边抚摸她的头发，一边不快地说，"再说，你就是想走，也不能现在丢弃我。除了我，还有谁能把你救出来呢？说得确切些，除了我的教父，谁能救你呀？"

他们在一个小得像玩具一样的卫生间洗了洗，便到街上去。加列尼奥拉着梅塞德丝的胳膊，迈着稳健的脚步，在灯光昏暗的大街上走着。街上，三一群五一伙的年轻人躲在街角抽烟。他们最后来到一家中国饭馆，里面有用油迹斑斑的屏风隔开的房间。烟气很大，充满浓重的油炸食品味，一台收音机把音量开到最大，正在播送摇滚音乐。他们在门旁一张桌子上坐下来。小伙子要了几个他们两个人共吃的炒菜外，又为自己要了冰镇啤酒。音乐里夹杂着说话声和共鸣箱的节拍声。

"有一次拿我玩骰子，你应该知道一下这件事，加列尼托。"梅塞德丝看着他，没有笑容。两道黑眼圈又深又宽，身体显得瘦了许多，眼睛不像在廷戈·马利亚或瓦努科时那样明亮。"我生下来就厄运缠身，没办法呀。"

"拿她玩骰子？"那个夜晚，利图马第一次有了兴趣，"给我说说，托马西多。"

"听我说，"她说，声音阴郁，"是几个下流的酒鬼和流浪汉。我的命运就是这样，从那儿出来了，又从那儿到了这儿。我独自站立起来,谁也没有帮我一把。我正当摆脱厄运时,半路上遇上了你。你再次把我推进了深渊里,加列尼托。"

"真的,我终于使您把拦路鬼忘在了一边,把挖小孩眼睛的人忘在了一边,把堂娜阿特利亚娜和迪奥尼西欧忘在了一边,我的班长。"

"这是因为我几年前见过类似的事,很感兴趣,"利图马回答说,"是在她家乡皮乌拉玩的吧?"

"她没有说在什么地方,也没有说怎么玩的。她只说那么多,我感到毛骨悚然。拿她玩骰子!我的恋人!"

"在皮乌拉体育场附近,有个叫秋恩加的女人,开一家小酒吧。她说没说是在那儿玩的?"

"她不愿意多说。她只说了那些,是想告诉我,她是怎样沿着生活道路走上来的。可是,我杀死脏猪以后,使她倒退了一段很大路程。"

"真有意思,"利图马说,"在那间酒吧里,我看见我的一位朋友——他就是我给你讲的那种热血青年——把他的小女子卖给了秋恩加,想继续用扑克赌博。说不定你故事里的皮乌拉姑娘和我朋友的皮乌拉姑娘,是同一个人呢?你敢保证你生活中的恋人叫梅塞德丝,而不叫梅奇?"

"可是,人们不是都把梅塞德丝称作梅奇吗,我的班长。"

"所以,躲躲藏藏地生活,对我来说比登山还困难。"她说,"那一切已经过去了。我想回我的家。在我自己的卫生间里洗澡,我总是把卫生间刷得干干净净的。换上洁净衣服,这身脏衣服我都穿了五天了。"

她还想说点什么,可饭馆伙计端着菜走了进来,梅塞德丝沉默不语了。伙计问他们使用刀叉还是筷子。加列尼奥说使用筷子。

"亲爱的,我教给你像中国人那样吃饭,很容易。你学会了,能像使用刀叉那样使用筷子。"

"我一直生活得很好,"她一边吃饭一边说,"我总是省吃俭用,想去美国。迈阿密的一位女友说会帮助我在那儿找工作。可是,现在我又两手空空了。"

"梅奇,梅塞德丝,真是巧合,您说得对,"托马西多说,"很可能是同一个人,为什么不是呢?这种巧合能使人相信奇迹确实发生过。如同相信拦路鬼一样。不过,现在您得给我讲一讲……"

"别着急,我从来没有对梅奇做过越轨的事,托马西多。很不幸。她是皮乌拉最漂亮的姑娘,我对你发誓。"

"你如果想去美国,我们一块儿去吧,"小伙子许愿说,"我知道怎样入境,从墨西哥进去,不用签证。我认识一个人搞这种行当,都快成百万富翁了。"

"一个宪兵每月挣多少钱,可以知道吗?"她说着用怜悯的目光看了他一眼,"也就比我付给女仆的钱多一点点吧,我这么想。"

"可能比那还少。"他笑了。"你为什么认为我挣那么点钱,还整天伺候脏猪,让他在廷戈·马利亚同女人寻欢作乐?"

他们默默地吃了好一阵子,一瓶啤酒都喝完了。后来,他们又要了冰淇淋,小伙子点着一支烟。他一边抽一边喷出一圈烟雾,飘飘悠悠地升向高处。

"最可笑的是,看你那样还很满足。"她说。

"我是很满足,"他说着向她送去一个飞吻,"你想知道为什么吗?"

梅塞德丝勉强笑了笑。

"我知道你要说什么。"她用那样的目光看着他,加列尼奥不知道是痛苦还是骄傲。她补充说:"你尽管打扰了我的生活,但我并不恨你。"

"这就好。"他高兴了起来。"事情这样开始,最后终会产生感情的。"

她笑了,比以前自然多了。

"你爱过别人吗?"

"从来没有像这样爱过,"小伙子斩钉截铁地说,"从来没有像爱你这样爱过别人。到现在为止,也没有认识过一个像你这样漂亮的女人。"

"很可能是梅奇,生活中真有那么多的巧合。你有她的照片吗?"

"我们都没有时间合影,"宪兵感到很后悔,"您不知道我有多么悲伤。我真傻。我不但能记起她,还能看见她。"

"我认识他只几个星期。是在巴兰科的一个俱乐部里。他去那儿,看见了我,把我带到他家里,他家在奇亚加利亚·德尔·埃斯坦科。那是一幢多么漂亮的房子呀!他送给我好多东西,他要给我找一套房子。金山玉树,要什么有什么。只有一个条件,我只能和他在一起。于是,就有了那次去普卡尔帕的旅行。和我一起过周末,看看原始森林。我去了,那是一场噩梦,我又回到廷戈·马利亚。"

小伙子变得严肃起来。

"你和脏猪第一次睡觉,他就打你?"

她后悔不该讲那件事。

"你是算我的账呀?"她说,面有怒色,"你说你现在是我的情夫,是我的丈夫,这话你是认真严肃说出来的吗?"

"我发现,我们现在开始了第一次争吵。"小伙子说。他想缓和一下紧张气氛。"这种事每对夫妻之间都发生过。我们不再谈论那个话题了。高兴了吧?"

他们沉默了好长时间。加列尼奥要了两杯茶。他们喝着茶,梅塞德丝又对他说起话来。她虽然没有恼怒,但语调十分坚定:

"我尽管亲眼看见你杀了人,但是,我觉得你是个好人。所以,我最后再对你说一次,加列尼托,我很遗憾你爱上了我。但我不能回应你。这是我的脾气。我好久之前就决定了,不能为任何人而把自己束缚起来。你说说,我为什么没有结婚?就因为这一点。我只有男朋友,比如脏猪,但不把自己许给任何人。我同认识的人,都是这种关系。以后,仍然是这样……"

"直到我们去美国。"他打断她。

梅塞德丝终于笑了。

"你从来不生气?"

"和你在一起,我永远不会生气。你可以继续给我讲一讲最可怕的事情。"

"实际上,你在做一件大好事。"她承认说。

小伙子付了钱。他们走出饭馆时,梅塞德丝说想往她那套房子打个电话。

"在我去原始森林期间,把房子借给了一位女友。"

"你不要告诉她从什么地方打电话,也不要随便说什么时候回去。"

电话在收款台旁边，梅塞德丝必须从柜台底下钻过去。她讲话——尽管听不到在说些什么——时，加列尼奥知道了有不好的消息。她向他走来时，脸色都变了，下巴颤抖不止。

"有两个家伙去家里打听我，要我女友告诉他们我在什么地方。是警察局的人，拿出证件给她看了。"

"你对她说了什么？"

"我说从廷戈·马利亚给她打电话。我本想给她解释解释。"梅塞德丝说，"我现在该怎么办呀，我的上帝？"

"您的朋友把梅奇卖给了酒吧老板娘，只是为了能够继续赌博，后来，梅奇怎么样？"托马斯问利图马。

"她变成了一股青烟，再也没有消息。"利图马说，"是个谜，全皮乌拉没有一个人不感到奇怪。"

"现在睡觉吧，把那一切都忘掉。"小伙子说，"住在阿利西娅大妈家，谁也不会来找我们。亲爱的，放心吧。"

"对梅奇的下落，秋恩加不愿意对我们提一个字。"

"班长，看来那三个失踪案子一直使您心神不宁。您不要把责任推到迪奥尼西欧身上，不要推到堂娜阿特利亚娜身上，不要推到恐怖分子身上，不要推到拦路鬼身上。依我看，这几个失踪案子的罪魁祸首，很可能是您自己。"

七

  天色还黑着时，佛朗西斯科·洛佩斯就把利图马班长从噩梦中唤醒过来。他们必须立即出发，因为他还要在天黑之前返回拉埃斯佩兰萨。他煮好了咖啡，烤了面包。工程师和教授在他们开始向纳克斯驶进时，还在睡着。
  他们来时用了三个小时，但回程用了两倍的时间。前一天夜里，安第斯山脉海拔高的地区下了一场大暴雨，有的路段被淹，有的被塌方堵塞。班长和司机必须下车，推开石块，给汽车开路。吉普车常常陷在泥里，他们必须推着走，或者在车轮下垫上木板、石板，把车从泥潭中拉出来。
  开始，佛朗西斯科·洛佩斯几次想和利图马聊聊天，但都没有如愿。他每每把话递过去时，得到的回答只是哼哼声、单音节字或点点头。不过，走了一个小时以后，班长突然打破了沉默，在围巾后面喃喃地说：
  "这也只能如此，山里人把他们杀了，祭祀阿普。"

"您是说纳克斯的三个失踪者吧？"佛朗西斯科·洛佩斯回过头来看了他一眼，神情有些茫然。

"那些狗娘养的就是这种人，尽管你觉得难以置信。"利图马同意地说，"当然喽，是迪奥尼西欧和巫婆把那种思想灌输到了纳克斯的每个人脑海里。"

"那个迪奥尼西欧什么坏事都干得出来。"佛朗西斯科·洛佩斯笑了笑，"酒精是杀手的说法不一定那么可信。那个酒鬼如果不整天醉醺醺的，又能怎样活下去呢？"

"您很久以前就认识他吧？"

"我从小就在山区各地经常见到他。他总是出现在我做工的矿上。我在担任保安工作之前，曾做过招募矿工的事。那期间，迪奥尼西欧没有固定的店面，是个流动酒贩子。他到处兜售皮斯科酒、钦查酒、白酒，从这个矿走到那个矿，从这个村走到那个村，他还带一群卖艺的人演出一些小节目。神父让他在警察中间走动。对不起，我忘记了，您也是这些人中的一员。"

利图马把整个脑袋缩进围巾里，军帽盖住了大半张脸。司机只能看见他的颧骨、扁鼻，两只小眼睛又黑又亮，半闭着，在观察他的神色。

"那时已经和堂娜阿特利亚娜结婚了吧？"

"还没有。他是后来在纳克斯认识她的。他们没对您讲过？可是，那是安第斯山上最大的谎言之一呀。据说，他为了和她在一起，把她的矿工丈夫害死，才将她抢到手。"

"这并不奇怪，"利图马感叹地说，"那个家伙出现在哪里，哪里就变成血泊，一切蜕化变质。"

"而现在就差这一点了，"司机说，"普天之下，洪水泛滥。"

又下起雨来，老天真正发怒了。天空一下子变黑了，雷声在山间滚动。偌大的雨点啪啪地打在玻璃上，雨刷根本来不及给他们打开视野，避免掉进水坑和泥潭里。他们走得很慢，汽车像一匹难以驯服的野马。

"那个时候，迪奥尼西欧怎么样？"利图马始终没有把眼睛从司机身上离开，"您和他有过接触吗？"

"只是偶尔和他一起喝几杯，没有别的，"佛朗西斯科·洛佩斯说，"每次都在节日和集市期间。他带来乐手和几个半似妓女模样的印第安女人，跳面具舞。在哈乌哈的狂欢节上，有一次我看见他发疯地玩'哈拉帕托'①。您知道哈乌哈的这种舞蹈吗？跳呀，跳呀，从鸭子旁边跳过时，突然砍掉它的脑袋。迪奥尼西欧把所有鸭子的脑袋都砍掉了，不让别人玩。最后，人们把他赶得远远的。"

吉普车像乌龟一样爬行着，没有树木，没有动物，只有岩石、断壁、山峰、弯路、暴雨。但是，电闪雷鸣也不能把利图马从他的固执想法中解脱出来。他的眉间有一道深沟。他使劲抓住车门和车顶，避免颠簸得过于厉害。

"那个家伙给我带来了一个个噩梦，"他坦白地说，"他应该对纳克斯发生的一切负责。"

"奇怪的是，恐怖分子还没有把他杀掉。他们审判、处死同性恋者、流氓、妓女和一切蜕化变质分子。迪奥尼西欧比这些人加在一起还坏，还坏几倍。"佛朗西斯科·洛佩斯扫了利图马一眼。

---

① 印第安人的一种娱乐形式，一边跳舞一边砍鸭子的脑袋。

"班长，看来您是相信埃斯加拉丁纳的话了。别理睬他，这个美国人喜欢想象。您真的以为那三个人被杀了？这也对，为什么不可能被杀呢？这儿不是什么都杀、不是什么都无缘无故地杀吗？时不时就发现有新的坟墓，就像万塔市郊十个福音派神父的坟墓那样。又开始杀人祭祀了，这有什么奇怪的。"

他笑了笑，但利图马并不觉得这个玩笑有什么兴味。

"绝不能把这个当作儿戏。"他说。一串响雷打断了他的话。

"我不知道我们是否能够开到纳克斯。"能听到声音时，佛朗西斯科·洛佩斯大声说，"如果那边也下着这样的大雨，山坡非变成一片沼泽不可。您最好和我一块儿回拉埃斯佩兰萨矿上去。"

"说什么也不能回去，"利图马喃喃地说，"我必须把那事一下子弄个水落石出。"

"班长，您为什么如此认真对待那三个失踪案子？再说，这三个小虫子一样的人，和您有多大关系呀？"

"我认识其中一个人。是个小哑巴，给我们哨所当清洁工。人好极了。"

"您想当电影演员约翰·韦恩呀，班长。做一个孤独的行刑手。"

过了两三个小时，他们来到了吉普车应该调头的地方。那时雨停了，但天空依然阴沉沉的，远处不时传来雷声，听上去犹如失去节拍的鼓点儿。

"把您一个人扔在这里，我心里有一种说不出的滋味。"佛朗西斯科·洛佩斯说，"我们休息一会儿，等路面干一干，好吗？"

"不，不休息了，得赶时间，"班长说着走下吉普，"说不定还要下雨呢。"

他把手伸给拉埃斯佩兰萨矿安全员,几乎都没有听后者对他去那里起草损失报告所说的感谢的话。当他沿着山坡往下走去时,听到了马达声,吉普车渐去渐远。

"混账东西!"他用全身力气吼了一声,"山里人全是狗屎!迷信,崇拜偶像,他妈的,这些印第安人,狗娘养的!"

他的声音在大山——那时雾气很大,很难看清它们的影子——高耸入云的峭壁中间来回"反弹"着,重复了好几遍。他骂了几句,心里舒服了些。他坐在一块岩石上,用手做了个小巢不让火柴熄灭,点着一支香烟。那一切过去了,事情明朗得很。秘鲁之谜被那个秘鲁迷的教授揭开了。可是,历史在那里,历史不就是干这个的吗?他记起了,在皮乌拉的圣米格尔学院内斯托·马尔托斯教授讲的课程。他喜欢上他的课,因为这位教授——他仪表堂堂,大胡子、爱喝钦查酒——把一切都讲得有声有色。但是,他的脑海里从来没有想过,研究古代秘鲁人的习俗有助于理解现在纳克斯发生的事情。谢谢您,埃斯加拉丁纳,您给我揭开了秘密。不过,他感到比以前更加沮丧、困惑。因为尽管他的脑子总是对他说,所有东西都是相辅相成的,这一点毫无疑问,但他内心深处却难以接受下来。一个正常人,一个思路清晰的人,怎能想到小佩得罗·蒂诺克和另外两个人被杀生以后,拿去祭祀山神,只因为公路要在那里通过?那个老镇长,从恐怖分子手里逃了出来,改名换姓藏到这里,最后却客死在坑道里。

他把烟头扔到地上,看着它旋转着被风吹到远远的地方。他站起身来,重新上路。他一直往下走,但大雨冲坏了路面,地上像打了肥皂那样光滑,他不得不十分小心谨慎,先迈这只脚,然后那只脚,避免摔个大马趴。两天前,他和佛朗西斯科·洛佩斯只用一个半小时就走完这段路程，而现在说不定要用三倍的时间。不过，最好还是走得慢些，别摔断了腿，在这荒山秃岭，连只不让人感到那么孤独的飞鸟都没有呀。托马西多有什么话要对他说？他想象着助手的面容，两只眼睛射出疑惑的目光，想把胃里的东西吐出来。或者，也许不会这样。他一旦想起那个皮乌拉姑娘，就像打了专治绝望的药针一样，精神为之一振。堂娜阿特利亚娜企图说服他们，如果想在筑路工地上避免发生严重灾祸，什么泥石流、地震、屠杀呀，只有一个办法，那就是把人血献给阿普。为了使他们两个人的心软下来，接受她的建议，酒馆老板曾把他们灌醉过。我不相信，班长。是这样，托马西多。怎么解释呢，人们都说酒馆老板夫妇是撒谎大王。不过，有一件事还不十分清楚。如果说是为了祭祀阿普，杀死一个人不就够了吗？为什么要杀死三个？谁知道，托马西多。也许为了不让阿普生怒，因为那条公路将经过好几座山，是吧？

他滑了一脚，一屁股坐在泥地上。他站起来，又滑倒了，这次是侧着身子。他笑自己太笨拙了；真的，他多么想大哭一场呀。因为他的宪兵制服溅满了泥水，双手划了好几道口子，不过，特别是因为世界、人生对他来说已经变得难以忍受了。他用手掌在屁股上抹了几下，扶着岩石一步一步往下走。那些工人，其中许多是当地人，至少读过小学，见过大城市是什么样子，听广播，进电影院，穿戴像基督徒，怎能干出如此野蛮、凶残的事情来？山里的印第安人从来没有进过学校的大门，仍然像他们的祖辈那样生活，干出那种事也许能让人理解；可是，这些玩纸牌、做过洗礼的人，为什么那样呀？

天放晴了些，利图马透过灰蒙蒙的雾气望见远处和山下营地有灯火。这时,他发觉,除了遥远的雷声以外,一阵子以来一直听到一种深沉的呼啸声,大地在不停地抖动。什么鬼东西?暴雨又从背后下起来了。在这倒霉的安第斯山上,甚至大自然的万物也都乘人之危,投井下石。到底出了什么鬼事?地动?地震?他现在一点也不怀疑了:大地在脚下抖动,闻到一种松节油味。从大山中央发出的一种深沉、鼾声一样的声音在他四周回荡。他的周围,他的双脚之间,石子和石片被无数只无形的手推动或恐吓,不停地滚动起来。他发现自己在下意识地寻找保护,他已经"四蹄"着地,趴在一块高大而尖削的岩石下面,这块岩石长满了浅黄色的青苔。

"怎么啦,我的上帝,正在发生着什么?"他大声喊起来,同时在胸前画着十字。这一次,他没有听到回音,因为那个浓重的、重复的、响彻四方的声音,那个坚定的声音向山下滚去,吞噬了所有声音。人们说,迪奥尼西欧的母亲是雷电击死的。现在,他是不是也要被雷电击死?他从头到脚都在颤抖,恐惧使他双手冒出了冷汗。"上帝哟,我不想死;万能的上帝哟,保佑我吧。"他喊着,嗓子撕裂、干燥。

天黑了许多,尽管只是中午刚刚过一点,但已经像黑夜一样。他如同做梦一样;他看见一只大鼯鼠如同兔子那样从石块中间跑出来,经过他身边,惊恐地向山下奔去。鼯鼠竖着两只耳朵,东突西撞,一路颠簸,最后消失了。利图马想做祈祷,但身不由己。是地震吧?巨大山石在滚动,在跳跃,在碰撞,在裂碎,碎块向四面八方飞去,发出震耳欲聋的响声。他是不是要被这巨石砸死?动物有第六感觉,嗅到了灾难的来临。那只鼯鼠就是这样从洞穴跑出来、这样逃掉的,因为嗅到了世界的末日。"原谅我的罪过,"他喊了起来,"我不想这样死去,他妈的。"他蜷曲身子、紧贴着岩石,趴在那里，看着巨大的石头、巨大的土块、各种形状的岩体从他的右侧、左侧和头顶飞过，觉得藏身的那块岩石，在那么多土、石的撞击下——有的破碎，有的被弹了回去——开始动摇了。还能坚持多久？他预感将有一块巨石从大山之顶滚落下来，撞在保护他的那块岩石上，眨眼间它会碎成粉末，他也粉身碎骨。他闭着眼睛，看见自己的身体变成了"乳糖"、骨头、鲜血，头发、衣服和鞋子折断、破碎，所有东西混杂在一起，血肉不分，臭气熏天，埋在泥水里，像一团糊状物那样向下，向下，向山下流去。只是这时他才想到崩裂的山体流星般地涌向营地。"是泥石流，对，是泥石流。"他想得对。他总是闭着眼睛，像疟疾病人那样浑身打战。"砸死我之后，还会砸死所有人。"

他睁开眼睛，以为是在做梦。他身体的右侧，巨大的尘云中有一块卡车那样大小的石头正在滚落下去，把上面的雪块纷纷抛在四周，把前面的东西统统带走，开出一条宽大的街道，犹如大江的河床；后面掀起一个迅速转动的旋涡，岩石、石块、碎片、木头、冰块、土块都被卷了进去。利图马觉得在那隆隆作响的混沌世界里，辨认出了动物，飞禽的尖嘴、羽毛、骨骼。声音轰鸣，尘埃浓重。此刻，他也被裹挟了进去。他咳嗽，窒息得喘不过气来，抓着泥地的双手血迹斑斑。"对，是泥石流，利图马，"他自言自语地说，觉得心脏还在胸腔里，"在一点儿一点儿置你于死地。"这时，他感到脑袋被打了一下，眼前金星跳动，这不禁使他记起了在皮乌拉老桥下挨的那一拳，他在梦中多次梦见过。那一次，他和卡马隆·帕尼索发生争吵，那一拳也使他眼冒金星，甚至眼冒月亮、太阳，和现在一样，大地在深陷，一切同归于尽。

他苏醒过来之后，仍然颤抖不止。但是，他现在颤抖，是因为寒冷，他全身骨骼在咯咯作响。天已经黑了。他一动弹，便看到五颜六色在飘动，而且觉得有一辆汽车从身上驶过，把皮肤下面的一切都碾得粉碎。但是，他还活着，真是奇迹。现在，隆隆的声响听不见了，泥石流看不见了，世界笼罩在冰雪之中，寂静无声，一片安宁。天上，寂静和安宁有过之而无不及。有那么几秒钟，他被面前的情景迷住了，几乎忘记了自己。数以千计、百万计的、大小不一的星斗在黄色的混沌中跳动，而那混沌好像只是为了他一个人才发光发亮的。他从来没有看见过那样大的月亮，在派塔那里也没有看见过。他从来没有看见过夜里有那么多星星，如此宁静，如此甜蜜。他昏厥了多长时间？几个小时？几天？不过，他还活着。应该动弹动弹身子。不然，他就要冻僵了，伙计。

他移动了一下，慢慢的，先往这边，后往那边；他吐了一下，满嘴都是泥土。真是令人难以置信，刚才还是一片吓人的隆隆声，此刻沉寂了，宁静了。这沉寂，这宁静，看得见，听得着，可以触摸。他渐渐从麻木状态中挣脱出来，最终坐了起来。他上上下下摸了摸，什么时候把左脚的靴子丢掉了？看来，他没有骨折。他全身疼痛，但没有一处有特别异样的感觉。他死里逃生，这真是难以想象。这不是奇迹吗？泥石流从他身上、头上、不，从他身边滚滚而过。他还在那里，受了伤，但还活着。"我们皮乌拉人是硬骨头。"他在心里这样想着。他想象着某一天回到皮乌拉，坐在秋恩加的酒吧里，向那些热血青年讲述这次历险记。他早已沉浸在骄傲之中了。

他站起来，在微弱的月光下，看着泥石流在周围留下的痕迹。那块巨大岩石把大地砸开了个大口子。四面八方都是石块、泥浆。这里和那里，泥土上留下了一个个雪块。但是，没有刮风，也没有下雨的迹象。他往山下看了一眼,往营地所在的地方看了一眼,那儿一片黑暗。他看不到一丝灯光。难道泥石流把所有的人都吞食了,包括房屋、人员、工具?

他弯下身子,摸了摸,找到了那只靴子。靴子里灌满了土。他用力清理了一下,穿上。他决定立刻下山,不要等到天亮。有月亮,走慢些,一定能到达目的地。他放心了,他感到幸运。他想,仿佛通过了一次考试,仿佛这倒霉的大山,这令人诅咒的山区,最终接受了他。他继续赶路之前,把嘴贴在那块保护他生命的岩石上,恰如山里人做的那样。他轻轻地说:"谢谢,你救了我一命,母亲,阿普,大地之母,感谢你。"

"堂娜阿特利亚娜,您对拦路鬼有过亲身经历吧?"他们的第一杯酒还没有完全下肚,便开口问道。他们对什么都不如对那个拦路鬼之死感兴趣。"您帮助杀死的拦路鬼,就是吸吮您表弟塞巴斯蒂安身上油脂的那个吧?"不是,另外一个。事情发生在很久以前。那时,她的牙齿整整齐齐,脸上一丝皱纹也没有。我知道有关拦路鬼的许多说法,常常听人们说起过。因为时间长了,有些细节都淡忘了。当时我很年轻,从来没有出过村子。现在呀,可能都老掉牙了。

昆卡离得很远,在曼塔罗河的另一侧,在帕卡斯班巴附近。每逢雨季,河水暴涨,淹没田地,村子变成孤岛,山脊高处挤满了人,周围都是遭受涝灾的庄园。村子很美,昆卡一片繁荣景象,平原和山坡都种着庄稼。土豆、蚕豆、大麦、玉米,还有辣椒,年年都是好收成。胡椒树、桉树、柳树为我们挡住巨大的旋风。连最贫穷的农民都有自己的鸡、猪、羊;山上,放牧着一群群的驼羊。我生活无忧无虑，在姐妹中间，我是最受羡慕的一个。我父亲是昆卡的首富，把三个庄园出租给别人，自己管理两个，还有商店、酒店、药店、五金店。他还开磨坊，所有人都去那里磨东西。我父亲多次负责组织过村子里的娱乐活动，而每次都恨不得把家里东西都献出去，请神父，雇万卡约的乐手和舞蹈演员。最后一次，来了一个拦路鬼。

不过，我们是怎样知道来了个拦路鬼的呢？拦路鬼是供应商萨尔塞多变的。多年来，他一直为我父亲运送药品、服装和工具。他是海滨人，每天都驾驶那辆破烂不堪的小卡车。昆卡人见到这辆车之前，一听到马达声和闸瓦声就知道它的到来了。大家都认识他，但是，那天几乎认不出了。他是那么高那么胖，像巨人一样。他的胡须变成了蟑螂颜色，两只眼睛布满血丝、突凸。人们成群结队地出来迎接他。他看着他们，死死盯住，仿佛要用眼睛吃掉似的。他看着男人、女人，也看着我。他的目光充满狐疑，给我留下的印象太深刻了，我永远忘不了。

他穿一身黑色衣服，靴筒超过膝盖，斗篷是那样宽大，被风一吹，萨尔塞多都好像要飞上天。他卸完汽车以后，便像前几次那样住在我家商店的后店里。他已经不像以前那样爱讲话了，也不喜欢介绍外面的情况、和人们友好相处。他默默无语，把自己封闭起来，几乎不和别人说一句话。他的眼睛像一把锥子，盯着这些人和那些人，男人不信任他，我们姑娘害怕他。

他在昆卡住了两三天。临走那天，他一大早就拿着我父亲的订货单出发了。第二天，一个在山上放牧的小伙子跑到村子里告诉人们，萨尔塞多的小卡车在帕卡斯班巴驶出了公路，掉进山沟里。从悬崖边上看得一清二楚，卡车在深渊底部，摔得粉碎。

我父亲带领几个村民，经过几番周折，下到沟底。他们分开来寻找，最后找到四只轮子，弹簧、闸瓦已经扭曲，底盘和马达变成碎片。但是，他们没有看到萨尔塞多的尸体。于是，大家又在峭壁上再三寻找，以为他在卡车掉进深渊之前被弹了出去。可是，也没有发现他的踪影。汽车的破铜烂铁和周围的石块上，都没有血迹。也许他感到汽车要驶出公路时，已经跳了下去？"可能是这样，"人们说，"他跳下车以后，另一辆卡车拦上了他，送到帕卡斯班巴或者万卡约，治疗恐惧症。"

实际上，他留在了昆卡，住在他摔下悬崖的那座大山的一个古老洞穴里。山上的洞穴像蜂房一样，洞壁上有古人的绘画。这样，他干起了拦路鬼的罪恶勾当。他总是夜里出来，到公路上，到桥上，藏到大树后面，跟踪落在后面的牧人、行人、车夫、路人、赶集的商贩、从集上返回的人。他总是突然出现在黑影中，眼睛射出火光来。他的身材高大，裹在迎风飞舞的斗篷里，把那些人吓得瘫在地上。于是，他就可以轻而易举地把他们拖到寒冷、昏暗无光的洞穴里。他的洞里有各种外科器具。他把人从肛门到嘴巴一劈两半，活活炸出油来。他剥下面部皮肤，为自己制作面具。他把骨头剁碎，做成迷魂剂。从那以后，失踪了好几个人。

后来有一天，屠夫堂圣地亚哥·加兰查遇上了他，前者去帕卡斯班巴参加完婚礼返回昆卡。他没有把他拖到洞穴里，而是同他说了一会儿话。他说，屠夫如果想挽救自己和其他亲人的命的话，就必须把他的一个姑娘送去，给他当厨娘。并且告诉他，应该把姑娘送到洞穴的哪个出口。

毋庸置疑，加兰查不会按照拦路鬼的要求去做的，尽管他发誓一定遵命照办。他找了一把砍刀，在家里埋伏了起来，并且在身边堆了一大堆石头。萨尔塞多如果来抢他的女儿,一定让他有来无回。第一天,没有发生什么事。第二天,也没有。过了两个星期,仍然没有动静。到了第三个星期,一天下起大雨来,有个响雷落在加兰查家的房顶上,立刻烧起大火。他、妻子和三个女儿无一逃生。我亲眼看见了他们烧死以后的残骸。对,迪奥尼西欧的母亲好像也是这么死的。我没有亲眼看见,有可能是传闻。昆卡居民冒雨跑出来观看大火,一个个表情沮丧。他们在呼啸的狂风和隆隆雷声中听到了狂笑声,那是从萨尔塞多所在的洞穴里传出来的。

于是,当这个拦路鬼再一次要姑娘做厨娘时,全村人聚在一起讨论、商量,一致同意给他送去一个。第一个进洞穴为他做饭的是我的大姐。我们全家和村里许多人陪她到拦路鬼指定的洞口。大家为她唱歌、祈祷;不少人痛哭流涕,为她送行。

拦路鬼没有像对待我表弟塞巴斯蒂安那样吸干她身上的油脂,尽管我父亲说吸干了倒好些。他让她活着,但是把她变成拦路鬼的妻子。他在占有她之前,把她推倒在洞穴的潮湿土地上,用螺丝刀捅扎她的身体。婚礼那天晚上,我姐姐的号叫声传遍了昆卡的家家户户。后来,她失去了自己的意志,乖乖地为主人兼丈夫效劳,细心地为他制作土豆糊糊,他非常喜欢吃这种东西。她为他腌晒人肉片,做成腊肉那种样子,和煮玉米粒一块吃。她还帮助萨尔塞多将人挂在他事先钉在岩石上的钩子上,让人油慢慢地流到铜锅里。

我姐姐只是进洞穴为他做饭、当助手的好几个姑娘中的一个。从那以后,昆卡完全处于他的控制之下了。我们经常给他上贡,把贡品放在洞口,还时不时地送去他所要的姑娘。村子里常常有人失踪,那是被萨尔塞多拉到了他的洞穴里,他想吃点新鲜的人油。我们对这一切只能逆来顺受。

后来，不是来了一个勇敢的王子吗？其实，根本不是什么王子，而是一个大汉，是专门驯马的。知道这段历史的人可以捂上耳朵，或者走开。他们是不是觉得又在重新目睹当时的情景？精神大振？他们看到一物降一物，小的灾难有小的办法，大的灾难有大的办法？

大鼻子蒂莫特欧得知昆卡发生的事情以后，特意从阿亚库乔赶来，要钻进洞穴里，和拦路鬼一试高低。蒂莫特欧姓法哈多。我对他很熟。他是我的第一个丈夫，尽管我们从来没有结婚。"一个普普通通的人能够对付如此凶恶的魔鬼？"我对他说。他一本正经地把他的想法告诉了我的父亲：他要钻进拦路鬼的洞穴，砍下他的头颅，使我们摆脱他的统治。我父亲听了，劝他打消那个念头。但是，蒂莫特欧仍然坚持。我从来没有见到过他这样的莽撞汉子。他鼻子虽然有些大，但不愧为一个有风度的人。他的两只嘴巴一样大小的鼻孔总是忽扇着。那是他的命运。"我能够对付他。"他说，好像有百分之百的把握，"我有办法接近他，而又不让他觉察到。一瓣蒜，一点盐，一块硬面包，一个驴粪蛋儿。我进洞穴前，找个姑娘，让她在我的心口处撒泡尿。"

我具备这个条件。我年轻，从来没有被男人触摸过。我听到他的那番话，觉得他是那样勇敢、那样自信，都没有和父亲商量一下，就自告奋勇帮助他。这里有一个困难，一个很大的困难。把萨尔塞多杀死以后，他怎样从洞穴里出来呢？洞穴巨大，结构复杂，从来没有人彻底探测过。洞穴的通道曲折回转，忽上忽下，忽左忽右，一会儿分成许多小路，一会儿又合拢在一起，犹如桉树的树根一样，盘根错节。这样的洞穴，只有蝙蝠能够进进出出；有的通道里瘴气弥漫，随时都有中毒身亡的危险。

蒂莫特欧·法哈多杀死拦路鬼以后，怎样撤离洞穴呢？他的大鼻子启发了我。我给他做了一锅又浓又稠的大杂烩，辣辣的，用的是那种专门治疗便秘的青辣椒。他喝了一大锅，肚子都快爆炸了。这时，他钻进山洞里。黄昏之际，还有太阳，但蒂莫特欧刚向前迈了几步，面前就变成一片黑暗了。他走一会儿，停一会儿，拉下裤子，蹲下拉一点屎。起初，他摸索着前进，把胳臂挡在眼睛前面，因为蝙蝠常常从洞顶飞下来，用黏糊糊的翅膀拍击他的面部。他的皮肤上挂了许多蜘蛛网。他这样走走停停，拉完屎再走，走了很长时间，最后才看到前面有一丝灯光，他立刻朝那个方向走去，到了拦路鬼的住处。

那个庞然大物睡在为他做饭的三个姑娘中间。人油灯散发出浓重的腥臭味，他感到有些晕眩。借着灯光，他看见血淋淋的铁钩子上挂着不少尸体，油一滴滴地往下面的铜锅里滴淌。他毫不迟疑，举起大刀，一下子把拦路鬼的脑袋砍了下来。他又用力推搡那几个姑娘。她们醒过来，看见主人的脑袋落地，都疯狂地喊叫起来。蒂莫特欧让她们镇定些，告诉她们已经从拦路鬼的奴役下解放了出来，可以过正常人的生活了。于是，他们四个人沿着原路往回走，蒂莫特欧来时拉下的一堆堆稀屎散发出阵阵臭气，为他们做了向导。再说，他有猎犬一样的嗅觉，绝不会迷失方向的。

这就是巨人萨尔塞多的故事。是血的故事，死尸的故事，臭屎的故事。所有拦路鬼的故事都是这样的。

"喂，高兴点儿，给我讲讲你的事，快乐的事，倒霉的事，托马西多。"利图马鼓励他说，"你很走运。这一段时间以来，我一直想着那几个可怜的失踪者。"

"在利马的那两个星期,是我的蜜月。"他的助手说,"可是,完全处于恐惧和不安之中,因为各种灾难一下子都降到了我们的头上。最后,我们都觉得要被杀害了。但是,不安全感却给我们的爱带来了无穷无尽的兴味。我们每天夜里都做爱,两次,甚至三次。班长,那是光芒四射的奇迹呀。"

"那么说,梅塞德丝最后爱上你了?"

"在夜晚,这一点我肯定。在床上,我的漂亮的皮乌拉姑娘是一块蜜饯。但是,随着白昼之光的到来,她的脾气就变坏了。班长,任您数落我好了,说我玷污了她的一生,她永远不会成为我的妻子吧。"

在阿利西娅那里住了两天之后,梅塞德丝去胜利广场的人民银行分行取存款。她一个人走进银行。加列尼奥一边等她一边在街角擦皮鞋。梅塞德丝拖了很长时间。当她出现在银行门口时,一个小个子的混血儿——一副穷光蛋模样,他一直靠在电线杆上看报纸——不慌不忙地向前走了几步,然后突然向她扑过去。两个人厮打起来,他企图夺下梅塞德丝的挎包,而梅塞德丝却用手死死抱住,同时用力踢打,呼喊。几个行人停下来,站在一边观看,没有一个敢于介入。加列尼奥拿着左轮手枪跑过去,那个强盗才放开梅塞德丝,像遭魔鬼擒拿的灵魂那样一溜烟逃走了。他们两个人急忙跑到曼克·加帕大街上,叫了一辆出租车。那时,梅塞德丝与其说害怕,毋宁说气恼,因为那个家伙虽然没有抢走她的钱,但撕坏了她的选民证。

"你为什么认为那个家伙不是一个简简单单的小偷?在利马,不是扒手泛滥成灾吗?"

"因为我们后来又发生了些事。"小伙子说,"那是第一次考验。后来又有过两次,而且更为严重。我开始看到了脏猪的手,他从坟墓中走了出来,想向我们报仇。'你不觉得是危险把我们的心更紧密地连在了一起,亲爱的?'我对她说。"

"这种时候还谈什么爱呀,小傻瓜。"梅塞德丝气愤地说,"你没看见我唯一的身份证明都没有了吗?跟你的教父说说,请他帮助我们一下。"

但是,加列尼奥多方寻找教父,都没有如愿以偿。教父不让任何人往他办公室里打电话。而家中电话接通以后,总是响着忙音。电话局说那个电话号码并没有障碍,说不定是有意不挂好耳机。伊斯加里奥特的妻子说胖子还没有从原始森林回来。加列尼奥请母亲去利马克,看看他的房间。母亲告诉他的是坏消息。

"房门打碎了,一片狼藉,东西被洗劫一空。木床被烧焦,上面还拉了一泡屎。我的老妈妈吓死了。看样子是想烧掉我的房子,但因为某种原因放弃了原来的打算,在我床上拉了泡屎。"托马斯说,"我的班长,这是巧合吗?"

"那泡屎证明,一定是强盗所为。"利图马说,"托马西多,人们普遍认为扒手才干那种事呢。他们抢劫之后,一定要拉泡屎,那是为了不投入监狱里。你不知道?"

"我把我房间被盗的事讲给梅塞德丝时,她放声哭了起来。"托马西多叹了一口气,"她依在我的怀里,我感觉到她在颤抖。我焦虑不安,我的班长。'别担心,亲爱的,不要哭,求求你。'"

"他们跟踪我们,到处搜捕我们。"梅塞德丝痛苦地说,泪珠顺着两颊一颗颗流下来,"这绝不是巧合,先是在银行,后是在你家。一定是脏猪的人在搜捕我们,他们非杀害我们不可。"

但是,强盗和纵火犯并没有发现他藏起的东西。他藏的地方在马桶下面，用几块砖头盖着。加列尼奥把美元藏在了那里。

"美元？"利图马叫起来，"你还有积蓄吗？"

"将近四千美元，您可能不相信。当然喽，那不是当宪兵的薪水。都是教父让我干杂事时给的报酬。有时伺候某个人两三天，送东西，监视某幢房子，都是些蠢事。我每得到一个索尔，就去欧古尼亚大街换成美元，藏起来。我是想为将来备用。现在，梅塞德丝就是我的未来。"

"他妈的，你的教父像上帝一样，托马西多。我们如果能活着从纳克斯出去，你在他面前引见引见我。我死之前，真想见到一位权势的面孔。在这之前，我只在电影或报纸上见到过。"

"就那么一点钱，我们到不了美国，你不要做梦。"梅塞德丝计算了一下，说。

"亲爱的，我将尽力再弄些，缺多少弄多少。相信我。我要把你解救出来，保证你的安全，我要带你去迈阿密，你会看到那一天的。我们到了那里，站在摩天大楼前，坐在蓝色海滩上，看着最新式样的汽车，你一定会对我说：我一心一意爱你，加列尼托。"

"现在不是说笑话的时候。你不要犯傻！你没看见在搜捕我们吗，拿我们报仇吗？"

"我至少让你笑了。"小伙子鼓励她说，"我喜欢看到你笑；看到你的两个小酒窝，我的脉搏就跳得快。我老妈妈把美元拿来以后，我们到店里去，你买件衣服，好吧？"

"都二十三岁了，还没有和一个姑娘窃窃私语过，托马西多。太迟了，"利图马说，"请原谅我这样对你说。发现一个女人是怎么回事，你感到伤痛，还回到了年轻时代。"

"您没有见到她，您从来没有把我的梅塞德丝抱在怀里过。"

加列尼奥叹息说，"我每天都盼望夜幕早早降临，和我的恋人一起进入天堂。"

"你讲那些事，但我总觉得你并没有感受到，而是在玩耍，或者在取笑。"梅塞德丝说，"你真的感受到了吗？"

"我怎样做才能使你相信呢？"

"我不知道，加列尼托。你时时刻刻讲那些事，都使我感到茫然了。你激动起来时，变得那样多情，是这样。可是，你从早到晚总是那样，总是那样。"

"小伙子，你真变成恋爱狂了。"利图马下结论地说。

他们和加列尼奥的母亲约好，傍晚在赤足教派教堂的林荫大道上见面。托马斯把梅塞德丝带了去。他让出租车停在阿乔广场上，然后步行到林荫大道。他们转了几圈之后，才走近教堂，加列尼奥的母亲已经在那里等候了。老太太个子矮小，驼背，穿一身奇迹教派的教服。她和儿子拥抱，吻了他很长时间，一句话没有说。当儿子把梅塞德丝介绍给她时，她把一只小巧但冰凉的手伸过去。他们在林荫道的一张破椅子上坐下来，说话。那儿很黑，附近的街灯被打坏了。老太太从裙子中间掏出用报纸包着的美元，交给加列尼奥。她没有向梅塞德丝问任何事情，甚至都没有看她一眼。小伙子抽出一卷美元，塞到母亲的衣兜里。老太太的脸上没有恐惧，也没有惊愕表情。

"你打听到点我教父的消息没有？"托马斯问母亲。

她点了点头。她往前伸了伸脑袋，想凑近些看看儿子。她的声音很低，说一口流利的西班牙语，但带着浓重的山区口音。

"我给他留下了口信，他亲自到我家来，"她说，"他很担心。我以为他要告诉我你出了事，你被杀害了。他说你要尽快和他取得联系。"

"我今天一直给他打电话,他家的电话总是占线。"

"他不让你往他家里打电话。最好打到他的办公室,十点钟以后打,用中国人的口气。"

"这下子我可放心了。"小伙子说,"他既然去看我妈妈,又同意我给他打电话,说明他并不那么生我的气。但是,我花了十天工夫才找到他。梅塞德丝十分焦虑,不过,我并没有那样。因为这倒能使我继续享受蜜月的幸福。当时,虽然前途未卜,整天处在惊恐之中,但我认为我这辈子不会再有那样幸福的日子,我的班长。"

他们告别了老夫人。当他们回到旅店时,梅塞德丝向加列尼奥提了一大串问题。

"你妈妈为什么如此不重视这件事?你东藏西躲,她都不感到惊奇?也不问问为什么和我在一起?为什么把你的房间洗劫一空?你发生这样的事,正常吗?"

"她知道在秘鲁生活很危险,亲爱的。你看见她了,个子那样矮小,但她是一个意志十分坚定的女人。为了养活我,经历了千辛万苦。在锡夸尼,在库斯科,在利马。"

加列尼奥看到美元"失而复得"感到很高兴。他嘲笑梅塞德丝,说不该把钱存在银行里。

"在这个国家,轻信银行是十分危险的。最安全的保险柜是自己的裤子。你都看到了,胜利广场的那个混血儿差一点使你两手空空。不过,把你的选民证撕了倒是件好事,你现在得完全依附我了。为了庆贺这个伟大事件,我请你跳舞去。你把瓦西隆歌厅的节目给我演示一两个,好吗?"

"我们发生了这么大的事,你怎能还想寻欢作乐呢?"梅塞德丝抗议说。她听了加列尼奥的话,感到很惊讶。"你脑子里什么事都不装,太不负责任了。"

"因为我处在热恋之中,亲爱的,说什么我也要和你跳一场舞,一场贴面舞。"

最后,梅塞德丝让步了,他们去了记忆之角舞厅。在那里,谁也不会看清楚他们的面孔。灯光昏暗,富有浪漫色彩。记忆之角坐落在共和国大道上,经常演奏加德尔的古老探戈舞曲和列欧·马里尼、阿古斯丁·拉腊以及潘乔兄弟的波莱罗舞曲。他们喝了几杯自由古巴,加列尼奥的脸一下子变得通红。他们开始大谈特谈起来,到了迈阿密,要怎样怎样生活。他要成立一个贵重物品运输公司,变成大富翁。他们要结婚,要生孩子。跳舞时,他把梅塞德丝搂得紧紧的,不时地在她的颈项和面颊上深情地吻一两下。

"你只要和我在一起,保证不会发生任何事情。你要等一等,我找我教父谈一谈,胖子伊斯加里奥特也会很快回来的。生活将向我们微笑。而且由于你,现在已经向我微笑了。"

"记忆之角这个名字真漂亮。"利图马感叹地说,"听到它,我的怀乡之情油然而生,托马西多。灯光昏暗之地,有好酒喝,罗曼蒂克舞曲,有个多情的小女子和你一起跳舞,两个人把身子贴得紧紧的。真有那种事?"

"那个夜晚,我们待在舞厅的那段时间里,太漂亮、太美丽了,班长。"小伙子说,"她时不时地主动吻我一下。'她开始爱我了',我充满了幻想。"

"你又是吻又是抚摸,加列尼托,我都控制不住了。"梅塞德丝咬着他的耳朵说,"我们干脆上床吧,别在这儿干傻事了。"

快凌晨三点时，他们才从舞厅出来，那时已经喝了不少自由古巴。但是，当他们发现离阿利西娅大妈旅店不远的地方停着消防车，有个巡逻兵，汇聚着一大群人时，酒劲儿一下子消失了。邻居们听到爆炸声，不少人纷纷跑到大街上来。

"几个人从一辆小卡车上跳下来，跑到离阿利西娅旅店二十米的一幢木房前，迅速放好爆炸装置。"他的助手说，"这是第三次考验了。班长，能说又是巧合吗？"

"托马西多，现在我可不相信你的话了。有关炸弹的说法，我可不能咽到肚子里去。如果毒品贩子想杀害你，早就直接动手了。你别骗我。"

炸弹炸碎了周围许多房屋的玻璃，把一块荒地上的垃圾堆点起了大火。阿利西娅夫人站在众人当中，身上披了条毯子。当加列尼奥和梅塞德丝钻进看热闹的人群里时，她装出不认识他们的样子。他们坐在附近一幢别墅的大门口休息，直到破晓。巡逻兵和消防人员撤走以后，他们才回到住处。阿利西娅大妈让他们赶快钻进房间里。她的旅店没有受到破坏，看上去她没有一点惊色。她根本没有想到炸弹同加列尼奥可能有什么关系。她和邻居们一样，猜测那是企图杀害住在那条街上的某位政府要员。那辆卡车在她房门前很近的地方停了一下，当时阿利西娅正趴在窗户上乘凉，看见了汽车，甚至听见汽车里有人低语。后来汽车继续向前开到街角拐弯处，下来几个人，放好炸弹。他们搞错了地点，把炸弹放在了一幢无人居住的房子前面。或者也许并没有搞错，不想伤害任何人，只想对那位政府要员警告一下。

"梅塞德丝不相信炸弹是针对政府要员的说法。"托马西多说，"她发誓，事情是朝着我们来的。开始，她在阿利西娅大妈面前尽量控制自己，等到只剩下我们两个人时，她一下子发泄了出来。"

"那炸弹不针对你和我，还能针对谁呀？什么要员不要员的，他有几个钱。我们不是一直东藏西躲吗？这就对了，他们发现了我们的落脚点。他们这是告诉我们。在你和我在记忆之角跳舞时，他们就想杀害我。小疯子，你高兴了吧？"

她的声音嘶哑、颤抖。她是那样使劲地挠着两只手，小伙子不得不把她的手分开来，他害怕挠破了。她不停地哭着，一遍遍地说不想被人杀害。她埋怨他。她蜷缩在床上，忽而呜咽，忽而滚动。她完全绝望了。

"我以为她要死去了，她吓破了胆，说不定吓出病什么的。"托马西多说，"我一点儿也不害怕，但是看见她那个样子，我难受极了。我不知所措，不知道该答应她一些什么事才能使她停止哭泣。我该答应她的，都答应了；该发誓的，都发誓了。我的班长。"

"那么，你最后做了什么？"利图马问。

他走到石板——他以前把这块石板抠了下来，把美元藏了进去——那里，取出美元，坐在床边，让梅塞德丝把钱拿去。与此同时，他不停地吻她，梳理她的头发，用双手擦干她的额头。他对她说：

"亲爱的，这些钱都属于你了。你和我在一起也好，离开我也好，永远属于你了。是我送给你的，收起来吧，藏在一个好地方，甚至可以不让我知道。这样，在我和我教父见面时你会感到更安全些，不会觉得脚下的大地会随时断裂开来，不会觉得和我捆在一起。你愿意什么时候走，就什么时候走。别哭了，我请求你。"

"托马西多,你真是那么做的?你把美元全部送给了她?"

"为的是不让她哭,我的班长。"小伙子说。

"你这个混蛋,这样做不是比杀死脏猪更糟糕吗?"利图马在行军床上跳了一下。

八

"泥石流从您身上滚了过去,您还在这儿活蹦乱跳地活着。"酒馆老板在利图马的肩上拍了一下,"祝贺您,班长先生。"

酒馆里一片丧葬气氛,只有迪奥尼西欧一个人心绪好些。人声鼎沸,但工人们的面孔上都挂着囚徒表情。他们三一群五一伙地汇聚在一起,用手端着酒杯,嘴上叼着烟,一口接一口地抽着,像马蜂一样低声说着话。他们心中困惑,脸色难看。利图马从他们的目光中看出了那种从体内吞噬他们的巨大恐惧。自从泥石流发生以后,他们失去了工作。这一次,任何东西都无法把他们从失业状态中解救出来。他妈的,这些山里人如此悲伤、阴郁,绝不能等闲视之。

"我在山上获得了新生,"班长同意地说,"可我并不想把那里的感受介绍给任何人。我的耳畔仍然回荡着巨石的隆隆声。他妈的,岩石从我身体周围急速飞过。"

"喂,小伙子们,为班长干一杯。"迪奥尼西欧举起杯子提议说,"感谢纳克斯的阿普,是他们救了这位首长的生命。"

"这个家伙是取笑我呀。"班长在心里想。不过,他还是举起了杯子,脸上似笑非笑,不无礼貌地感谢工人们为他干杯。宪兵托马斯·加列尼奥刚刚到外面小便,现在搓着手走了回来。

"您发生的那种事,别人可从来没有发生过呀,"他感慨地说,脸上的表情和他听到班长讲述当时惊险情景时一样,又惊又喜,"应该给报纸写一写。"

"说句老实话,"一个满脸麻子的工人说,"自从卡西米罗·华加亚的事发生以来,这儿还没有看过、听过这种事呢。泥石流从身上滚过去,还能活着!"

"就是那个白化人卡西米罗·华加亚?"利图马问,"失踪的那个人?装出拦路鬼样子的那个人?"

白化人很晚才进来。当时,酒馆里像每个星期六夜晚一样,所有人都已经酒过三巡了。他喝得也有些醉意了:眼睛变得血红,令人感到不舒服的白色睫毛下闪着惊恐的目光。他像往常一样,站在门口,露出醉汉的挑衅表情:"听着,我是专门砍脑袋的,是'纳加古',是拦路鬼。你们都应该知道!如果不相信,他妈的,等着瞧!"他说着从屁股兜里掏出一把刀子,拿给大家看,同时抬起右脚,对着众人大笑起来。过了一会儿,他做着小丑的怪样子,摇摇晃晃地走到柜台前,把臂肘支在上面。堂娜阿特利亚娜和她的丈夫正在那儿忙着照顾客人。他敲着桌子,要了一杯烈性酒。在那一刻,利图马知道了将要发生在他身上的事。

"不是他,还能是谁?"麻脸工人同意地说,"您不知道恐怖分子把他处了死刑,后来像耶稣那样复活了?"

"一点儿都不知道。在这里,我什么事情都是最后一个知道。"利图马叹着气说,"处了死刑,又复活了?"

"对,可那是皮钦乔夸大其词。"一个工人抢着说。他的头发乌黑,像野猪的尖刺一样。"其实处了假死刑,我是这样看的。如果不是假死刑,挨了一颗子弹以后,怎能像一觉醒来一点儿伤痕也没有?"

"依我所见,所有人都能把卡西米罗·华加亚的事背诵下来。"宪兵加列尼奥说,"但是,他失踪以后,你们为什么不向对这白化人一无所知的班长和我说一声呢?"

"我很想把这事调查清楚。"利图马喃喃地说。

酒馆里一时间像洞穴一样寂静。周围的工人一个个颧骨高突,鼻子扁平,双唇那样厚大犹如肿胀了似的,两只眼睛射出不信任的目光。他们心中的想法像遥远的星体一样难以探测。这一切使班长觉得自己在纳克斯有火星人之感。最后,那个麻脸工人咧着嘴笑了起来,露出一排又大又白的牙齿说:

"那是因为当时我们根本不相信班长。"

有些人低声议论着,表示同意他的话。酒馆老板一边急忙走过去照顾白化人,一边用眼睛看着他,脸上露出那种不时出现的嘲弄微笑来。他的脸比平时显得肥了许多。屋子里,烟雾缭绕,肥胖的脸庞透过一根根胡须闪着玫瑰红的光彩。和前几次相比,他显得高大、白皙;四肢、双肩、骨骼好像快要从躯干上坠落下来一样。但是,他很健壮。有一次,利图马看见他一下子把一个酒鬼举起来,抛到大街上,不过,他那样并不是因为那人耍酒疯,而是痛哭不止。有的人被酒精刺激以后,寻机滋事,但迪奥尼西欧把他们容留在酒馆里,甚至唆使其他顾客同他们打斗、争吵,仿佛只有看着这情景才开心似的。白化人小口呷着白酒。利图马心急如焚,想知道

他还说些什么。他终于面对密密麻麻的或搭披巾或穿斗篷的工人讲话了:

"连香烟头都不给拦路鬼?你们太吝啬了,太小气了!"

没有人再去看他,没有人再理睬他。他的脸色十分难看,仿佛胃绞痛突然发作,或者顿生激怒。他的头发、他的眼眉、他的睫毛都是白色的,但是,这个巨人身上最令人感到惊讶的是,皮肤上的汗毛和直挺挺的胡须也是白色的。他身穿工作服,外面是胶布罩衣,有兜帽,敞着扣子,胸部的密密麻麻的白毛看得一清二楚。

"这儿有,卡西米罗。"酒馆老板递给他一支香烟,"过一会儿再放点音乐,你就可以跳舞了。"

"这还不坏。"利图马说,"就是说,终于把我当作山里人对待了,不再把我看作山上的野兽了。值得喝一杯。再来一瓶,迪奥尼西欧,给朋友们都斟满,钱由我来付。"

感谢声此起彼伏。迪奥尼西欧打开瓶子,堂娜阿特利亚娜把杯子分发给空手的人。这时,班长和他的助手已经混杂在顾客之中。所有的人都跑到柜台前,挤在一起,像个拳头,仿佛盼望看到赌博的结果,捞到一大摞钞票似的。

"或者说,恐怖分子朝华加亚头上打了一枪,但没有打中?"利图马问,"给我讲讲,是怎么回事。"

"这是他在探访他的小兽时或者酒劲儿发作以后说的。"野猪脑袋的工人说,"他走遍安第斯山脉,寻找一个与自己有过孩子的姑娘。一天夜里,他来到一个村子,一个属于拉马尔省管辖的村子。人们以为他是拦路鬼,差一点儿把他处死。这时,恐怖分子从天而降,救了他。恐怖分子的首领是谁呢?就是他寻找的那个姑娘!"

"怎么救的他？"加列尼奥打断他的话，"不是把他处死了吗？"

"别多嘴，"利图马命令说，"别打断人家的话。"

"我是说，那个村子的人没能把他当作拦路鬼处死。但恐怖分子在同一个地方举行了审判大会，将他判处了死刑。"野猪把故事讲完了，"那个姑娘负责执行死刑命令。但是，他把射出的子弹吹偏了。"

"老家伙，"利图马说，"您死了以后，是怎样来到纳克斯的？"

白化人没有回答，他花了很长时间想把香烟点着。但是，他醉得那样厉害，拿着火柴的手不能把火种对在香烟上。利图马在迪奥尼西欧的半似闪着光彩半似印着污迹的脸上看见两道无法形容的目光、讥讽、欢快，那是他为知道即将发生的事，为自己是个预言家感到骄傲、欣喜。利图马也知道将要发生什么，从而感到毛骨悚然。可是，其他顾客好像什么都没有发现。有几个人坐在木箱上，但大多数人站立着，三三两两地凑在一起，手上拿着啤酒、皮斯科酒或茴香酒，或者把酒瓶一个个传下去。挂在柜台里面高处的收音机，冲出电波的干扰，送出一支支曲子，一会儿是热带旋律，一会儿是安第斯曲调。胡宁电台每个星期六晚上都播送这种音乐。白化人看到其他人没有任何反应，像伤了自尊心似的，立刻把背朝向酒馆老板，睁着那双死鱼——刚从水中打捞出来的鱼——般的眼睛，又对众人挑起衅来。

"我是拦路鬼，你们听见没有？拦路鬼，在阿亚库乔被叫作'纳加古'。我把我的猎物切成一片片的。"

他用刀子在空中挥了几下，又做了几个小丑的怪相，仿佛请求在场的人注视他，为他喝彩，为他鼓掌，为他欢笑。这一次，仍然没有人露出一点儿表情，表示注意他的出现。不过，利图马心里很清楚，每个人都在全神贯注地听着卡西米罗·华加亚的话。

"据他讲，那至少是他发生的事，对吧？"麻脸工人问，好几个工人点头表示同意，"恐怖集团把他判了死刑，用猎枪朝他射击，只一米远。人们都说华加亚被击毙了。"

"他本人也觉得自己死了，皮钦乔。"野猪纠正说，"实际上，他昏了过去。当然喽，是因为惊吓。他醒过来时，没有枪伤，只有瘀伤，那是把他当作拦路鬼的人用脚踢的。恐怖分子只想吓唬他一下。只此而已。"

"华加亚说，他看见猎枪子弹射向他的脑袋。"麻脸工人又说，"他被猎枪打死以后，又复活了。"

"老家伙，"利图马又说，同时用眼睛窥视每一个人的反应，"他死里逃生以后，来到纳克斯，不久又失踪了。那么，他会再次逃生吗？"

工人们继续喝着皮斯科酒和茴香酒，用酒瓶和啤酒杯干杯：弟兄们，我们永远在一起。有的人一边抽烟一边交谈，在嗓子眼儿里哼唱着收音机里的曲子。有个人喝得比谁都醉，抱着个隐形姑娘，闭着眼睛，面对墙壁上的身影，笨拙地跳着舞步。像往常一样，迪奥尼西欧完全沉浸在夜晚的欢乐气氛之中，给大家加油说："跳呀，跳呀，尽情地跳呀，没有女人有什么关系，夜幕之下，所有猫儿都是黑色的。"大家跳了起来，仿佛卡西米罗·华加亚不在场似的，都是地地道道的伪君子。但是，利图马知道得一清二楚，工人们尽管掩饰着，却都在用眼睛盯着白化人。

"从桥上下来的那个，从石头后面出来的那个，住在山洞里的那个,和堂娜阿特利亚娜杀死的那个一模一样,那就是我!"他高声喊着,声音像雷鸣一样。他经常守在路上,用嘴吹撒迷魂粉。"您知道我在说什么,堂娜阿特利亚娜,是吧?喂,也把我杀了吧,像您和大鼻子杀死萨尔塞多那样杀死我。我已经被杀死一次了,连恐怖分子都拿我没有办法。他妈的,我是神!"

他又把身体蜷缩起来,那张胖脸变得很难看,仿佛肚子突然痉挛、疼痛难抑。但是,过了一会儿,他恢复过来以后,立刻挺直身子,把已经喝得精光的杯子又急不可耐地送到嘴边。他没有发现杯子是空的,依然有滋有味地喝着,时而用舌头舔一舔。最后,杯子从手里溜下去,又从柜台滚到地上。卡西米罗·华加亚一动不动地站在那里,怒火中烧。他用双手抹了一下脸,用那双凸眼睛死死地盯着柜台的沟槽、字迹、污斑和香烟烧的小坑。"特别是,你不要离开,"利图马低声说,他知道白化人听不见,"别离开酒馆。让其他人都走,最后,你一个人留下来,或者别人都喝得醉醺醺的,忘记你的存在。"但是,他这样说着时,心里想着迪奥尼西欧一定恶毒地笑了起来。他用眼睛找他。果然,他那张胖脸笑得嘴像碗口那样大,尽管还装作注视屋子里的一群群人,打着手势让他扭起来、跳起来。利图马打消了一切怀疑:那是在嘲弄他,意思是,看你能不能阻止事情那样发展下去。

"说不定他能够得救。"皮钦乔说着在麻坑上摸了摸,仿佛那里发痒似的,"华加亚同恐怖分子出事以后,变得好斗起来,您没听说人们都叫他拦路鬼吗?他越来越顽固。每天晚上都来这儿表演节目。说不定并没有失踪,也许一时心血来潮,从纳克斯搬走了,不辞而别。"

他讲的并不完全是心里话,利图马都想问问他,你是不是以为我和我的助手像你那样愚蠢？但是，回答这个问题的不是他，而是托马西多：

"连工资都没领就走了？白化人该是自愿走的，这是最好的证明。最后七天的工资都没有领呀。谁也不会给公司白白干一个星期。"

"谁还没有一点脾气呀？"皮钦乔反驳说。他的话没有一点说服力，只是玩玩文字游戏。"华加亚和恐怖分子发生事以后，身上好像缺了颗螺丝钉。"

"再说，他失踪有什么关系。"另一个人说，他一直没有讲话。他是罗锅，眼睛凹陷，牙齿由于咀嚼古柯叶而染上了浅绿色，"难道我们每个人都要失踪吗？"

"他妈的，这次泥石流来得好突然，谁能保证自己不在泥石流里失踪呀。"这个人说话喉音特别重，利图马没有确认出是谁。

这时，他看到白化人一摇一摆地向门口走去。人们纷纷闪开，让路，但谁也不看一眼，都装作不知道有那么一个卡西米罗·华加亚，不知道他在那里。他走出酒馆大门，消失在寒冷和黑暗中以前，对在座的人射去最后一道挑衅的目光，用由于愤怒或疲倦而变得嘶哑的声音说：

"我要砍下几个人的脑袋。一刀一个！用人油炸人肉片，炸得焦焦的，好好吃上几顿。这几天的夜晚对我这个专砍人头的人来说，太难得了。臭狗屎，快死去吧！"

"你不要埋怨这埋怨那了，不管怎么说，这次泥石流一个人也没有死，"堂娜阿特利亚娜从柜台的另一端说，"都没有伤一个人。甚至班长在泥石流经过的地方，还大难不死呢。应该感谢泥石流！你这个不知好歹的，跳舞吧，别抱怨了！"

白化人走了出去，向营地房屋径直走去。那里只有一点昏暗的灯光，星期六夜里要点到十一点，比平时长一个小时。但是，他刚刚迈出几步，就绊了一脚，像个沉重的包袱倒在地上。他躺了好久，低声咒骂着，抱怨着，笨拙地做着种种努力，想站起身来。他渐渐地支撑起身子，先用这只脚，然后用另一条腿的膝盖，接着用两只脚，最后双手一齐用力才站起来。他为了不再跌倒，继续前进，弯着身躯，像猴子那样使劲儿摆动双臂，保持全身的平衡。朝房屋的方向走去？黄色灯光像萤火虫那样闪动，但他知道那并不是萤火虫，因为在山上，海拔那样高，能有萤火虫吗？那是营地的灯光。升高，降下，忽而右边，忽而左边，一会儿移到近处，一会儿远远离去。卡西米罗·华加亚大笑一声，有好一阵子想用手抓住灯光。利图马看见他丑态百出，也笑了；不过，他全身都是冷汗，不停地打战。这个样子，能够走到房子那儿吗？房子里，木台子在等候他，上面铺着草垫、毛毯。他在原地打转儿，往前走几步，又后退几步，身体旋转。他总想朝那个方向走，那些摇曳不定的灯光——有时像疯了似的——告诉他，应该朝那个方向走。他是那样疲倦，都没有力气咒骂灯光了。可是，他爬着走进房子以后，又突然想爬到上铺去。他真的爬上去了，脸在横梁上撞了一下，额头和双臂很痛。他头朝下倒在床上，闭着眼睛，胃部一阵痉挛。他想吐，但没有吐出来。这时，他想在胸前画个十字，做祈祷。可是，他浑身乏力，连胳臂都举不起来；再说，他根本不记得天主经和万福玛利亚。他全身酸懒，半醒半睡，颤抖，打嗝儿，疼痛四处游走，从腹部窜到胸部、腋下，窜到脖子和大腿。有人马上来找他，他知道吗？

"我的老妈妈，泥石流使我们失去了工作，死里逃生又有什么用？"罗锅反驳堂娜阿特利亚娜的话说，"你没看见电铲、拖拉机、压路机都被砸得稀巴烂？"

"堂娜阿特利亚娜，这种情况下还能跳舞呀？"野猪问，"我不懂，哪位给我解释解释？"

"难道我们的住处没有被毁坏呀？难道准备铺柏油的路面，没有埋掉一万米呀？"顾客中有个人回应说，"这下子他们可有了借口，可以停工了。再没有进钱的路子了！一切都完了！勒紧裤带，把肚子勒炸了！"

"眼下还没有到世界末日，何必哭哭啼啼的。"堂娜阿特利亚娜说，"现在还没有失去双腿，没有失去双手，没有失去眼睛，没有粉身碎骨，没有像虫子那样爬着生活呀。这些穷光蛋，不知道感恩戴德，哭什么？"

"不要哭，要唱，大声唱！"迪奥尼西欧打断她的话，扯着嗓门喊着说，"或者说得确切些，我们用萨帕扬加那种方式跳瓜伊纽吧，把痛苦统统忘掉。"

他在屋子中央，一会儿推这个，一会儿拉那个，让大家排成一队，转着圈子，借着电台播放的赶牲灵的曲子跳起来。但是，利图马注意到，就连喝得最醉的人也没有兴趣听他的指挥。这一次，酒精不但没有使他们忘掉可怕的未来，反而感到以后的日子更加黑暗。酒馆老板又跳又唱，利图马都觉得晕眩了。

"不舒服，班长？"托马斯抓住他的胳臂，扶着他。

"喝多了点，"利图马结结巴巴地说，"过会儿就好了。"

营地的发电机熄火了，还有几个小时就天亮了。但是，他们有手电，在那黄色柱形物穿越的黑暗中还能自如移动。人那样多，屋子狭窄，几乎挤不下，但他们并不互相碰撞，互相干扰，也不露出急躁情绪,更看不出恐惧、气恼,看不出紧张、没有安全感的样子。他们十分镇定、泰然。最令人感到奇怪的是,利图马心里想,外面的冷气不断透进来,可那些人没有露出一点纵酒迹象。他们移动着脚步,沉着、坚定,他们知道在做什么,知道要做什么。

"我帮您把东西吐出来吧?"托马西多问他。

"还不至于那样。"班长回答说,"我真想像这些家伙一样跳会儿舞。对,我想跳舞,抓住我,别松开。"

一个工人抓住白化人的肩膀,轻轻地推着说:

"华加亚,是时候了。快起来!"

"天还黑着呢。"白化人低声抗议说。他迷迷糊糊地说了点什么,利图马听起来像梦话。"今天是星期日,只有看守上班。"

没有一个人笑他。大家静静的,不说话。屋子里一片沉寂,班长觉得所有人都在倾听他心脏扑通扑通地跳着。

"华加亚,是时候了。"有人命令说。这个人是野猪?是麻脸工人?是罗锅?"别那么懒,快起来!"

黑暗之中,有好几只手伸向白化人,帮助他坐起来,站起来。他费了很大力气才保持直立状态。没有那么多人伸出胳臂帮助,他早像布娃娃那样,全身散架子了。

"我都站不住了。"他抱怨说。他脸上虽然没有半点怒容,也没有像对待原则问题那样愤慨,但还是骂了他们一句:"臭狗屎!"

"华加亚,你头晕了。"有人好心劝慰他。

"你成了这个样子,是因为你已经不是你了。"

"我都走不了路啦,他妈的。"白化人抗议说,声调沮丧。他的声音和以前大不一样,在酒馆时还吹嘘自己是专门砍人头的呢。

而现在,他的声音是那样无可奈何——利图马心里这样想着——好像知道自己的命运,而又不得不接受似的。

"是头晕。"另一个人重复说,想给他们打气,"别担心,华加亚,我们帮助你。"

"我也挺不住了,班长。"托马西多说,他仍然抓住班长的胳臂,"只是别人看不出来罢了。我是从里面往外面醉。真得注意点,我们可能喝了五瓶皮斯科,是吧?"

"我说得对吧,看见没有?"利图马又看了助手一眼,他离得很远很远,尽管觉得他的手紧紧地抓住自己的胳臂,"这些山里人知道白化人的许多事,但是让我当傻子。我敢和你打赌,他们一定知道他在什么地方。"

"我头晕得这么厉害,今天夜里无法思念你了。"托马斯说,"并不是庆贺什么,而是因为我的班长遇上了泥石流,石头、土块从他身上飞过,可是没有被砸死。你想想看,亲爱的梅塞德丝!你想想看,纳克斯哨所如果只剩下我一个人,不能和任何人谈起你,该是多么痛苦呀。只因为这一点,我才多喝了几杯,亲爱的。"

大家把他抬到房门口,没有碰伤他的身体,也没有逼迫他动作快一些。屋子小,人多得碰来碰去,双层木板床发出吱吱呀呀响声,有的都摇晃了起来。手电光柱的顶端不时闪过刚刚赶到的人的面孔,这些面孔用领巾或钢盔、或一直压到耳梢的毡帽遮掩着。利图马认出了他们,但立刻又忘记了。

"迪奥尼西欧这个狗娘养的,给我喝的是什么茴芹毒酒呀?"白化人有气无力地抱怨着,但是愤怒不起来,"堂娜阿特利亚娜那个巫婆往酒里加了药吧。一定给我喝了迷魂汤。"

大家沉默无语,但那是可怖的寂静,对利图马来说胜过千言万语。班长喘着粗气,把舌头伸到嘴外。白化人也曾经这样过。白化人做过各种各样的表演,吹大牛,满嘴疯言狂语。他并没有那样,那都是脏东西,他妈的,谁知道那个家伙用了怎样的手法,让他在酒馆里把那东西喝了进去。所以,他才说了那些蠢话。所以,他才那么激动。所以,他向大家挑衅时,谁也没有理睬他。有道理,有道理:是他们自己把他搞成了那个样子,他们怎能发怒呢。卡西米罗·华加亚已经半死了。

"外面一定他妈的很冷。"托马西多说。

"不太冷。"人群中有人说,"我刚刚出去撒尿,没有感到冷。"

"那是有酒劲儿暖着身子,感觉不到,我的伙计。"

"华加亚,你头晕了,不但感觉不到冷,而且什么都感觉不到。"

他们抬着他,领着他,扶着他,一会儿这个人,一会儿那个人,利图马突然看不见了,他消失在屋外许多跳动的阴影组成的巨大黑斑中,黑斑早就等候着他们了。他们一边移动着,一边低语着什么。但是,当白化人来到他们中间,看见他,感觉到他,或者说觉察到他以后,一个个沉默不语,一动不动了。利图马想,这很像教堂门前发生的情景:兄弟会的成员们用肩扛着耶稣、圣母和保护神,开始举行宗教大巡行。深夜里,四周黑暗、寒气逼人;在数以百万计的星斗照耀下,在高山和房屋这些庞然大物中间,此刻有一种庄严、肃穆的气氛,好像都在虔诚地等待着圣周的弥撒。利图马记得,他小时候有过这种经历。离得很远很远,就像托马西多的肿胀面孔一样。他竖起耳朵,听见卡西米罗·华加亚——密密麻麻的人群已经把他抬得很远了——的声音:

"我不是任何人的仇敌,也不想做任何人的仇敌。是迪奥尼西欧让我喝了毒酒!是他妻子给我配了毒药!他们两个人说的都是蠢话,这事刚刚过去不久。"

"我们都知道了,华加亚。"大家拍着他的肩膀,安慰说,"你别生气,谁也不是你的敌人,伙计。"

"我们大家都感谢你,好兄弟。"一个声音说。那声音轻柔得像女人说的。

"对,对。"好几个人重复说。利图马想象着,几十颗脑袋都点头同意,默默地向他表示敬意、友爱。他们不需要任何人下命令,知道各自应该做什么,立刻行动了起来。虽然没有人讲话,没有人私语,但能够感到人群在前进,紧紧靠在一起,脚步整齐,直到骨骼都在晃动、颤抖,向山上走去。"去废弃矿井,去叫作圣丽塔的地方。"利图马这样想着。"正往那里走。"他一直倾听着那么多人的双脚踩在石子上发出的声音,踩到水洼声,身体的嚓嚓声、碰撞声。当他估摸着过了很长时间听不到白化人的呻吟以后,低声问身边的人:

"卡西米罗·华加亚死了吧?"

"不要讲话。"

但是,他左侧的这个人很同情他的无知,用低得几乎听不见的声音启发说:

"为了得到好一些的接待,必须活着时就到下面去。"

在他还清醒的时候,就从废弃矿井的排气口扔下去。他们要排着队登上高处,默默无语,弯着身子,痛苦阴郁,抓住他的胳臂,每每碰到障碍物,便把他抬得高一些,安慰他,鼓励他,让他知道他们并不恨他,而是尊敬他,感谢他将为他们做的事情。到达井口

211

以后，他们必须用手电照亮，那儿一定狂风呼啸。他们将向他告别，把他推下去，将听到他一声长吼，渐去渐远，一个遥远的撞击声后粉身碎骨。他们猜测，摔在坑道之底的石头上，哪还有不粉身碎骨的。

"他已经感觉不到、觉察不到什么了。"他身后有人说，好像知道班长在想着什么。利图马失去了知觉。

蒂莫特欧·法哈多并不是我的第一个完全意义的丈夫，我的唯一一个完全意义的丈夫是迪奥尼西欧。我和蒂莫特欧从来没有结婚，只是同居。我们家对他不好，昆卡居民对他更坏，尽管他把全昆卡人从拦路鬼萨尔塞多手里解救了出来，但没有一个人帮助他说服我父亲同意我们的亲事。相反，人们都暗地里对蒂莫特欧使坏，对我父亲说："您怎能让那个大鼻子汉子把女儿带走呢。那种人名声不好，爱偷人家的牲畜。"因此，我们两个人逃了出来，一起来到纳克斯。临走时，我们从能望见昆卡的山口处，对那些忘恩负义的人咒骂了好一阵子。我以前没有回过昆卡，将来也永远不会回去。

我不否认，也不肯定，如果说我全神贯注地噘着嘴巴观看连绵起伏的山峦的话，并不是因为那些问题使我感到不舒服，而是因为事情过去了很长时间。我已经说不清楚，我们是幸福还是不幸。开始的那些日子，更确切地说，是幸福的，虽然当时我认为枯燥无味、碌碌无为就是幸福。蒂莫特欧在圣丽塔矿找到了工作，我为他做饭、洗衣，所有人都认为我们是夫妻。那时，纳克斯和现在不同，有许多女人。每逢迪奥尼西欧带着他的舞蹈演员和疯疯癫癫的女人经过这里时，纳克斯的女人也都变得半疯起来。丈夫和父亲用鞭子抽她们的脊背，不许她们那么放肆。但是，这样做并无济于事，她们仍然尾随在他的身后。

一个酒鬼、胖子到底有什么能使那么多女人迷醉于他？名声、传闻、神秘、欢乐、预测命运、伊卡的醇香皮斯科酒、又长又大的阴茎。除了这些，还要什么？他在整个山区都很有名。在胡宁、阿亚库乔、万卡韦利卡和阿普里马克的村村镇镇，没有他——更确切地说，没有他们——就没有集市，就没有狂欢节和晚会，因为迪奥尼西欧当时有好几个来自万卡约和哈乌哈的乐手和舞蹈演员，这些人绝不为任何东西而离开他一步。那些疯癫女人白天做饭，晚上发起疯来，什么野事都干。

如果迪奥尼西欧不出现在村口，敲起大鼓，吹响笛子，弹起五弦琴，用脚踏跺地面，节日活动甚至不能开始。可以不放鞭炮，神父不做祈祷，但不能没有迪奥尼西欧。他们的名声虽然不好，但到处有人聘请他们马不停蹄地从一个地方转移到另一个地方。哪方面名声不好？做肮脏事，和撒旦一样。有人说他们烧教堂、砍圣神、圣母的头、偷新生儿。特别是，神父们讲他们的坏话最多。他们嫉妒迪奥尼西欧，诽谤他，不让他那么出名。

我第一次看见他，就感到身上有一群小蛇从头到脚在爬动。他在当时是纳克斯小广场、如今是公司办公室的地方卖皮斯科酒，骡背上驮着好几坛子这种酒。他在架子上放几块木板，挑起一条横幅，上面写着："这是酒馆。""小伙子们，不要喝啤酒，要喝蔗酒。快呀，学会呷酒吧！"他就是这样训导矿工的。"品尝一下伊卡纯正的皮斯科葡萄酒，它能使人忘掉痛苦，从你身体拉出一个幸福的人。""快去探访你的小兽吧！"那天是国庆节，有乐队，有面具舞、魔术和舞蹈。可是，我无法欣赏其中任何一种娱乐活动。尽管我并不愿意，但双脚和脑袋把我引向他所在的地方。他比现在年轻，但是没有多大区别。他半似肥胖，半似浮肿，眼睛乌黑，头发直挺，走起路来，时而跳高，时而拖着双脚，现在仍然这样。他忙着接待客人，但有时出来跳舞，把他的欢乐带给大家。"现在，来一个赶牲灵的曲子。"于是，所有人都跟他跳起来。"来个短曲子吧！"谁都得听他的。"弹个瓜伊纽。"大家都踩起脚来。"拉火车！"他的身后马上出现一个长队。他唱、蹦、跳，他弹琴、吹笛、干杯、高声喊叫、敲盘子、打大鼓，一玩就是几个小时，从来不感觉累。在哈乌哈的狂欢节上，人们一连几个小时跳个不停，一会儿戴上面具，一会儿摘下面具，直到全纳克斯变成酒徒的欢乐海洋，谁也不知道谁是谁，不知道这个人的脑袋在哪儿，那个人的双脚在哪儿，不知道谁是男人，谁是兽，谁是人，谁是女人。有那么一刻轮到我和他跳舞，他用力抱住我，不时抚摸我；他阴茎勃起来，顶在我的肚子上；他把舌头弄得像油锅里的食品那样唾唾作响，都要把我吞下去了。那天夜里，蒂莫特欧·法哈多把我踢出了血，他说："那个家伙如果向你提出要求，你就会跟他去，是吧！臭婊子。"

他没有向我提出要求。不过，如果提出来，也许真的跟他去了。那样，迪奥尼西欧的龙套班子就会多了一员，多了一个疯女人跟随他在山区的村村镇镇走来串去，踏遍安第斯山的大路、小径，登上天气寒冷的高原，下到气温酷热的谷地，冒着大雨行走，顶着烈日旅行，为他做饭、洗衣，服从他反复无常的指挥，在星期六的集市上，要为赶集购物的人带来欢乐，甚至像妓女那样，满足他的肉欲。据说，他们每次到海滨采购皮斯科酒时，疯癫女人和舞蹈演员都到海滩去，把衣服脱得精光，在皎洁的月光下，通宵达旦地狂蹦乱舞。这时，迪奥尼西欧则把一个女人装束的魔鬼找去。

人们都以敬畏的心情讲述他的已经发生和将要发生的事情，但对他的生活并不十分了解，都是道听途说。比如，有人说一次雷阵雨，他的母亲被雷电击死。后来，依奇查社区的女人把他养大；在万塔山区，这些女人都以崇拜偶像而著称。还说他年轻时，一次为多明各教派的神父办事时，突然精神失常，变成了疯子，是那个魔鬼——他同这个魔鬼订有契约——使他恢复了正常。还说他在原始森林里，同野猪一起生活过。说他是在海滨荒漠行走时发现皮斯科酒的，从那以后，他走遍山区兜售这种酒。说他的女人、儿女遍地都有；说他死后复活，说他是拦路鬼，是魔王，是杀手，是巫师，是星象术士，是算命先生。他身上有说不尽的秘密和怪诞。他喜欢自己的这种坏名声。

很显然，他不仅仅是个皮斯科酒的流动商贩，这一点所有人都知道。他不仅仅是一个民间音乐和艺术团的主人，不仅仅是个演员，不仅仅是个流动妓院的老板。对，对，人们对这一切都非常清楚。但是，他还是什么？是魔鬼？是天使？是上帝？蒂莫特欧·法哈多从我的眼神中看出了我一直在想着迪奥尼西欧，经常对我大发脾气。男人们嫉妒他，但所有人都承认："没有他，节日就没有娱乐活动。"他一出现，摆上货摊，人们就纷纷跑去买皮斯科酒，并且与他频频干杯。"是我把他们教育出来的。"迪奥尼西欧常常这样说，"他们以前只喝钦查酒、啤酒和蔗酒，而现在喝皮斯科酒了，这是神仙和天使的饮料。"

我从一个来自万卡山克斯的阿亚库乔女人那里又多知道了一些他的情况。这个女人和他们一起待过，后来离开了。她是作为圣丽塔矿一个工作班班长的妻子来这里的，时间大约在那个拦路鬼吸干胡安·阿帕萨身上的油脂的时候。我们两个人是好朋友，常常结伴去河边洗衣服。一天,我问她身上为什么有那么多伤疤。于是,她给我讲起了过去的事。她和迪奥尼西欧的人在一起跑了很长时间。夜里露宿街头,为了抵御寒冷,大家把身子靠在一起取暖,今天在这儿,明天在那儿,一会儿在这个集市,一会儿在那个集市,以他人的施舍为生。龙套班子的人高兴时,便躲开众人的目光,做起疯狂事来。或者像迪奥尼西欧说的那样,探访他们的小兽。他们跳舞时,疯癫女人得到爱,但也遭受虐待;得到温情,但也忍受抓挠;得到拥抱,也遭受推搡;得到热吻,也遭受咬伤。"不痛吗,我的老妈子?""跳完舞以后感觉痛。听着音乐跳舞,头脑处在晕眩状态,舒服极了。心事无影无踪,心脏扑通扑通地跳着,好像醉了似的;身体软绵绵的,可以上高山,可以抓猛禽,可以下大河。甚至跳着舞,可以摘下星星。我们相亲相爱,或者说互相拳打脚踢。""你那么喜欢这种生活,为什么离开他们呀?""因为脚肿得厉害,无法跟他们东跑西颠。他们人多,很难找到汽车。他们一天天、一个星期一个星期地徒步而行。那时,这样还能忍受,因为安第斯山上没有恐怖分子,没有防暴警察。"因此,万卡山克斯女人最后只好同工作班班长结了婚,在纳克斯安下家来。不过,她常常怀念那些冒险的日子,想起走过的山山水水和品尝过的恶习。她不时哼唱几句瓜伊纽曲子,回忆着,叹息着。"那时真幸福。"说着,她多情地抚摸着身上的抓痕。

这样,自从国庆节那天和他跳过舞、他把手放在我身上以后,我的好奇心大增,整天心中忐忑不安。迪奥尼西欧再次来纳克斯时,问我是否愿意和他结婚。我说,好吧。那时,矿上开始每况愈下,圣丽塔的矿石枯竭。帕特里略吸干塞巴斯蒂安——蒂莫特欧的好朋友——的油脂以后,人们惶惶不可终日。迪奥尼西欧不是要我加入他的龙套班子，不是要我加入疯癫女人的行列。他是要我和他结婚。他自从知道我如何帮助蒂莫特欧在昆卡洞穴捕杀拦路鬼之后，就爱上了我。"你命里注定属于我。"他这样对我说。后来，星相和纸牌说明是这样。

我们在穆吉约约社区结的婚。在那里，他自从治愈了所有年轻人的白喉以后，人们非常敬慕他。对，是阴茎肿大。在一个多雨的夏季里，这种瘟病突然蔓延开来。真是一大笑话，对，他们痛哭流涕，感到绝望。每天，鸡叫睁开眼睛以后，阴茎就开始肿胀起来，像辣椒那样红，那样辣。他们不知道怎么办。用凉水洗，不见效。射精以后，又像弹簧娃娃那样重新勃起。他们挤牛奶，或种地，或剪枝，或做应该做的事时，阴茎依然那样大，像马刺或钟舌一样沉甸甸地支楞在两条大腿中间。他们把奥克帕的圣安东尼奥修道院的一个神父请来，神父为他们做了弥撒，烧香驱邪。尽管如此，那东西继续肿大，最后顶破了裤子的襟门，探出头来晒太阳。这当口儿，迪奥尼西欧来了。村民们把发生的事讲了以后，他组织了一次宗教巡行，又是狂蹦乱舞，又是吹打弹拉。巡行队伍抬的不是圣神，而是一个泥做的阴茎，是穆吉约约首屈一指的陶器工人的手艺。乐队奏了一首军曲，姑娘们用花环把阴茎点缀起来。接着，人们又遵照他的指示，把阴茎抬到曼塔罗河里巡行。遭受瘟病感染的小伙子也都跳到河水里。当他们上岸擦干身子时，一切恢复正常，阴茎包皮出现了皱褶，变软了。

穆吉约约的神父起初不愿意为我们主持婚礼。"那个家伙不是天主教徒，而是异教徒，是野人。"神父一边说一边赶他。但是，这位神父喝了几杯迪奥尼西欧送去的酒，便心软了，为我们主持了结婚仪式。婚礼活动持续了三天，跳完舞后大吃大喝，随后又接着跳；跳呀跳呀，直到失去理智。第二天，夜幕降临时，迪奥尼西欧拉起我的手，爬到山坡上，指着天空对我说："看见没有，那儿有一组星星，像花环一样？"在所有星星当中，那几颗最明亮。"对，看见了。""那是我给你的结婚礼物。"

但是，婚礼之后，他还不能与我同房，因为他许的愿还没有兑现。有一个地方离穆吉约约很远，在曼塔罗河的对岸，哈乌哈的大山上，属亚纳科托管辖，迪奥尼西欧小时候去过那里。他母亲被雷击失踪以后，他不相信那是真的。他断定能在什么地方找到母亲，于是四处寻找起来。他走遍天涯海角，像个失去方向的灵魂，一会儿去东，一会儿扑西，直到最后在伊卡庄园发现皮斯科酒，做起这种酒的生意来。一天，他梦见了母亲。母亲约他星期天的狂欢节午夜，在亚纳科托公墓见面。他怀着激动的心情去了。但是，看守——他的鼻子烂了一大半，名字叫亚兰加——说，不脱下裤子，不能进去。两个人争了半天，最后达成协议：可以放他进去，条件是他婚礼结束前必须来一次，在他面前弯腰弓背。迪奥尼西欧进了公墓，和母亲说完话，告别。现在，十五年后的今天，举行了婚礼，我必须陪他去还愿。

我们先是坐汽车，然后骑马，花了两天时间，才登上亚纳科托。高原上，积雪很多，人们冻得嘴唇青紫，面部疼痛。公墓已经没有围墙——迪奥尼西欧记得清清楚楚，以前是有的——看守也不在了。我们询问之后，得知看守几年前变疯以后死去。迪奥尼西欧刨根问底，最后才打听到看守的坟墓在什么地方。这样，那天夜里，等到为我们提供住宿的那户人家睡着之后，他拉着我的手，走到埋葬亚兰加的地方。白天，我曾经看见他拿着小刀在柳树枝上做着什么。原来，他砍下一根软棍儿，对，是根软棍儿。他打完了蜡油，插在亚兰加的坟上，脱下裤子，坐在上面，大吼一声。随后，尽管寒冷如冰，他还是扒下我的内裤，把我按在他的身下。从前面，从后面，一连好几次。我虽然已经不是处女了，但比他还叫得厉害，我觉得最后都失去了知觉。这是我们的新婚之夜。

第二天早晨，他开始教给我各种知识。我很会辨别风向，能听到大地深处的声音，触摸人们的面部便能和他们的心交谈。还有一点，我认为，我已经会跳舞了，可他教给我钻到音乐中去，让音乐钻到我的身体中来，做到音乐让我跳舞，而不是我让音乐跳舞。我认为，我会唱歌了，可他教给我听从歌曲的指挥，做自己哼唱的歌曲的仆人。我还慢慢地学会了看手相，学会了解释古柯叶——在空中飘悠一会儿，落在地上的叶子——的图案，学会了让活豚鼠从病人体内穿过，找出病灶。结婚以后，我们仍然东奔西走，到海滨采购皮斯科酒，给节日助兴。后来，由于杀人事件渐渐多起来，道路上危险丛生，村镇上人烟稀少，当地人对外地人疑神疑鬼，那些疯癫女人一个个走掉了，乐手纷纷抛弃我们，舞蹈演员变成一股烟，失去了踪影。"我们也该找个地方安顿下来啦。"一天，迪奥尼西欧对我说。我们老了，看样子老了许多。

我不知道蒂莫特欧·法哈多的情况，一直没有他的消息。我只听到一些传闻。警察像影子一样跟踪我许多年，我走到哪儿，他们跟到哪儿。你是不是在土豆里放了毒药，把他害了以后，和那个胖巫师私奔啦？还是迪奥尼西欧请了幽灵，杀了他？或者把他交给了拦路鬼？或者把大鼻子带到山上，让喝得醉醺醺的女人把他大卸八块？或者把他大卸八块以后，全吃到了肚子里？那时，人们开始称我"堂娜"和巫婆了。

"我没有给你回电话，你要求见面，我也没有答应，这是有意让你受点折磨,"司令在对加列尼奥打招呼时这样说,"为了让你紧张紧张。我是想如何才能严肃地惩罚你,狗娘养的。"

"好家伙,你的那位好教父终于露面了,"利图马大声说,"他一直等着你。在你的故事里,我对他最感兴趣了。看看这样,我能不能摆脱那场倒霉泥石流留下的恐惧。讲下去,托马西多,讲下去。"

"是的,教父,"加列尼奥卑恭地说,"我服从您的惩罚。"

胖子伊斯加里奥特不想看到他的眼睛,把脸埋在面包加煎鸡蛋、炸土豆片和白饭里,怒气冲冲地咀嚼着,时不时地喝一口啤酒。司令穿一身便服,脖子上围一条丝巾,戴着墨镜。在那个半明半暗的地方不时闪过几条明亮的光束,他那光秃秃的头顶射出光亮来。他的双唇叼着一支点燃的香烟,威士忌杯子在右手里抖动着。

"你杀死脏猪是一个大错,是在尊重我的情况下犯的大错,因为你是听从我的吩咐去廷戈·马利亚伺候他的。"司令说,"不过,这还不是你蠢行中最令我恼火的那种过错。你知道吗?我是说,你是因为做过的事情才做了那种蠢事的。喂,混蛋,你为什么要杀死他?"

"教父,那事您知道得很清楚呀!"小伙子喃喃地说,同时谦恭地低下眼睛,"伊斯加里奥特对您讲过了吧?"

"你们是在妓院里吧?"利图马问,"有音乐,妓女围在桌子四周?在那种地方,你教父一定比国王还神气吧?"

"有点像迪斯科舞厅,半似酒吧,半似淫巢。"托马西多解释说,"没有双人包间。客人必须把妓女带到对面的饭店里。我教父是那样做的,这是我的看法。我当时没有注意。班长,我的心都提到嗓子眼儿那里了。"

"我要从你嘴里听到,狗娘养的。"司令命令说,表情像皇帝一样。

"我之所以杀死脏猪,是因为他为了取乐,便不停地抽打那个女人。"小伙子低着脑袋,用一丝声音说,"您已经知道了,伊斯加里奥特一定对您讲过了。"

司令没有笑。他静静地坐在那里,透过墨镜注视着他,轻轻地点了点头。他伴着萨尔萨音乐节奏,用威士忌杯子敲着桌子。最后,他都没有回一下头,就抓住一个女人的胳臂。这个女人身上穿着向日葵黄连衣裙,正要从他身边走过。他把她拉过去,低下身子,张开大嘴问她:

"如果情人打你,你高兴吗?"

"你做什么我都高兴,老爷子。"那女人笑着揪了一下司令的胡子,"我们跳会儿舞吧?"

司令轻轻推了一下,把她送进舞池。加列尼奥直挺挺地坐在那里;司令把头伸到他的面前,说:

"蠢蛋,女人喜欢在床上受到一点折磨。这你都不知道。"他脸上露出了厌恶表情。"这可真让我生气,我不该信任一个没有交际经验、没有阅历的家伙。我应该处死你,但不是因为你向脏猪开枪,而是因为你是个大笨蛋。现在,你至少应该后悔了吧?"

"我后悔了,但那是因为对不起您,您对我和我母亲关怀无微不至。"小伙子结结巴巴地说。随后,他使出全身力气,又补充说:"可是,教父,请原谅我,对于脏猪的事,我一点儿也不后悔。他如果死而复生的话,我要再杀死他一次。"

"是吗?"司令惊讶地说,"伊斯加里奥特,这位先生说的话,你听见没有?你是不是认为他比你进来时更蠢笨了?他那么恨可怜的脏猪,只因为打了他的妓女几巴掌,听见了吗?"

"不是他的妓女，只是他的女友，教父。"加列尼奥打断他的话，露出哀求的表情，"您不要这样讲她，我请求您，她现在是我的妻子。确切地说，很快成为我的妻子。我和梅塞德丝快要结婚了。"

司令用眼睛注视了他一会儿，最后，放声大笑起来。

"班长，这时我才一块石头落地。"托马西多说，"他的笑声说明，他尽管又骂爹又骂娘，但已经开始原谅我了。"

"托马西多，他除了是你的教父外，还是点什么吧？"利图马问，"说不定是你父亲呢？"

"班长，我也多次这样问过自己。我从小就有这个疑问。不过，我觉得不像。我母亲在他家当了二十年仆人，先在锡夸尼，后在库斯科和利马，给我教父的瘫痪母亲穿衣、洗澡、喂饭。总之，我不知道，他也许是我的父亲。我的老母亲从来没有对我说过是谁使她怀上了孕。"

"肯定是你父亲。"利图马说，"你对脏猪做了那种事，他本不应该原谅你。那事很有可能把你教父牵连进去，和毒品贩子一起受到惩处。在这种事情上，只能原谅自己的儿子。"

"对，我对不住他，但同时也为他做了一件好事。"托马西多说，"由于我，他身上增加了一份军功。甚至胸前又多了一枚勋章。他由于结束了那个毒品贩子的生命而出了名。"

"你爱得这样深情，梅塞德丝一定有个肥硕得像房子那样大的臀部。"司令说，他脸上还挂着笑容，"伊斯加里奥特，你品尝过没有？"

"没有，首长，没有。不过，您不要以为她像加列尼奥说的那样富有性感。他着了迷，把她看作理想中的女人。她只不过是个黑发姑娘，有两条漂亮的大腿。"

"你对饮食知道得可能不少，胖子，但对女人一无所知，你还是吃你的面包夹鸡蛋吧，别张嘴说话。"加列尼奥说，"教父，别理睬他。梅塞德丝是全秘鲁最漂亮的女人。您应该理解我，您也是恋爱过的呀！"

"我不谈恋爱，只是随随便便找个女人，所以我很幸福。"司令说，"这个时代了，还为爱情去杀人！他妈的，还不被关进马戏团的笼子里，在众人面前展览呀。让我品尝一下那个肥硕的臀部吧，看看你做出那种事值不值得？"

"我不把自己的妻子借给任何人，教父，也不借给您，尽管我很尊敬您。"

"你不要以为我和你开几个玩笑，就原谅你了。"司令说，"你和脏猪发生的插曲，有可能使我失去上帝赐予我的那两个漂亮蛋子。"

"可是，现在您由于那个毒品贩子的死却得到勋章了。现在，您成了反毒斗争的全国英雄了。您不能说我损害了您。您应该承认，我为您做了一件好事，教父。"

"我应该从坏事中引出好的结果来，蠢蛋。"司令反驳说，"说一千道一万，你把我牵连了进去，我有可能遇到问题。如果脏猪的人想报仇，拿谁开刀呀？拿谁出气呀？拿你这个无名之辈，还是拿我？我如果被送进公墓里，你至少感到内疚吧？"

"教父，看来您永远不会原谅我。我对您发誓，如果谁哪怕碰您一根头发，这个人即使逃到天涯海角，我也得为您向他算账。"

"他妈的，你对我这么好，我都感动得要哭了。"司令说着喝了一口威士忌，咂了咂舌头。接着，操着不容反驳的口气说："我们什么都不要讲了,快点,把那个梅塞德丝给我带来,我再看看怎样原谅你。我要亲眼看看她的臀部,值不值得你做出那种蠢事。"

"他妈的,"利图马大声说,"我都看见那个王八蛋走过来了。"

"我当时胆战心惊,班长。"托马西多坦白地说,"我怎么办呀,我教父如果同梅塞德丝做出越轨的事,该怎么办呀?"

"掏出你的手枪,把他也毙了。"班长说。

"怎么办呀?"他的助手重复说,同时在行军床上焦虑地翻转着身子,"我们什么都依靠他。梅塞德丝的选民证依靠他。解决我的处境问题依靠他。从技术角度上讲,我是宪兵队的逃兵,您应该知道。我对您说,我有一阵子十分痛苦。"

"你以为我怕他呀?"梅塞德丝笑了。

"亲爱的,为了从目前这种处境中摆脱出来,我们必须做出一些牺牲。这口苦酒,也就是半个小时的时间吧。他已经变软了,开始和我开玩笑了。他是起了好奇心,想认识认识你。我不允许他对你失礼。我对你发誓。"

"加列尼托,我一个人可以自卫。"梅塞德丝说着理了一下头发,拉了拉裙子,"在我面前,不管是司令,还是将军,都不能失礼。怎么样?先生,我来接受考验吧?"

"必须考满分。"司令咳了一声,"请坐,请坐。小姑娘,我看你是久经沙场呀。太好啦。我喜欢有问必答的女人。"

"这么说,我们要你我相称了?"梅塞德丝说,"我认为,我也应该称你是教父了,好吧,就你我相称吧,馋猫儿。"

"你脸蛋漂亮,身材漂亮,大腿漂亮,这我承认。"司令说,"但是,这些不足以把一个小伙子变成杀人凶手。你一定还有点别的什么,才把我的孩子弄得四脚朝天。你对他做了哪些事,可以知道吗?"

"糟糕的是,我对他没有做任何事情。"梅塞德丝说,"我是第一个了解他疯狂举动的人。他没对你讲过?首先,他杀了人,后来对我说,他是为我所为,他爱上了我。那时,我不能相信;现在,依然不能相信。是这样吧,加列尼托!"

"是这样,教父,是这样。"小伙子说,"梅塞德丝没有任何过错。我使她卷进了这件麻烦事里。您能帮助我们一下吗?给梅塞德丝搞一个新的选民证?我们想去美国,一切从头开始。"

"你一定对这个小伙子做了点什么特别的事,不然,他不会这样神魂颠倒。"司令说着向梅塞德丝贴过脸去,托起她的下巴,"孩子,你给他喝了迷魂汤吧?"

"请您不要对梅塞德丝失礼。"小伙子说,"教父,尽管我很爱您。我不能允许您对她失礼。"

"你教父是否知道,梅塞德丝是第一个和你睡觉的女人?"利图马问。

"不知道,不但他不知道,任何人都不知道。"他的助手说,"我如果对他说了,早把我弄死了。那事只有您和梅塞德丝知道。"

"谢谢你的信任,托马西多。"

"不过,那天夜里,这还不是最倒霉的时刻。最倒霉的时刻是我教父拉梅塞德丝去跳舞。我觉得全身怒不可遏,不知道什么时候爆发出来。"

"镇静,镇静,别那么犯傻,加列尼奥。"胖子伊斯加里奥特在他胳臂上轻轻拍了一下说,"和她跳舞,稍稍搂得紧一点,这和你有什么关系?他原谅了你的过错,你应该付出一点代价。可是,他倒使你这样嫉妒。他在内心深处原谅了你，会帮助你解决你的问题的。一切都朝着我在瓦努科预言的方向发展着。别想其他事，只想想这个吧。"

"可是，我在想他打她，在她身上乱摸一通。"黑暗中，托马西多的声音有些颤抖了，"尽管使这个家伙感到不快，但我必须让他就此止步。"

不过，这时司令把梅塞德丝带回了桌边，嘴里不停地笑着。

"这个女人太坚定了，我得祝贺你，小伙子。"司令说着在托马斯的头上亲切地敲了一下，"我他妈的提了个建议，想让她同我一起给你戴顶绿帽子，她不干。"

"我知道，你在对我做进一步的考验，所以，我让你吃了闭门羹，馋猫儿。"梅塞德丝说，"另外，我保证不告诉他你说了什么。这将是我最后一次欺骗加列尼托，那么，能帮助我们一把吗？"

"对一个你这样的女人，应该交个朋友，而不应该结下仇。"司令说，"小伙子，这个女人可在你上面呀。"

"他帮助了我们。"托马斯叹了一口气，"第二天，梅塞德丝就有了新的选民证。当天晚上，她就走了。"

"你是说，她一拿到选民证就抛弃了你，托马西多？"

"把我给她的四千美元也带走了。"他的助手说话声音很低，很慢，"那是她的钱，是我送给她的。她留下封信，把对我说过的话又说了一遍。她说，她不可能做我的妻子。"

"这就是事情的结局。"利图马说，"是这样的结局，托马西多。"

"对，我的班长。"他的助手说，"这就是事情的结局。"

九

"那个家伙名叫保罗,他的姓很怪,是斯蒂姆森或斯蒂梅森。"利图马说,"但是,所有人都称呼他的外号:埃斯卡拉丁纳。在恐怖分子袭击拉埃斯佩兰萨矿时,他是神奇般的人物之一。他说,他对你们很熟悉。你们还记得那个美国佬吗?"

"他勤学好问,什么东西都想知道。"堂娜阿特利亚娜同意地说,同时做了个厌恶的怪相,"手上总拿着一个笔记本,走到哪儿,写到哪儿。他好久没到这边来了。有几个人躲到水箱里,他是不是其中的一个?"

"他太爱管闲事,研究我们像研究植物或动物那样。"迪奥尼西欧唾了一口,"我走到哪儿,他跟到哪儿,他把安第斯山走遍了。他对我们不感兴趣,只是想把我们写进他的书里。埃斯卡拉丁纳那个讨厌的美国佬还活着?"

"他听到你们还活着,也感到很惊奇。"利图马反驳说,"他以为你们早被恐怖分子以反社会罪处了极刑。"

他们站在酒馆门口谈话，白炽的太阳垂直照射下来，在残存房子的锌板屋顶上反射着耀眼的光芒。一群群工人在用木板、钻头、绳索、镐头和铁锹移动着泥石流的石块，想开出一条路来，把没有砸坏的机器或砸坏的机器全部运出营地。那里临时搭建了一间小屋子，代替被泥石流毁坏的办公室。尽管那儿呈现着一片繁忙景象，但纳克斯好像是一座空城。镇子里的工人还不到原来的三分之一。而且，仍然有人继续沿着山上的小路往上爬，准备到万卡约去。利图马远远地看见三个黑影，一字排开，背着包袱，渐去渐远。他们走得很快，步履一致，仿佛后背上的东西没有什么重量似的。

"这一次，他们宁愿离开了。"他指着那几个人说，"不是罢工，也不是抗议。"

"他们知道那是无济于事的。"迪奥尼西欧说，脸上没有一点儿激动表情，"泥石流对公司大有好处。公司好久以前就想停工了。现在找到了借口。"

"那不是借口。"班长说，"您没有看见这儿成了什么样子？大山铺天盖地地向纳克斯压了下来，还建什么公路呀？我不知道，发生了那么严重的泥石流，倒没有死一个人？"

"我正想把这个问题塞到这些顽固不化的印第安人的脑袋里。"堂娜阿特利亚娜嘟哝着说，同时对忙着移动石块的工人做了个不耐烦的表情，"我们完全可能像蟑螂那样被砸死。他们活下来，不谢天谢地，还抗议！"

"那是因为他们虽然从泥石流中死里逃生，但知道由此而失去了工作，要整天忍饥挨饿，不久就会死去。"迪奥尼西欧说完，微微一笑，"或者死得还要惨。至少得让他们顿足、跺脚，把气撒出一点儿来呀。"

"您是不是认为,是山神阿普不让泥石流砸死我们呀?"班长问道。他在寻找堂娜阿特利亚娜的眼睛。"我死里逃生,也得感谢阿普吧?"

他等着迪奥尼西欧的妻子没好气地回答他的话,她对那种问题一向十分敏感。但是,这一次,巫婆默不作声,也没有看他一眼。她紧锁眉心,满面怒容,目光似乎消失在镇子周围的崎岖山峰上。

"在拉埃斯佩兰萨时,我们同埃斯卡拉丁纳谈了很久有关阿普的事。"班长停了一会儿,继续说道:"他也认为每一座高山都有自己的幽灵,堂娜阿特利亚娜,和您的看法一样。就是说,有自己的阿普。看那样子,阿普是一些血腥的、残忍的灵魂。像那个美国佬如此知识渊博的学者都这么说,该是确有其事的。应该感谢胡宁的阿普先生们,不然,我非瞎了眼睛不可。"

"不能叫阿普先生,"迪奥尼西欧斥责他说,"因为在克丘亚语里'阿普'这个词本身就包含了先生的意思。班长先生,所有重复都意味着侮辱,如同人们说华尔兹舞,而不说华尔兹一样。"

"也不能叫班长先生,"利图马反驳说,"只能叫班长或先生,这两个称谓加在一起就有讽刺意味了。当然喽,您总是讽刺别人。"

"我一向努力不失掉幽默感。"迪奥尼西欧承认说,"尽管事情这样发生着,生活中很难没有悲苦,所有人都这样。"

接着,他用口哨吹了一支曲子。夜里,当酒馆里酒气熏天时,他一边踏着脚步,一边哼唱这支曲子。利图马听到这忧伤的曲调,心脏立刻紧缩了起来。他觉得那个声音来自时间的深渊,挂着另一种人类的、埋在这穷山秃岭世界的夜露。他闭上眼睛,看见小佩得罗·蒂诺克那瘦小、驯服的身影，他在跳，他在蹦，不过，在白昼的照耀下，显得有些模糊。

"太阳这么大，我现在真懒得爬到哨所去。"他自言自语地说，摘下帽子，擦去额头上的汗珠，"我能和你们坐一会儿吗？"

酒馆老板和他的妻子都没有回答他。利图马在堂娜阿特利亚娜落座的那条长凳的一端坐下来。迪奥尼西欧站着抽烟，把背靠在布满伤疤的木门上。移动石块的工人不时发出喊声、吆喝声，忽而连续不断，忽而稀疏零落，或近或远，那是风向变换造成的。

"公司的电台今天上午终于修好了，因而我得以向万卡约司令部发去报告，"班长说，"但愿很快得到答复。我和我的助手除了像小哑巴那样等着被杀死或失踪，不知在这里做什么。你们二位现在有什么打算？也想离开纳克斯吗？"

"不离开有什么办法呀，"迪奥尼西欧说，"连社区的印第安人都不想在纳克斯住下去了。大部分年轻人跑到海滨和万卡约去了。只有一些不死不活的老头子留在了这里。"

"那么，只有阿普留在纳克斯了，"利图马做结论似的说，"还有拦路鬼和鬼怪。这样，它们只能用自己的血与肉为山神摆宴设席了。是不是，堂娜阿特利亚娜？请不要用那样的脸色看我，我说的是玩笑话。我知道，对您不好开玩笑。我也是这样。我之所以那样说，是因为我尽管想把那种东西——您知道是什么东西——从脑海中驱除出去，但不能如愿。在这里，我面前总浮现出那三个人的形象，我觉得自己整日生活在毒液中。"

"那三个倒霉鬼，为什么和您有那么大的关系？"迪奥尼西欧吐出一大口烟雾来。"每天都有那么多人失踪或者死亡，为什么只有这三个人和您关系重大？为什么您对拉埃斯佩兰萨矿的那个被杀的人不闻不问？您如此热衷神秘的东西，我又给您说了一遍。"

"对我来说，那三个人失踪已经不是什么神秘莫测的事了。"班长说。他又回过头去，看了堂娜阿特利亚娜一眼，但后者这一次依然没有理睬他。"埃斯卡拉丁纳前天夜里已经给我解开了这个谜。我对您发誓，我本来不想去调查，只是因为在这里发生的所有奇怪、可怕的事情中，那三个人发生的事是最奇怪、最可怕的。而罪魁祸首就是你们二位，特别是您，堂娜阿特利亚娜。对于这一点，谁也不能从我的脑海里驱除掉。"

但是，这一次迪奥尼西欧的妻子还是没有任何反应。她仍然在生气，两只眼睛注视着山峦，仿佛没有听见他的话，或者心里想着更重要的事情，对利图马讲的事不屑一顾。

"抽支烟，把那些不足挂齿的事忘掉吧。"迪奥尼西欧把一盒黑丝香烟向他递过去。"您就那么想，很快离开这里，说不定回老家去，将来要比在纳克斯生活还安宁。"

利图马抽出一支香烟，放在嘴上。酒馆老板用一个老式打火机为他点着，火苗很长，一直烧到班长的嘴巴和鼻子那里。他深深吸了一口，然后吐出来，看着烟雾在炎热中午洁净、金色的空气中一圈一圈地向上飘去。

"我如果活着离开这里，无论走到哪里，都把那三个人带到哪里。"他喃喃地说，"首先把小哑巴带上，他是那天晚上出去买啤酒时失踪的。您懂得我的意思吧？"

"他当然懂得，我的班长。"他的助手笑了。"买一瓶库斯科啤酒，冰镇的，快去快回。听清楚了吗，小哑巴？"

小佩得罗·蒂诺克点了好几次头，毕恭毕敬，那情景使利图马想到一只公鸡，在低头啄玉米粒。然后，他拿上班长递给他的钞票,向他们最后敬了礼,转过身去,走出哨所,消失在没有月光的夜幕里。

"时间很晚了,夜又那样黑,我们不该打发他去。"利图马说,烟雾从嘴巴和鼻孔散发出来,"看到他过了很长时间还不回来,本应该下山看看发生了什么事,为什么不回来。但是,那时下起雨来,就懒了一下。我和托马西多聊起天来,时间一下子过去了。"

雨下得很大,小哑巴在山坡上走得很快,仿佛有一双狐狸眼睛,在哪儿下脚,在哪儿跳过去都能背下来似的。他用手紧紧握住钞票,生怕丢失了。他来到酒馆门口时,已经被雨淋得像个落汤鸡。他用指头敲了两下,推开门,走了进去。屋子里有一大群人,乌烟瘴气。他的鼻子嗅到了汗味、酒味、烟味、尿味、屎味、精液味和令人晕眩的呕吐物的腥臭味。但是,并不是这些气味和他到来时出现的墓穴般的寂静,使他警觉起来,面对即将降临的危险要保护自己,而是他的潜意识发现的恐怖气氛,无处不在、浓重而令人颤抖的恐怖气氛;工人们射出的不安的目光。空气中浸透了恐怖,连墙壁的木板、柜台,特别是紧张的面孔也都有恐怖溢出来,有的人面孔变了形,鬼脸、怪相此起彼伏,那不仅仅是醉酒的产物。所有人都一动不动,所有人都把目光集中在他的身上。小佩得罗·蒂诺克害怕了,不停地向他们鞠躬。

"他来了,你们看,还有比他更合适的人选吗?"这是堂娜阿特利亚娜从柜台后面讲话的声音,似乎从墓穴深处发出来的,"他们把他打发来,打发到这里来。应该是他。是他。对。小哑巴,还有比小哑巴更合适的人选吗?"

"你们一定议论了。"利图马补充说,"可能有人说同意了,就是他吧。也可能有人说不同意，说他太可怜了，是呆子，不同意。我觉得至少有一两个人没有喝得酩酊大醉，从而同情小哑巴。与此同时，我和托马西多非但没有下山看看他为什么不回来，反而躺在床上睡起大觉来。或者说，我们一直谈论着那个把托马西多抛弃了的女人。我们也变成了你们的同谋。但和你们不一样，我们不是主犯，不是教唆犯。如果说我们是同谋的话，那么从某种意义上讲，是无意识的。"

大家都喝得很醉，有的人四肢已经颤抖起来，只能扶着墙壁或互相抱着才不至于跌倒。他们的眼睛像玻璃一样亮晶晶的，能穿透烟雾，审视小佩得罗·蒂诺克。小佩得罗·蒂诺克看到自己成了众人目光注视的中心而感到茫然，看到黑暗中潜伏着危险而有些颤抖，不敢向柜台走过去。最后，迪奥尼西欧迎面走过去，抓住他的胳臂，在面颊上吻了一下。这个吻先是使小哑巴感到困惑，接着又使他发出神经质般的大笑声。酒馆老板随即把一杯皮斯科酒放在他手上。

"干杯，干杯。"酒馆老板唆使小哑巴同他干杯，"小哑巴，和在座的人结成对子。"

"他是外地人，很天真、纯洁。自从在潘帕·加列拉斯发生事情以来，他就挂上了号，"阿特利亚娜夫人像背诵课文一样，一边祈祷，一边唱赞歌，"恐怖分子迟早要处死他的。如果一定死去，那就死得值一点吧。你们不值得吗？昏昏沉沉地躺在山坡下的大房子里睡觉，累得死去活来，在公路上折背弯腰，不值得？你们算计一下，决定何去何从。"

一股热流从胸部流下去，胃里感到痒痒的，小佩得罗·蒂诺克开始感到，他那双沾满泥巴的轮胎凉鞋、布满伤疤的双脚之下，地面变软了,并且不停地晃动起来。大地好像变成了陀螺。以前,他就从什么地方知道了把陀螺拴在绳子上,用胳臂扔向高处,让它抖动起来,在空中旋转,五颜六色混作一团,像几只金蜂鸟在空中一动不动地扇动着翅膀,先是像只大圆球飞向太阳,后是落下来。陀螺钉子一样的顶端砸在水沟的石头上,或在石凳上跳一下,或落在家门口的石板上,或他的眼睛预先注视的地方、他的手命令绳子停止的地方。在酒馆里,他跳了好一阵子舞,又是移动双脚,又是拍击双手,变成了一个幸福的陀螺。堂娜阿特利亚娜讲着,有好几个人点头表示同意。一些人用臂肘打开一条通道,走到哑巴跟前,用手使劲捅他。小佩得罗·蒂诺克虽然还没有完全消除对他们的恐惧,但已经不像刚来时那样满面羞色了。他一直用手握着手里的钞票,时不时迷迷糊糊地惊一下。他自言自语地说:"我得回去。"不过,他不知道怎样离开那里。他每呷一口皮斯科酒,酒馆老板都热烈鼓掌,亲切地拍拍他的背部,高兴时还在他面颊上吻一下。

"您给他的那些吻,是犹大的吻[①]。"利图马说,"而那时我说不定已经进入了梦乡,打着鼾,或者在倾听托马西多讲述他同那个姑娘的曲折故事。算你们走运,迪奥尼西欧,堂娜阿特利亚娜。我那时如果出现在酒馆里,非用双手把你们从人群中揪出来不可,我敢说,真不知道你们会出什么事。"

他那样讲着,没有半点愤怒,有的倒是宿命和逆来顺受。堂娜阿特利亚娜依然心不在焉,对他没有一点兴趣,而是注视着工人如何移动碎石和瓦砾。但是,迪奥尼西欧张开大嘴笑了起来。他蹲在

---

① 犹大是耶稣的十二个门徒之一。他用三十枚银币的价格出卖了耶稣,并率众前来,以与耶稣接吻为暗号把耶稣捉走。

那里，毛围巾胡乱地堆在脖子周围，开心地望着利图马，那双凸眼睛一会儿睁开，一会儿闭上，看上去不像平时那样布满血丝。

"您真是个故事大王。"他说，对自己讲的话坚信不疑，"我年轻时，在龙套班子里有几个讲故事的高手。那时，我们从这个村子走到另一个村子，从一个集市走到另一个集市。我有舞蹈演员，有魔术师、各种各样的艺术奇人。也有讲故事的。他们很受欢迎，男女老少听起来如痴如狂；故事讲完时，一个个大呼小叫。'讲下去，讲下去。''来一个，再来一个。'您的想象力如此丰富，完全可以成为我众多明星中的一个。班长先生，您几乎达到了阿特利亚娜的水平。"

"不能再喝了，已经站不稳了。一滴也喝不进了。"一个人唱着说。

"硬往里灌。如果吐出来，就让他吐吧。"一个声音惊恐地说，"让他失去感觉，忘记自己是谁，忘记在什么地方。"

"说到哑巴，在拉马尔省的一些村镇，在阿亚库乔，给不会说话的人吃鹦鹉舌头。"迪奥尼西欧说，"他们用这种方法治疗哑巴。班长先生，您不知道吧。"

"小祖宗，你真的原谅我们吗？"一个人用克丘亚语小声说，声音嘶哑、悲楚，几乎听不清楚他在说什么，"你将是我们的圣神。节日时，一定纪念你。你是纳克斯的大救星。"

"再给他灌几杯，他妈的。"一个暴徒说，"做事呀，就是要一不做，二不休。"

迪奥尼西欧不像以往那样吹笛子，而是拉起管风琴来。风琴的簧片发出尖厉声音，刺激着小哑巴的神经，好几个人用手扶着他的胳臂和后背，不让他倒下去。他的双腿变成破布做的，肩膀变成稻草做的，胃变成鸭子游荡的湖泊，脑袋里有一群磷光闪烁的星斗。外面，一颗颗星星眨巴着眼睛，昙花一现的彩虹点缀着黑夜。他如果有力气的话，只要抬一下手就能触到天上的星体。星体一定像驼羊的脖子一样，很柔嫩，很温软，暖烘烘的使人感到惬意。他不时觉得恶心，但已经没有任何东西可呕吐了。他知道，如果睁大眼睛，抹去使视力模糊的泪水，一定能在无垠的天空里，在雪山之上，靠近月亮的地方，看到一群欢快的驼羊在跳动。

"那时是另外一些时光，由于许多原因，要比现在美好得多的时光。"迪奥尼西欧补充说，脸上露出痛苦的表情，"特别是因为人们喜欢娱乐，而且知道怎样娱乐。他们和现在一样贫困，到处都是不幸。不过，在这里，在安第斯山，人们仍然有着现在已经丢弃的东西，即为了娱乐而必备的热情，有生活的欲望。现在，尽管还有人在活动、讲话、喝酒，但还是像处在半死不活的状态。班长先生，您看到这一点了吧？"

如果说有星星的话，他已经不在迪奥尼西欧的酒馆里了。人们把他拉到了露天里。所以，他的体内尽管有许多噼噼啪啪作响的火堆温暖着他的血液，但他在面部表皮，在舌尖，在已经丢掉轮胎凉鞋的双脚上，却感到了黑夜的寒冷。下雹子啦？他鼻子闻到的已经不是以前的臭气，而是在呼吸着桉树的洁净芳香，烤玉米的芳香，欢唱水流的芳香，凉快泉水的芳香。人们抬着他？他坐在皇位上？他变成了节日的保护神？神父在他脚下，为他做祈祷，或者是睡在阿班凯屠宰场大门口的教堂女看守在做祈祷？都不是。那是阿特利亚娜的声音。还有一个侍童，挤在人群里，在敲击一尊银钟，一边摇动香炉，香炉放出的香气浸透了夜幕的里里外外。小佩得罗·蒂诺克知道怎样做，在他用娴熟的双手摆弄陀螺的时代，曾在罗莎里奥圣母教堂做过，把香灰撒出去，飞到每一位圣神的脸上。

"甚至在守灵仪式上，还寻欢作乐，喝烈酒、吃东西、讲故事。"迪奥尼西欧继续说，"我们的表演人员经常参加葬礼。有时，守灵仪式持续数天数夜，把一瓶瓶好酒喝得精光。现在，有人离开这个世界时，不举行任何仪式，仿佛死掉一条狗似的。在这方面也衰败了，班长先生。您是不是这样看？"

突然，一阵欢呼声或哭泣声打破了送葬队伍——人们要把他抬到山上去——的肃穆的寂静。他们怕什么？为什么哭泣？去什么地方？他的心脏开始激烈地跳动起来，但身体是那样不适，心跳突然减弱了。对，人们要让他同他的女友见面。当然是这样。他的女友就在那里，等候着他，他们要把他抬到那里去。他的心情是那样激动，都喘不过气来。他如果有力气的话，早就高声呐喊、跳跃，把身子弯到地面感谢他们了。他沉浸在幸福之中。他的女友感到他走近时，一定变得很紧张，伸长脖子、抖动湿润的嘴巴，用惊奇的大眼睛注视他。那些姑娘嗅出他的气味以后，一定像他现在这样高兴，跑着前来迎接。他们互相抚摸，互相拥抱，互相融合，她们和他将忘掉世界，欢庆他们的重逢。

"他妈的，一下子结果他的生命算了。"那个暴徒又说。他不像以前那样有百分之百的把握了，也开始疑惑、恐惧了。"见到空气以后，酒劲儿就过去了，头脑变得清醒了。难道不是这样吗，他妈的。"

"您如果对这些事哪怕相信十分之一是真的，也会把我们押到万卡约去。"堂娜阿特利亚娜打断他的话，她已经从沉思中走了出来。她怜悯地看着利图马。"班长，别再欺骗人了。"

"你们和这些鬼迷心窍的山里人用他祭祀阿普。"班长说着站起来。他感到非常疲倦。他一边戴上军帽,一边继续说:"我相信这些事是真的,就像相信我的名字叫利图马一样。不过,我不能证实,就是相信了,也没有人相信,首先是我的上司。所以,我只能把舌头伸进屁股眼里,把秘密带在自己身上。社会进入这个时代了,谁还相信杀人祭神的事呀,是不是?"

"我是不相信的。"堂娜阿特利亚娜送别他时说。她皱着鼻子,用手对他比画着,表示再见。

我知道,我们留在纳克斯而不是山区的别的镇子看起来很奇怪,但是,在我们结束奔波生活、年老体衰、不得不留在这个世界之角时,纳克斯并不像后来那样败落。我们好像一分钟一分钟地死去。圣丽塔矿不景气,可能关闭,但是作为过渡之地,还是可以选择它的,当时农村蒸蒸日上,又是胡宁的最好集市之一。星期天,这条大街上挤满了商人,他们来自四面八方,有印第安人,有混血儿,甚至有绅士,买呀、卖呀,东西应有尽有,大驼羊、小驼羊、绵羊、生猪、织机、已剪下或待剪的羊毛、玉米、大麦、吉诺阿果、古柯、裙子、草帽、坎肩、鞋子、工具、灯具。在这里,无论男人还是女人需要的东西都能买到。那时,纳克斯的女人多于男人。喜欢找女人的人,流口水吧。它比现在繁荣十倍。迪奥尼西欧每个月到海滨去一次,采购皮斯科酒。挣的钱能够支付两个马夫的工钱,他们帮助用马匹运送商品。

我们两个人都希望把纳克斯当作暂时住所。许多外地人上山到山区去或下山到原始森林、万卡约、海滨去,这里都是必由之地。我们两个人是在这里认识的,迪奥尼西欧对我一见钟情,从而开始互相往来。在这里,好久以来就说要修建一条公路,取代羊肠小道。说了一年又一年,最后才决定下来。遗憾的是,工程开始晚了,你们拿着铁镐、铁锹、钻头出现在这里时已经晚了。死神早已战胜了生命,明白无误地写下了:公路永远不会修成。所以,那些令工人彻夜不眠、让他们借酒浇愁的流言蜚语,什么要停工了,要辞退所有工人了,并没有引起我的注意,因为都是我许久以前在迷醉中看到的那些东西,在树木心脏和石块心脏内部听到的那些东西,在老鹰和豚鼠的五脏六腑里听到的那些东西。纳克斯死定了。幽灵们一致决定下来的东西,一定会发生。除非……我把多次讲过的话,再讲一遍:"大的灾难,有大的办法。"迪奥尼西欧也说,这就是人类的历史。他具有预言家的才能。我生活在他的身边,也具备了这种才能,是他传授给我的。

另外,纳克斯之所以有兀鹫,应该感谢这些高山,这些具有神奇力量的高山。我和迪奥尼西欧都喜欢这一点。险情一直吸引着我们两个人的注意力。险情不就是代表着真正的生命,有意义的生命吗?相反,安宁则是烦恼,是愚蠢,是死亡。像吸干胡安·阿帕萨和塞巴斯蒂安全身油脂的那种拦路鬼来这里,绝不是偶然的。是帕特里略,对,是纳克斯的衰败和古墓里的秘密生命把拦路鬼引到这里来的。在这些大山里,埋葬着许许多多古墓。没有古墓,安第斯山区就不会有这么多幽灵。我们费了很大力气,才把自己同它们联系在一起。我们学到了许多东西,包括迪奥尼西欧这种知识渊博的人,这应该感谢它们。花费了很长时间,做了巨大努力,才使它们显现出身影来。同样,花费了很长时间,才辨认出它们什么时候是信使一样的兀鹫,什么时候是寻找猎物的饿兽。现在,我对这些绝不会搞错,第一眼就能辨认出来,辨认出是信使兀鹫,还是一般饿兽。你们如果怀疑,那就考考我吧。只有最高大、最结实的山里的幽灵,只有终年积雪的山里的幽灵,只有高耸入云的山里的幽灵,才能附着在兀鹫的身上。小山里的幽灵,附着在猎鹰和豚鼠的身上。小小山的幽灵,附着在田鹬的身上。那些幽灵瘦弱,不能引发灾难,充其量是小伤小病,比如,给一户一家造成某些不幸。对于这些幽灵,用酒类和食物祭祀祭祀就够了,比如印第安人走过山口时,就是这样做的。

这里,过去发生的事一堆一堆的。我是说,在圣丽塔矿开采前的许多年。具有预言家才能的人,可以看到以前的事情,也可以看到以后的事情。我看到了纳克斯在没有叫这个名字以前是什么样子,看到了纳克斯在衰败、失去生机以前是什么样子。过去,这里生机勃勃,那是因为还有死亡。苦难和幸福共存。事情就是这样。糟糕的是,在整个山区,乃至整个世界,也像纳克斯现在的情形时,便只有苦难,谁也不知道什么是幸福。昔日,巨大的灾难降临到头上时,人们敢于牺牲自己,这样也就保持了平衡。生命和死亡就像同样重量的两个口袋放在天平上一样,像两只势均力敌的山羊互相顶撞一样,谁也前进不了,谁也不想后退。

怎样做才能不让死亡战胜生命呢?那就把肚子勒得紧紧的,不呕吐吧。这样做对软裤裆没有任何效果,而对硬裙子却有效果。让女人负起责任来。对,让她们负起责任来,请听清楚。她们能够胜任。相反,人们开大会推选承办下一年节日活动的男人,却全身颤抖。他是知道的,节日活动主持人和权威只能担任到那个时候,以后就要被送去当祭祀品。他不应该溜走,主持完节日活动、宗教巡行、舞会、酒宴以后不逃脱,绝不做那种事;他要留到最后一刻,为他的人民做好事,并为此而感到骄傲;为人民英勇地死去,才是英雄,才为人民所爱戴、敬仰。这样做才是一个真正英雄。能喝酒，会弹五弦琴，或吹笛子，或拉竖琴，或使剪子或其他工具，会跳跺脚舞，夜以继日地唱歌，甚至忘掉悲苦，忘掉自己，失去感觉，直至泰然地献出生命。只有女人在节日的最后一个夜晚出来捕获他们。她们也喝得醉醺醺的，举止放肆无羁，像迪奥尼西欧龙套班子里的疯癫女人，百分之百地像。但是，对那些女人的行动，无论她们的丈夫还是父母亲都不加以阻止，而是为她们磨好砍刀和折刀，鼓励她们："去吧，找他们去，抓住，咬一口，给他们出点血，我们也好安安稳稳地过一年，有个好收成。"她们捕获他们，就像社区印第安人围捕美洲狮和野鹿一样——当时，这一带山区还有美洲狮和野鹿。她们就是这样捕获主持人。她们围成一圈，把主持人围在里面，唱歌，跳舞，总是唱歌，总是跳舞；当她们知道主持人就在附近，已经被包围，无法逃脱时，便大声喊起来，互相鼓励着。她们的包围圈越来越小，越来越紧，直至把主持人抓住。主持人的任期结束在血泊之中。第二个星期，便召开大会，推选下一年的节日活动的主持人。当时纳克斯的幸福和繁荣，是她们这样买来的。她们知道这一点，没有一个人做不三不四的事。只有衰败，像现在的这样衰败，才是白送的。你们生活在不安全、令人恐怖的环境里，生活在废墟里，也就没有必要付给任何人钱。那是白送的。公路将停工，工人将失去工作，恐怖分子将跑来搞一场大屠杀，将发生泥石流，把我们所有人从地球上消灭掉，恶鬼将从大山里跑出来大庆特庆，狂歌乱舞，送别生命，将有那么多兀鹫在头上盘旋，把天空遮挡得没有一点缝隙。除非……

所谓蒂莫特欧·法哈多因为没有胆量才丢弃我们，这种说法是不对的。有人说，保护神节第二天上午，大鼻子在圣丽塔矿口看见我用手抓住主持人，害怕会推选他主持第二年的节日活动，便立即逃出了纳克斯,这也是胡编乱造。这些都是传闻,如同说迪奥尼西欧为了和我在一起,把他杀害了一样。当我讲的那些事在纳克斯发生时,我还在群星中间飘浮着呢,没有形体,完全是个幽灵,排队等候转世到一个女人肉体上。

和皮斯科酒一样,音乐也能帮助人认识、了解痛苦的现实。迪奥尼西欧这一辈子一直致力于把这种现实告诉给人们,他没有做什么了不起的大事。许多人捂着耳朵,不听他的话。我对音乐之全部所知,都是从他那里学来的。深情地唱一支瓜伊纽,忘掉自己,任凭走到哪里,都沉浸在歌曲的旋律中,直至感到你自己并不是歌曲,感到音乐在为你歌唱,而不是你为音乐歌唱。这就是知识之路。跺脚,跺脚,旋转身子,让形体美上加美,一会儿这样,一会儿那样,总是踏着旋律,忘掉自己,任凭走到哪里,都感到舞蹈在为你而跳,舞蹈已经浸透到你的体内,它指挥,你听从。这就是知识之路。你已经不是你,我已经不是我,而是所有其他人。这样,你就可以从肉体这座监狱里摆脱出来,从而进入精神世界。唱呀,跳呀。当然,也要喝。迪奥尼西欧说,喝醉了再行走,再去探访你的小兽,把忧伤抖落得一干二净,发现你的秘密,发现你自己。而在其余的时间里,你则被关在牢房里,像古墓里的尸体和现代公墓里的尸体一样。你变成了别人的奴隶,变成了别人的仆从,并且永远是。跳呀,喝呀,没有印第安人,没有混血儿,没有绅士,没有富人,没有穷人,没有男人,没有女人。一切区别都不复存在了,我们变成了幽灵,变成了精神:是印第安人,同时也是混血儿,是绅士;是富人,同时也是穷人;是男人,是女人。并不是所有人一边旅行一边跳舞、唱歌、喝酒,只有高级人才这样。应该具有才能,应该丢弃骄傲和廉耻,从人们生活的台阶上走下来。谁不让自己的头脑处于睡眠状态，谁就不能忘却自己，就不能摈弃虚荣和狂妄，唱歌时不能变成音乐，跳舞时不能变成舞蹈，喝酒时不能变成酒罐。这样，也就不能从他的监狱里摆脱出来，就不能旅行，就不能探访他的小兽，不能升到精神的高度。也就没有活着，而是衰败，而是活着的死人。这些人都不配给大山的幽灵充当食物。大山的幽灵要的是高级人才，从自我奴役状态中解脱出来的人。许多人，不管喝得多么多，都不能达到醉态。唱歌和舞蹈也是这样，尽管你扯破嗓子，把大地跺出火星来。宪兵的小仆人，能做到这一点。他尽管是哑巴，尽管痴呆，但能够感觉到音乐。他懂得。我见过他跳舞，上山下山去办事时，常常独自一人跳舞。他闭上眼睛，全神贯注，走起路来有节奏，用脚尖向前一步一步地走，舞动双手，一会儿蹦，一会儿跳，他听瓜伊纽，只有他一个人听得到，那是为他一个人唱的，他一个人在内心深处唱着，不出一点儿声。他失去了自我，迈动脚步，踏上旅程，走呀走呀，向幽灵靠近。那次，在潘帕·加列拉斯，恐怖分子没有杀死他，那是因为大山幽灵保护了他。也许把他记在名册上了，准备派上更大的用场。大山的幽灵一定张开双臂欢迎他，恰如女人把古时候的那些主持人交给它们时那样，现在，那些主持人都睡在古墓里。但是你们，尽管穿着长裤，拿着铁球到处吓唬人，却都是连臭狗屎也不如的胆小鬼。你们愿意失去工作，愿意被拦路鬼吸干油脂，削成肉片，愿意被恐怖分子拉去编到他们的队伍里，愿意让他们把自己的脑袋砸得稀巴烂，愿意被随便处治而不承担任何责任。为什么对纳克斯没有女人感到惊奇？她们抵抗着恶鬼的袭击，她们保护着镇上的生命和繁荣。自从女人走了以后，纳克斯便开始衰落了，你们没有胆量阻止它衰落。你们任凭生命一点一点溜走，让死亡填补空出来的位子。

除非……

"美元的事我倒一点儿也不放在心上,那些钱都是她的。"托马西多说,语调十分坚定,"但我关心的是,梅塞德丝走了,永远见不到她了,她将成为另外一个男人或另外几个男人的妻子,永远不会成为我的妻子。这是一个多么可怕的打击呀。我的班长,我的心都碎了,甚至想到了死。我对您讲的是心里话。但是,我都没有胆量死去。"

"事情非常严重。"利图马说,"现在,我比较理解你了,托马西多。比如说,你睡着时发出的哭声。现在,我懂得了你为什么哭,也懂得了你为什么总是谈一个话题,而不谈别的事。但是,我难以理解的是,你受到沉重打击以后,你尽管为梅塞德丝做了那么多事,可是她走了以后,为什么仍然爱着她?我觉得,你应该做的是,从心底里恨她。"

"我是山里人,我的班长,请您别忘了。"小伙子开玩笑地说,"人们不是说,我们不受到打击,便得不到爱情吗?'受到的打击越大,得到的爱越深。'人们不是说,这是我们说的吗?这句俗语在我身上应验了。"

"用一块补丁盖住另一块补丁。"利图马给他打气说,"你不应该为那个皮乌拉姑娘如此哭泣,而应该再找一个,立刻找一个。这样,你就可以忘掉那个忘恩负义的姑娘了。"

"我教父给我开的就是这种药方。"托马西多说。

"没有任何一种阴茎病能持续一百年,也没有任何身体能抵抗这种病。"司令说完又下了一道命令,"你现在就去多米诺,找那个瘦姑娘莉拉,或者去塞拉斯蒂娜,找那个大奶头姑娘。她们如果愿意，就和她们两个一起睡觉。我打电话去，让她们给你打点儿折扣。如果那两个姑娘在你身上滚动，还不能把梅塞德丝从你头脑中驱除掉，那就给我降一级军衔。"

"我努力听他的话，于是去了那里。"小伙子回忆说，勉强笑了一下，"我没有主见，像个布娃娃似的，谁说什么都会听的。我找到那个地方，把一个妓女叫到多米诺对面的小旅店里，看看这样能不能开始忘掉她。结果，事情更糟。在妓女向我调情时，倒更记起了梅塞德丝，把眼前的这个女人的肉体同我亲爱的梅塞德丝的肉体相比较起来。我的班长，我的阴茎都硬不起来。"

"你把一件件隐私之事都告诉了我，我不知道应该对你说什么。"利图马有些茫然，"托马西多，你把这么隐私的事都讲给我听，不觉得害羞吗？"

"我不会讲给随便一个人听的。"他的助手解释说，"但是，我对您要比对胖子伊斯加里奥特信任。我的班长，您对我来说，就如同我从来没有见过面的那个父亲。"

"小伙子，那个梅塞德丝对你来说是那样刚强。"司令说，"你和她在一起时，一定低头弯腰。她是那种好高骛远的女人，就连脏猪在她面前都变成了小人。你没看见你把她介绍给我的那个晚上，她对我是多么傲慢无礼呀？她把我称作馋猫儿，真是一个十足的骚货。"

"只要她永远留在我的身边，我可以为她再去抢，再去杀，"加列尼奥的声音破碎了，"为她再去做任何一件事情。还有更为隐私的事呢，您想听吗？我永远不会去爱另外一个女人。我对任何女人都不感兴趣。我认为，世界上没有她那样的女人。除了梅塞德丝，任何女人我都不爱。"

"他妈的。"利图马说。

"我还是实话实说了吧。我真想把那种迷魂药撒在梅塞德丝身上,真的。"司令干咳了一下,"我和她在多米诺跳舞时,向她提议去做那事。我对你说过,想尝尝她是什么滋味。孩子,你知道她是怎么说的吗?她毫无羞色地拉着我的内裤说:'就是把世界上的黄金都给我,也别想和我干那事,更不怕你把手枪顶在我的胸口上。你不是我的男人,馋猫儿。'"

当时,他身穿军装,坐在部里一楼的办公室里。他的办公桌很小,上面摆着好几摞高高的文件,其中插着一面秘鲁小国旗,电扇关着。加列尼奥穿着便衣,站立着,面前的共和国总统照片,好像从墙壁讥讽地看着他。司令戴着那副永恒的墨镜,用手摆弄着铅笔和铅笔刀。

"教父,您别给我讲那些事了,我够痛苦的了。"

"我讲出来,是让你知道那个女人对你不合适。"司令给他打气说,"她很可能同神父和不男不女的人一起给你戴上绿帽子。她很开放,这在一个女人身上是最危险的。你摆脱了她,那是走运,尽管你不这样想。我们别浪费时间了,现在谈谈你的处境吧。你大概没有忘记,你因为廷戈·马利亚的事,还卷入了一件他妈的棘手的案子里呢,是吧?"

"他一定是你的父亲,托马西多,"利图马低声说,"一定是。"

司令在办公桌上找了一会儿,从一摞文件中抽出一份请示报告,在加列尼奥面前摇晃着说:

"得把你的兵役履历弄得干干净净,把那件事大事化小,小事化了。这可要费些力气的呀。不然,那个污点得跟随你一辈子。

我已经找到个办法，是我的一个朋友出的主意。他对打官司很有经验。你知道你是什么人吗？是一个悔改的逃兵，悔过自新的逃兵。你逃出来以后，便意识到错了，再三反思。你现在归队，请求谅解。你为了表示自己的诚意，自愿报名去紧急状态地区。小伙子，去那里抓破坏分子。在这儿签上字。"

"我真想认识认识你的教父。"利图马打断他的话，脸上露出敬慕的表情，"托马西多，他是一个大好人。"

"你的请求被批准了，已经有了派往地点。"司令继续说着，同时在加列尼奥签字的地方，吹着墨迹，"是安达韦拉斯，在一位十分勇敢的军官指挥之下。是潘克沃中尉。他求过我为他办过事。他会对你很好的。在山区待几个月，顶多一年。这样，你会避免被通缉，最后把你忘在一边，兵役履历也会干干净净的。涂过圣油、举行圣礼之后，我再为你找个好差事。应该感谢我吧？"

"胖子伊斯加里奥特对我也很好。"托马斯说，"在我乘公共汽车去安达韦拉斯时，他一直陪伴着我。我想，他是怕我自杀。他认为，爱情上的痛苦，能够用好饭好菜治愈。我对您说过，他活着就是为了吃饱喝足。"

"蕉叶玉米粽子，烤牛肉串，甘薯炸肉条，辣子鱼片，肉馅辣椒，意大利式海螺，利马式凉拌土豆蛋黄，冰镇啤酒。"胖子伊斯加里奥特一样一样地列数着，一副洋洋得意的样子，"这只是开始。以后，要有辣子鸡炒白饭，要有白干。晚饭，要有玉米面糊糊加花生糖。加列尼奥，高兴些。"

"我们就是吃一半，也非撑死不可，胖子。"

"你可能撑死。"伊斯加里奥特说，"我呀，是橡皮肚子。这才叫生活呢。你不必喝白干，就会把梅塞德丝忘得一干二净了。"

"我永远不会忘记她。"小伙子斩钉截铁地说,"说得确切些,我不愿意忘记她。我的班长,我从来没有想过能那样幸福。也就是说,事情这样下去倒更好些,或者说,我们的事情持续得短一些。因为我们如果结婚,住在一起,我们中间也会出现那种毒害夫妻关系的东西。相反,我现在对她的记忆全部是美好的。"

"你为她杀了人,又给她弄到了新的选民证,她却拿着你的四千美元溜走了,你还把那个皮乌拉姑娘想得那么好。"利图马忍耐不住了,"托马西多,你真是个色情狂。"

"我知道,你什么也不会给我。"胖子伊斯加里奥特突然说。他满头大汗,气喘吁吁,全身的浮肉在颤抖。他把挂满饭粒的叉子举在空中,一边摇晃着一边说:"但是,我还是以朋友之见,给你出个主意。我如果是你,你知道我怎么做吗?"

"怎么做?"

"报仇。"伊斯加里奥特把叉子送进嘴里,眯缝眼睛咀嚼着,仿佛处在陶醉之中。他把东西咽下去,喝了口啤酒,用舌头舔了舔厚嘴唇,继续说道:"让那头母猪付出代价。"

"什么?"小伙子问,"我虽然很痛苦,心里十分杂乱,但你能使我笑起来,胖子。"

"她什么地方最疼,你就往什么地方干。"伊斯加里奥特喘着粗气。他从衣兜里掏出一块带蓝色花边的白手帕,用两只手擦拭脸上的豆大汗珠。"把她作为脏猪的同谋,送进监狱。这事很容易,把控告信塞进她的档案里就行了。一边关进乔里约斯监狱,一边调查案情,同法官交涉。她不害怕被关进女犯监狱?她忘恩负义,应该蹲几年监狱。"

"我要带上梯子、绳子,夜里去营救她。胖子,你说的真有意思。"

"在齐里约斯，我要打通关系，把她关进脏女人的牢房里。"伊斯加里奥特解释说。他的话像流水一样通畅，那个计划仿佛早就想好了似的。"让她两眼冒金星、冒月亮，加列尼奥。那些脏女人多少都有点梅毒。梅塞德丝得上这种病，就得被处以火刑。"

"我已经不很看重那种事了，胖子。我的亲爱姑娘，染上梅毒？我要用双手把每一个脏女人都打个稀巴烂。"

"还有另外一个办法。我们去找她，找到以后，送到塔克拉警察局去，我那里有熟人。晚上，让她和各种各样的男人睡在一起，第二天早晨都不记得自己的名字了。"

"我要去那里找她，跪在地上，向她表达我的爱。"小伙子笑着说，"她是我的保护神。"

"所以，她才抛弃了你。"胖子伊斯加里奥特开始向饭后点心发起了进攻。他嘴里塞得那样满，都说不出话来。"加列尼奥，女人是不喜欢男人那样尊重的。她们感到厌倦。你如果像脏猪那样对待她，她则会乖乖地待在你的身边。"

"而我喜欢她那样，"小伙子说，"勇敢，倔强，出逃。我喜欢她那种性格。她的品格，她的所作所为，我都喜欢。我的班长，您可能不相信。"

"你也一样，你有你的疯狂，我为什么不相信呢？"利图马说，"在这里，不是所有人都有自己的疯狂？恐怖分子不是疯子吗？迪奥尼西欧、巫婆不也是疯得不可救药了吗？潘克沃中尉用火烧小哑巴，逼他讲话，还疯得不够呀？那些山里人被魔鬼、被拦路鬼吓得魂不附体，做出了那么多疯疯癫癫的事，还不够呀？那些制造失踪案的人，用活人去祭祀山神，他们是不是脑子有毛病呀？而你的爱情疯狂，至少不损害任何人，只损害你自己呀。"

"相反，我的班长，您在这个疯人院里，但始终保持头脑清醒。"他的助手说。

"所以，我对纳克斯的环境感到不适应呀，托马西多。"

"好，我服你了，我们不去报仇了。让梅塞德丝继续在世界上伤害情人、多情郎吧。"胖子伊斯加里奥特说，"至少，我使你高兴些了。加列尼奥，我一定会很想念你，我已经习惯我们在一起工作了。我祝你在紧急状态地区一切顺利。别让恐怖分子把五脏六腑掏出来。多多保重，经常给我写信。"

"所以，我还看不到什么时候能调离这里。"利图马补充说，"好吧，睡觉吧，天快亮了。托马西多，有件事，你知道吗？你把你的一生都讲给我听了。其余的，我已经知道是怎么回事了。你去了安达韦拉斯，和潘克沃在一起，后来把你调到这里，你把小佩得罗·蒂诺克带了来，我们认识了。在以后的夜晚里，我们还谈点什么呀？"

"谈梅塞德丝，还能谈谁呀？"他的助手断言道，"我再把我的爱情讲一遍，从头开始。"

"他妈的，"利图马打了个呵欠，行军床吱吱呀呀响了一阵子，"再从头开始？"

尾声

十

利图马把衣服晾在房门和沙袋、岩石栅栏——这是用来保护哨所的——之间的绳子上。他在取衣服那一刻,一个身影突然出现在对面山坡的桉树中间。他先是看见侧影,然后是正面,朝向已经开始沉到大山中间的红球。不一会儿,夕阳便把那个影子溶解、吞食了,但是,尽管反射过来的阳光使利图马流出了眼泪,且距离又很远,他确信那是一个女人。

"看,来啦。"他在心里想。他瘫在那里,拿着尚未晾干的内裤的手指变得僵硬了,但是,不可能,不可能是恐怖分子。那是一个孤零零的女人,没有带任何武器。另外,看她那样子好像很茫然,不知道往哪个方向行走,决定了一个方向以后,又马上更改。最后,她看见了利图马,好像他就是她一直想找的人。她镇定了下来,距离还很远,看不清面孔;班长确信,那个女人发现了他站在对面的房门那儿,置身于晾晒的衣服中间,打着绑腿,穿着绿色斜纹裤子,军上衣敞着扣子,戴着军帽,挎着手枪,眼睛突然亮起来。这时,她举起双手,和他打招呼,仿佛认识,是老朋友,早已约好了似的。这是谁呀?从哪儿来的?到什么地方去?一个和印第安人血统毫无关系的女人,在这偏僻的山区,在这高山之巅,有什么可做的呀?利图马的脑海里闪了一下:不是印第安女人,没有留辫子,不穿裙子,不戴草帽,不披毯子,而是穿长裤、披斗篷,斗篷里面是件外套样的东西,她右手提着什么,那不是包裹,而是皮包或皮箱。她仍然在向他打着手势,好像对他毫无反应而生气了。这时,班长抬起手来,向她打了招呼。

过了半个小时或三刻钟的样子,那个女人从桉树山坡走下去,又爬上哨所的山坡。利图马全神贯注,仔细地指挥着她如何行走。他使劲地挥舞着胳臂,告诉她应该走哪条小路,哪儿地面比较坚实、不光滑,哪儿危险小,不容易滚落到悬崖下面摔得粉身碎骨。他害怕这个新来的女人踩到光滑、绊脚的地方而摔倒。要知道,在那个地方行走,每走一步都要有极大的平衡技巧。她确实没有走过山路。她来到纳克斯,感到是那样陌生,犹如他几个月前来时的感触。和她现在一样,他在哨所和营地之间往来时,身体常常颤抖、弯弓、摔倒、站起。

当那个女人开始爬上哨所的山坡,能听见声音时,班长大声喊着告诉她:"从那儿走,在大肚子石块中间走。""抓住草,草根扎得很深。""别走那儿,全是泥地。"在她走到离哨所五十米的地方时,班长便迎上去,扶着她的胳臂,帮助提皮箱。

"从那边山上看,我以为您是宪兵托马斯·加列尼奥呢,"她说着滑了一脚,身子一歪,从利图马手中脱离了出去,"所以,我才那样信任地打招呼。"

"不,我不是托马斯。"他说完,便觉得自己讲的话有些愚蠢，同时突然有一种无比的幸福感，"再次听到皮乌拉口音，您不知道我是多么高兴！"

"您怎么知道我是皮乌拉人？"她感到奇怪。

"因为我也是皮乌拉人。"利图马说着把手伸给她，"地地道道的皮乌拉人，百分之百的皮乌拉人。班长利图马为您效劳。我是这个哨所的班长。在这偏僻的山区，在这天涯海角，两个皮乌拉人碰在一起，是不是有些不可思议呀？"

"托马斯·加列尼奥和您在这儿，是吧？"

"他到下面的镇子去了，一会儿就回来。"

那女人松了一口气，脸上露出兴奋的表情。他们走到茅屋前面，她一屁股坐在一个沙袋上。班长和他的助手在小佩得罗·蒂诺克的帮助下，在石缝中间塞了许多沙袋。

"还好。"她说道。她还在大口大口地喘着粗气，胸脯一起一伏地动着，仿佛心脏要从嘴里跳出来似的。"因为抱着希望走了这么一大段路……万卡约的公共汽车把我丢在很远的地方。人们说走到纳克斯只需要一个小时的时间，但是，我足足走了三个小时。那下面是镇子？新修的公路从那儿经过吧？"

"原来计划从那儿经过，"利图马说，"现在停工了，公路修不起来了。前几天发生一场泥石流，路基遭到破坏。"

但是，她对这个话题不感兴趣，焦虑地看着大山的坡路。

"我们从这儿能看见他来吗？"不仅仅她的声音，而且她的长相、表情，都给人一种亲切感。"皮乌拉女人全身都放出香气来。"利图马想。

"只要天黑之前赶回来，"他提醒她说，"就能看见。这个季节，太阳落得早，您看，只剩下一个小尾巴了。您走这么远，一定很累了。喝杯汽水吧?"

"随便什么,我渴死了。"她同意地说。她的那双眼睛注视着屋顶上的锌板、石块、长着一堆堆野草的山坡。"从这儿看下去,还很漂亮呀。"

"从远处看,要比从近处看好些。"班长给她泼凉水说,"我给您拿汽水去。"

他走到茅屋旁,一边从桶里——他们把汽水装在桶里,放在露天,保持清凉温度——取出汽水,一边尽情地打量这个新来的女人。她虽然全身溅满了泥水,头发蓬乱,但仍不失为一个漂亮女人。多少日子没有见过这样一个小女子了?她双颊的红晕,颈项的肤色,双手的白皙,给他的脑海带来一大串年轻时在家乡见过的女人形象。看她那双眼睛,我的天!半似浅绿,半似银灰,半似什么我也不知道。那张嘴巴的双唇是那样突出。为什么他有那样一种印象,早就认识她或是见过她?她如果好好打扮一下,该是怎样的呀!穿上裙子、高跟鞋,戴上耳环,把嘴唇涂得火红。一个人封闭在纳克斯镇子里,多少东西都看不到呀。他生活在文明、温暖之地的日子里,在某个地方和她见过一面不是不可能的。他的心跳加快了。是梅奇?是她。

他把汽水递给她,抱歉地说:

"对不起,我们没有杯子,得对着瓶嘴儿喝。"

"他好吗?"那女人问他。她一边小口喝着汽水,一边说着,一丝汽水从脖子流下去。"他没病过吧?"

"托马西多像岩石一样结实,能生什么病呀。"利图马安慰她说,"他不知道您来吧?"

"我没有通知他。我想让他感到又惊又喜。"那女人说着调皮地笑了笑,"再说,信也寄不到这儿。"

"这么说,您是梅塞德丝吧?"

"加列尼托对您说起过我?"她问道,回过头去,颇为焦虑地看了他一眼。

"说过,一点点。"利图马同意地说,他觉得有些不自然,"或者确切地说,像只鹦鹉,每天夜里都讲到您。在这荒山秃岭,没有什么可做的,只能聊大天。"

"他很生我的气吧?"

"我看不出。"利图马说,"因为聊天时,我发现有的夜里,他在梦里和您讲话。"

他立刻为说出那话来而感到羞怯,急忙从上衣口袋里找出那盒香烟来。他笨拙地点燃一支,大口大口地抽起来,同时从嘴巴和鼻子排出烟雾。对,她就是何塞费诺从秋恩加那里租用一个晚上的那个姑娘,她后来消失了。是梅奇。当他鼓起勇气打量她时,她的脸色变得严肃起来,看着山坡。她的眼睛闪着不安的目光。"托马西多,你为她流了那么多眼泪,确实是有原因的。"利图马在心里想着。生活中真有那么多巧合的事,他妈的。

"这儿只有你们两个人?"梅塞德丝指着哨所问。

利图马一边吐着烟,一边点头说是。

"感谢上帝和刚刚发生的泥石流,我们很快要走了。如果再待下去也忍受不了啦。"他深深地吸了一口烟。"哨所很快要关闭了,营地也要关闭。已经开始拆卸残存下来的一点点东西。纳克斯将不复存在。利马报纸上没有刊登泥石流的消息?砸坏了许多机器,一台压路机被埋在地下,整整六个月的劳动成果毁于一旦。但是,万幸的是,没有死人。托马斯会讲给您听的,他亲眼看见石块从这儿滚落到山下。这是我们在纳克斯的最后日子。泥石流滚滚而下时,我正好在山上,险些被那个大'雪橇'拖走。"

但是,梅塞德丝脑海里只想着一件事。

"如果总是梦见我,就不会为我对他做了那种事而恨我了。"

"托马西多很爱您,这是实话。我没有看见一个人像他爱您那样爱得如此痴情。我对您发誓。"

"这是他对您说的?"

"我看出来的。"班长说,语调十分谨慎。他瞟了她一眼。她依然很严肃,用浅绿、银灰相间的眼睛看着山坡,从这一侧转到另一侧,又从另一侧转到这一侧。"托马西多从近处看着这双眼睛,一定从里面看到了许多美好的东西。"他在心里想。

"我也很爱他。"梅塞德丝低声说,看也没看利图马一眼,"不过,他还不知道这一点。我这次来,要对他亲口说我爱他。"

"这可是他一生最大的乐事呀。托马斯除了对您怀有真情的爱以外,还有点近似病态的东西,我发誓。"

"他是我遇到的唯一一个正直的男人。"梅塞德丝喃喃地说,"他一定回来,是吧?"

他们不说话了。两个人看着山谷之地,寻找托马斯。下面,天色渐渐暗下来。他只有爬到半山腰,才能看得见。气温也开始降了下来。利图马看见梅塞德丝系上外衣的扣子,竖起领子,蜷缩起身子。谁能像他的助手,一个普普通通的宪兵,有这样一个勇敢的姑娘不辞辛苦地来到这世界之角,对他说爱他呀?或者说,你后悔抛弃了他。那四千美元还带在身上吧?托马西多,你会高兴得昏厥过去的。

"您真够勇敢的,一个人只身来到这荒山秃岭,走一条羊肠小道。"班长说，"路又没有标记，会走失的。"

"我走失了。"她笑了，"几个印第安人帮助我。他们不讲西班牙语，我们不得不像聋哑人那样互相交谈。纳克斯！纳克斯！他们把我当作外星人那样看着我，最后才理解了。"

"也有可能发生不幸事件的。"利图马把烟头向山谷扔去，"他们没说这一带有恐怖分子？"

"我很走运。"她承认说。接着，又直截了当地补充了几句："挺怪的，您能辨听出我的皮乌拉口音。我以为，我早就改掉了家乡口音呢。我离开皮乌拉好久了，那时，还是个黄毛丫头。"

"皮乌拉口音是永远改不掉的。"利图马说，"这是我听到的最美的口音，特别是女人讲话的声音。"

"我可以洗洗脸、梳理一下吗？我不愿意加列尼托看见我这副样子。"

利图马差一点这样回答她："可是，您已经很漂亮了。"不过，他控制住了。他心里有些胆怯。

"可以，我真笨，都没有想到。"他说着站起来，"有脸盆、水、香皂、镜子。但是，没有洗澡间。这里的一切都非常原始。"

他把梅塞德丝带到茅屋里。他看到梅塞德丝环顾屋内的摆设——两张行军床上，毯子乱糟糟地扔着，箱子当板凳，屋角就是卫生间：破脸盆放在水桶上，一面小镜子快要从衣柜-枪械柜上掉下来——而露出失望、痛苦或沮丧的表情时，觉得很羞愧。他在脸盆里装满干净的凉水，递给她一块新肥皂，又去里面把晾在绳子上的干毛巾取来。为了使她感到方便些，他走出来，随手关上房门。他回到刚才同梅塞德丝谈话的地方。过了几分钟，他看见他助手的身影从慢慢爬上山坡的黑暗里显露出来。他手上拿着枪，弯着身子，迈着大步。小伙子，你可要大吃一惊的呀。当加列尼奥走到只有几步远的时候，他发现宪兵脸上挂着微笑，拿着一张纸给他看。"万卡约来的命令。"他一边想着一边站起来。是司令部的指示。可是，从托马西多的脸色看，一定是好消息。

"我打赌您猜不到把您派到什么地方吧，我的班长，应该确切地说，我的军士长。"

"怎么？提升我啦？"

小伙子把那张纸递给他，纸上印有电报公司的名称。

"不会是别有用心。把您派到圣马利亚·德·涅瓦，任哨所班长。祝贺您，军士长。"

光线已经十分昏暗，无法阅读电报。这样，利图马几乎都没有看一眼纸上写着的蜘蛛样的黑字。

"圣马利亚·德·涅瓦？在什么地方？"

"在原始森林里，马拉尼翁河上游。"小伙子笑起来，"但是，最为滑稽的是，把我派到什么地方去，您猜猜看，猜猜看，您得嫉妒死。"

他看上去很满意。利图马嫉妒他，赞赏他。

"不会是皮乌拉，不会把你派到我的家乡去吧？"

"就是那里，卡斯蒂利亚街区警察局。我教父兑现了他的允诺，他说过让我离开这里，可日子提前了许多。"

"托马西多，今天真是您的大喜日子。"利图马拍着他的肩膀说，"你今天中彩了。今天，你的命运改变了，时来运转。我把我的朋友介绍给你，你们都是热血青年。别让那些在逃犯腐蚀了，千万记住。"

"有声音？"宪兵一边指着茅屋，一边惊讶地说，"谁在里面？"

"有个来访客人，你可能认为我在说谎。"利图马说，"这个人，我想你是认识的。托马西多，进去看看吧。不要顾及我。我下山到营地去，和迪奥尼西欧、巫婆喝几杯茴芹酒去。向他们道别。有件事，你知道吗？我要痛痛快快地喝一顿。今天夜里，我可能不回来。我什么时候回来，就随便找个地方睡下，酒馆也好，工人住的房子也好。身体里灌满了酒，把一切都能看成布满玫瑰的床。明天见，去吧，托马西多，去看你的客人吧。"

"怎么回事，班长先生，"迪奥尼西欧看见他走进来，这样对他说，"还没离开纳克斯呀？"

"我留下来向您和堂娜阿特利亚娜辞行。"利图马嘲弄地说，"有吃的吗？"

"苏打饼干和大香肠。"酒馆老板说，"但是喝的，有是有，只卖大户。我在甩卖库存的东西。"

"这更好。"利图马说，"今天我要彻底不眠，和你们在一起，不喝它个酩酊大醉誓不罢休。"

"太好啦，太好啦。"迪奥尼西欧从柜台后面笑着说。他感到既惊讶又高兴，用那双明亮的小眼睛死死盯着他。"那天晚上，我就看见您喝得有些醉了，但那是为了驱除泥石流的惊吓。而现在，您来大喝一顿，是因为有一肚子坏想法。对于开始生活来说，永远不应该说晚。"

他给他满了一杯皮斯科，放在柜台上，用惯常的无礼、冷漠表情看着班长大口大口地喝着、吃着。在这窄小、半空荡无客的酒馆里，只有三个顾客，他们要了一瓶啤酒，站在里面墙壁附近，一边喝着一边交谈。利图马压低嗓子说了声"干杯",便把杯子送到嘴边,一饮而尽。火舌吻舔他的五脏六腑,全身不禁抖动了一下。

"好酒,是吧?"迪奥尼西欧骄傲地说,又急忙给他满了一杯,"好好闻一闻,多香呀,纯正的葡萄酒,班长先生。"

利图马吸了一口酒香。果真,暖烘烘的酒香中可以清晰地看到一串串新鲜葡萄珠,刚刚摘下的葡萄送到榨汁池里,只等伊卡的葡萄工人用娴熟的双脚踩踏了。

"我要永远记住这个酒馆,"利图马喃喃地说,他在自言自语,"到了原始森林,我每天都要记住在这里度过的时光,夜漫漫,酒兴浓。"

"还谈那几个失踪人的事吗?"堂娜阿特利亚娜打断他的话,脸上露出厌恶表情,"班长,别总那么讨人嫌。大部分工人都离开了纳克斯。泥石流之后,公司关闭了,只留下一点点工人,而且他们的脑袋里也装着别的事了。没有人再记起他们。您也忘掉他们吧,一次都不要记起他们,高兴点儿。"

"一个人喝酒,越喝越愁,堂娜阿特利亚娜。"班长说,"二位不陪一陪?"

"当然要陪了。"迪奥尼西欧说。

他给自己满了一杯,和班长干杯。

"在这里总看见您的脸像黑夜一样。"阿特利亚娜夫人说,"刚来时,跑着走路,像魔鬼带走的幽灵。"

"对我们一点儿也不惧怕。"迪奥尼西欧拍着他的肩膀说。

"那时是惧怕的。"利图马承认说,"现在,仍然心有余悸。因为你们很神秘,很难理解。应该说,我更喜欢里外透明的人。顺便问一下,堂娜阿特利亚娜,拦路鬼的事,您讲给所有人听,为什么从来不对我讲一讲呀？"

"您如果常到酒馆来，早就听到我讲了。您过于正统，这可使人损失不小呀！"那女人笑了起来。

"我并不恼怒，因为我知道，您讲我们的事并没有恶意。"迪奥尼西欧耸了耸肩膀，"来点音乐，让这个公墓多一点欢乐气氛。"

"这里就是公墓。"利图马同意地说，"纳克斯！我每次听到这个名字，头发都竖了起来。夫人，原谅我的直率。"

"如果这样能够使您变得聪明的话，可以把所有事情都直率地讲出来。"酒馆的老板妻子向他解嘲说。

她说完又勉强笑了笑。但是，这当口儿胡宁电台正好响起来，压过了她的笑声。利图马看着堂娜阿特利亚娜。她尽管长着一脑袋巫婆头发，又不怎么修饰，但有时仍然能在她身上看到一丝昔日的美貌。也许她当年确实很漂亮，也许年轻时是个出众的女子。不过，她从来不可能像梅塞德丝那样美，从来不可能像那个皮乌拉姑娘——此刻，他的助手大概同她在一起，正在天堂访问——那样美。她是梅奇，还不是梅奇？她那双调皮的眼睛，闪着浅绿–银灰色的光芒，这应该是她的眼睛。看到了这个女人，当然也就理解了托马西多为什么对她爱得那样痴情。

"宪兵加列尼奥在什么地方？"阿特利亚娜夫人问。

"正在舒舒服服地洗澡。"他说，"他的小情妇从利马来看他。我把哨所让出来，让他们度蜜月。"

"她一个人走到纳克斯？一定是个很坚强的女人。"堂娜阿特利亚娜评论说。

"您可要嫉妒死了，班长先生。"迪奥尼西欧说。

"当然喽。"利图马承认说,"再说,又是个绝代佳丽。"

酒馆老板把杯子斟满酒,其中一只是给他妻子的。喝啤酒的那三个人中,有一个伴着电台播放的瓜伊纽歌曲,扯着嗓门唱起来:"啊,鸽子,小鸽子……"

"一个皮乌拉姑娘。"利图马觉得体内有一股暖流在流动,觉得那一切都不像以前那样严重、重要了,"皮乌拉女人的杰出代表。托马西多,把你派到卡斯蒂利亚街区,多舒服呀,干杯!二位!"

他呷了一口,看见迪奥尼西欧和阿特利亚娜夫人只用嘴唇舔了一下。看得出,他们对班长渐渐喝醉起来很是高兴,在心里盘算着:他在纳克斯已经住了好几个月,可从来没有像今天这样子呀。因为正如酒馆老板说的,泥石流那天夜晚不算数。

"营地里还有多少人?"

"只剩下照管机器的人了。还有一两个逃工的工人。"迪奥尼西欧说。

"你们怎么打算?"

"既然所有人都要走,我们在这儿干什么呀。"酒馆老板说,"我虽然老了,但我生下来就是一个走遍天涯海角的人。我到什么地方都能工作。"

"如同在所有地方都喝酒一样,您一定会走运的。"

"如果有人不会喝,我们保证教会。"堂娜阿特利亚娜说。

"我说不定搞到一头狗熊,训练训练,到集市上替我演出节目。"迪奥尼西欧开始蹦跳、嚷叫起来,"我年轻时有一头,会打牌、扫地、掀女人的裙子。"

"你们到处游荡,但愿别遇上恐怖分子。"

"我们也希望您这样,班长先生。"

"我们可以跳个舞吗,老夫人?"

那三个男人中有一个走过来,稍稍弯下腰,把手从柜台上方伸给堂娜阿特利亚娜。她呢,二话没说,立刻走出来和他跳舞。另外两个男人也走过来,用手掌打着瓜伊纽的曲拍。

"那么,你们走时要带上你们的秘密了。"利图马寻找迪奥尼西欧的眼睛。"再过一会儿,我们喝足了,请把那三个人发生的事讲给我听听吧?"

"我很高兴讲给你听。"迪奥尼西欧继续学着狗熊走路的样子,脚步沉重,一跳一跳的。"喝醉了,过一会儿就什么都忘了。向那几个朋友学学,高兴些。干杯,班长先生!"

他举起杯子,给他助兴,利图马与他同饮。高兴起来并不那么容易,特别是面前发生了那么多事情。山里人喝得酩酊大醉时,班长总觉得气氛阴郁、沉闷,但还是很嫉妒酒馆老板、老板妻子和喝啤酒的三个工人:刚刚有点醉意,就把倒霉的事忘得一干二净了。他回过身去观看那对舞伴。他们两个人几乎在原地打转儿,男的是那样醉醺醺,已经踩不上音乐旋律了。利图马用手端着杯子,向另外两个工人靠过去。

"你们是为了熄灭营地的灯光而留下来的。"他解释说,"照管物资吧?"

"我是钳工,他们两个是钻工。"年纪最老的那个工人说。他个子矮小,脸盘宽大得不成比例,一道道皱纹像伤疤一样明显。"我们明天就走,到万卡约去,听从命运的安排。我们这是来向纳克斯告别的。"

"就是营地里工人挤得满满的时候,也像一座地狱。"利图马说，"现在，空荡荡的，到处是泥石流留下的大石头，房屋被砸得东倒西歪，多么凄凉呀！"

这时，另外一个人——比先前那个人年轻，电弧蓝的衬衣在斗篷下面闪着光芒——发出一大串石子碰撞般的笑声和低沉的评论声，转移了在场人的注意力。原来是和堂娜阿特利亚娜一块跳舞的那个工人不知为什么生起气来。

"为什么身子离我那么远，老夫人？"他用鼻音很重的声音抗议说。他想贴近那个女人。"你是不是想告诉我，不想触到那东西？那有什么关系，老夫人？"

这个人中等个儿，高鼻子，两只小眼睛活泼、深陷，被酒精或激情烧得像火炭一样红。他在褪了色的工作服外面披着一件驼羊毛斗篷——社区的印第安女人织完这种斗篷，拿到山下集市去卖——再外面是紧紧巴巴的外衣。看上去，他活像一个束缚在自己衣服里的囚犯。

"老实点儿，别动手动脚的，不然，我可不跳了。"阿特利亚娜夫人最后说，脸上并没有怒容，一边把那人推到一边，一边用眼角窥视利图马，"跳舞归跳舞，别来那一套，不要脸的。"

她说着笑了起来，喝啤酒的工人也笑了。利图马听见站在柜台那儿的迪奥尼西欧发出嘶哑的笑声。但是，跳舞的那个人笑不起来。他站在那里，全身哆嗦，过一会儿向酒馆老板转过身去。他气得面孔发光。

"喂，迪奥尼西欧，"他大声喊起来，利图马看见他的歪斜嘴巴里塞满了绿色泡沫，好像还在咀嚼着古柯，"跟她说说，快来跳舞！问问她，为什么不愿意和我跳舞！"

"她是愿意跳舞的，但你是想对她动手动脚，"迪奥尼西欧又笑了起来，他一直用手和脚做着狗熊的动作，"这两件事水火不相容，知道吗？"

堂娜阿特利亚娜重新回到柜台后面，靠在丈夫身旁。她把臂肘支在台子上，用双手托着脸，似笑非笑，冷冷地观看着争论，仿佛事情和她毫无关系。

那人好像突然忘掉了自己的愤怒，摇摇晃晃地向他的两个伙伴走去，后者扶住他，不让他倒下；接着，又把啤酒递给他，他对着瓶口使劲儿喝了起来。利图马发现他的两只小眼睛闪闪发光，酒喝下时，喉结在嗓子里一上一下地移动，像个关在笼子里的小动物。班长走过去，也扶在柜台上，面对着酒馆老板和老板妻子。"我已经醉了。"他想。但是，这次醉酒却没有快乐，没有激情，和在皮乌拉大不一样。那时，在秋恩加的小酒吧里，他和他的弟兄们——一些热血青年一起痛饮。那一刻，他肯定是她。是梅奇。"是她，一定是她。"是何塞费诺征服的同一个姑娘，他把她丢在床上又继续去玩骰子。他们再没有见到她。从那以后，过去了多长时间呀，他妈的。他那样聚精会神地回忆着往事，那个想对堂娜阿特利亚娜非礼的男人来到他的身边都没有发现。看他一副气恼的样子。他站在迪奥尼西欧面前，摆出拳击运动员的架势：

"为什么除了跳舞之外，不能摸摸她呢？"他拍着桌子说，"为什么？喂，迪奥尼西欧，给我解释清楚。"

"因为权威人物在这儿呗。"迪奥尼西欧指着利图马说，"在权威人物面前，应该表现文明些。"

迪奥尼西欧是想开个玩笑。利图马看出来了，像他每次讲话一样，话音里总有嘲弄味，心怀恶意。酒馆老板得意洋洋地看着他们，一会儿把眼睛转向那个酒鬼，一会儿转向他。

"什么权威不权威,别给我来那一套。"酒鬼大声喊起来,都没有看利图马一眼,"在这儿,我们大家都一样,如果谁想装模作样,我就干他娘。你不是说,喝醉了酒,我们大家就能平等相待了吗?这到底是怎么回事呀?"

迪奥尼西欧用眼睛寻找利图马,仿佛在说:"现在您说该怎么办,这事与其说和我有关,毋宁说和您有关。"堂娜阿特利亚娜也在等候他的反应。利图马可能觉察到另外两个男人也在用眼睛盯着他。

"在这里,我不是宪兵,而是随便一个顾客。"他说,"这里的营地已经关闭,别提那些烦人的事了。好了,干一杯。"

他举起杯子,那个酒鬼学着他的样子,露出一副乖巧表情,抬起一只空手,严肃地说:"班长,干杯。"

"我年纪很小的时候就认识现在和托马西多在一起的那个姑娘。"利图马张着大嘴说,"那是在皮乌拉,她变得比小时候更漂亮了。如果何塞费诺或秋恩加见到她如此漂亮,一定会大吃一惊的。"

"你们两个人都是撒谎大王。"酒鬼又气势汹汹地说。他一边拍着桌子,一边把脑袋伸到酒馆老板面前。"我要指着你们的鼻子说,你们可以骗别人,但骗不了我。"

迪奥尼西欧尽量控制自己,不把火发出来。他表情如故,半似激动,半似平和。但是,他不再模仿狗熊的动作了。他手上拿着一瓶皮斯科酒,不时地给利图马满上一杯。现在,他轻轻地斟满一只杯子,一边递给那个酒鬼,一边友善地说:

"伙计,我看你还没有喝到好酒。啤酒那种东西,是给不知道什么是好酒的人准备的,他们喜欢长肚子,打饱嗝儿。来,尝尝这个，也好知道知道葡萄香。"

"这个梅塞德丝不可能是梅奇。"利图马在心里想着。他搞错了，酒喝多了，脑袋发木。他在烟雾中看到那个酒鬼驯服地接过迪奥尼西欧递去的杯子，闻闻酒香，喝一小口就停下一会儿，眯缝着眼睛。好像息怒了，可是刚刚喝完，就又发起火来：

"你们是撒谎大王，我不想用更坏的贬词形容你们了。"他吼叫着，又不可一世地把脸凑到表情泰然的酒馆老板面前，"不是说什么也不会发生吗！可是，什么都发生了！泥石流铺天盖地，公路停工，我们被解雇。这些可怕的事，使我们遭受了双倍的苦难。绝不能把别人当傻子，而自己悠闲地坐在包厢里看热闹。"

他喘着粗气，神色大变，眼睛一会儿睁开，一会儿闭上，用怀疑的目光环顾四周。他是不是因为自己说了那些话，而警觉了起来？利图马观察酒馆老板迪奥尼西欧的表情。他的脸色没有任何变化，重新把每只杯子斟满。阿特利亚娜夫人从柜台后面走出来，抓起那个酒鬼的手，说：

"来，跳吧，让你消消气。生气伤身子，你不知道呀？"

由于声响效果不好，加上电波连续干扰，电台播放的音乐旋律几乎听不清了。那个男人跳起了波莱罗，像猴子那样抓住堂娜阿特利亚娜。利图马面前总飘浮着一层浓雾，他看见那个酒鬼紧紧贴着堂娜阿特利亚娜的身子，抚摸她的臀部，把嘴巴和鼻子伸进她的脖子里。

"另外两个人在什么地方？"他问，"喝啤酒的那两个人，刚刚还在这儿呢。"

"都走了十多分钟啦。"迪奥尼西欧说，"您没听见门声响呀？"

"在您自己家里，有人抚摸您的妻子，您不在意呀？"

迪奥尼西欧耸耸肩膀。

"人喝醉了，不知道自己在做什么，"他笑了笑，表情激动，端着杯子，呼吸皮斯科酒散发出来的香气，"那有什么关系。我们赠送给他十分钟的幸福。您看，他那副样子，心里一定很满足。您不嫉妒？"

那个酒鬼几乎趴在阿特利亚娜夫人身上了。他不再跳舞，而是站在原地，用双手抚摸这个女人的胳臂、肩膀、后背和胸脯，用双唇寻找着她的嘴巴。她任凭他那样做，脸上露出一副厌烦表情，并带有一丝不快。

"他变成动物了。"利图马向地上唾了一口，"这种动物哪能引起我的嫉妒呀。"

"动物比您和我都幸福，班长先生，"迪奥尼西欧笑了笑，又变成狗熊那个样子了，"它们活着就是吃、睡、玩。没有思想，不为任何事操心。而我们有操心事，我们很痛苦。现在，他正在探访他的小兽，您看看，他是不是很幸福。"

班长往酒馆老板那边凑了凑，抓住他的一只胳臂。

"那些可怕的事到底是怎么回事呀！"他一个音节一个音节地说，"你们干了那些可怕的事，是为了不发生任何事，是为了不发生已经发生了的事。到底是怎么回事呀？"

"请您问问他，班长先生。"迪奥尼西欧回答说。说着，做出一些笨拙、迟缓的动作，仿佛有个驯兽员在那里指挥着他。"您如果相信酒鬼的话，就让他讲给您听听吧。这样，您会从猎奇感中一下子走出来。让他讲讲吧，不妨打几枪，让他说出来。"

利图马闭上眼睛。他体内的一切都在旋转，那股漩涡也把托马西多和梅奇——他们正在紧紧地拥抱着,处在热恋之中——也卷了进去。

"对我来说,那已经无关紧要了。"他结结巴巴地说,"我拉下了窗帘,上了锁。我的新的任命下来了。我要去马拉尼翁河上游,将永远忘掉安第斯山。山神把泥石流降临到纳克斯镇上,我很高兴。公路停工,我很高兴。我离开这里,应该感谢山神。我有生以来,从来没有像在这里这样倒霉过。"

"真的,皮斯科酒入肚,使您的真情渐渐探出头来。"酒馆老板赞赏地说,"班长先生,所有人都是这样。您喝到这种程度,最终也将探访您的小兽。什么小兽?蜥蜴?小猪?"

那个酒鬼尖叫起来。利图马回过头去一看,差一点恶心得呕吐出来。那个被困在衣服监狱里、像个大包袱的男人解开了内裤,用两只手拿着生殖器。他是让堂娜阿特利亚娜看,黑乎乎,直挺挺。他用结结巴巴的舌头尖叫着说:

"老夫人,给它鞠个躬,跪下,合起双手对它说:'你是我的上帝。'你别在我面前装出扭扭捏捏的样子。"

利图马笑得全身抖动起来,但是,他想吐。他乱如麻团的脑海里,有一大堆问号围绕着梅塞德丝旋转。她是不是那个皮乌拉姑娘?他妈的,事情不可能那么巧合。那个傻瓜蛋说的事,不是太可怕了吗?

阿特利亚娜夫人转身回到柜台那里,支起臂肘,更加冷漠地看着那个解开内裤的酒鬼。酒鬼站在空荡荡的屋子中央,沮丧地看着自己的生殖器。

"您刚刚说到可怕的事,班长先生。"迪奥尼西欧说,"那儿就有一桩。您见过比烟灰色阴茎更可怕的东西吗?"

他说完大笑起来，阿特利亚娜也笑了。利图马也跟着他们笑了，那是出于礼貌。现在，他哪有心思笑呀。他一阵紧似一阵地恶心，可能随时呕吐。

"我把那个蠢家伙带走。"他对他们说，"太讨厌了。这样下去，你们一整夜也安宁不了。"

"不必为我操心，我已经习惯了。"迪奥尼西欧说，"这些场面是我工作的一部分。"

"结账吧？"班长问，同时做出掏钱的样子来。

"今天晚上把账记在老板身上了。"迪奥尼西欧向他伸过手去，"我不是对您说了吗，我在大甩卖呀。"

"那么，谢谢您了。"

利图马走到酒鬼所在的地方，抓起一只胳膊，并不凶狠地把他推到酒馆大门口：

"和我到外边凉快凉快去，伙计。"

那个男人没有反抗。他急忙把内裤整理好。

"好吧，我的班长。"他喃喃地说，声音含混不清，"人们讲话，才能够互相理解。"

外边又黑又冷。今天，和以前的一些夜晚大不一样，没有下雨，也没有刮风。但是，气温从午后开始就下降了许多。利图马觉得这个钻工的牙齿在格格作响。他觉得他在打哆嗦，在他紧绑绑的外衣-内衣下面蜷缩起身子来。

"我想你是睡在那幢没有被泥石流冲走的大房子里。"他扶着他的胳膊说，"伙计，我陪你。把胳膊伸给我，天这么黑，地又坑坑洼洼的，别把脑袋摔破了。"

他们走得很慢，摇摇晃晃，不时绊一脚。天黑得伸手不见五指，无数颗星星和月牙的微光根本照不到地面。他们刚走出几步，利图马就觉得那个人把身子弯成了九十度，用手捂着胃部。

"你是肠绞痛吧？吐吧，吐了就好了。吐吧，把脏东西都吐出来。我来帮助你。"

那人弯着身子，恶心得不停地颤抖着。利图马跟在他的后面，用双手使劲按他的胃部。以前在皮乌拉的秋恩加的小酒吧里，热血青年们喝得昏头脑涨地走出来时，他多次这样做过。

"您把我灌醉了。"钻工突然用半个舌头抗议说。

"你自己想喝醉呀。"利图马笑了笑，"我不喜欢人，他妈的。"

"我也不喜欢。"那人吼叫着说，又是一阵恶心，"在纳克斯，人都变得很辛辣，甚至变成了最坏的东西。"

利图马觉得自己的心脏跳得很厉害，好像有点什么东西在蚕食他的心脏。他也想把这东西吐出来，吐得干干净净。他想对谁讲一讲自己的事。

钻工终于站起来，轻轻地叹了一口气。

"我好些了。"他吐了一口，张开双臂，"这儿真他妈的冷。"

"连脑浆都结冰了。"利图马同意地说，"还是走吧，走起来，要好些。"

他们又拉起胳臂来，往前行走，每次踢到石块或踩到泥水里，都狠狠地咒骂一句。大房子的影子终于出现在他们的面前，房子的影子比周围的夜色还暗几分。山上大风呼啸，而这里一切都是那样寂静、安宁。利图马的酒劲儿已经过去，他觉得头脑清醒多了。他甚至忘记了梅塞德丝和托马西多，他们一定在哨所里亲昵呢；忘记了梅奇，多年以前，他在皮乌拉体育场附近的沙滩酒吧里见过她。他的脑袋快爆炸了，脑袋里面有个决心在发出啪啪的响声。"我得把这从脑袋里驱除出去。"

"来，我们抽支烟，伙计。"他说，"先别睡觉。"

"您留在这里吧？"钻工好像也觉得酒劲儿过去了。

"我懒得爬山了。再说，我不想自讨没趣，打断那对情人的美梦。我想，这儿会有空床吧？"

"应该说是行军床。床垫都拿走了。"

利图马听到屋子里面有鼾声。那个人一头倒在门口右侧的第一张大床上。他们用火柴照亮，班长看清了：钻工的大床旁边有两张双层木板床。他在最近的那张床上坐下来，掏出香烟，点燃两支，送给那个工人一支，亲切地说：

"什么也没有睡前抽支烟舒服，躺在床上，等着进入梦乡。"

"我可能喝醉了，但我绝不是什么混蛋。"那个人说。班长看见香烟火点在黑暗中燃烧了起来，脸上受到一口烟雾的袭击。"您为什么留在这里，想对我做什么？"

"我想知道那三个人发生了什么事。"利图马把声音压得很低，他对那个人如此大胆感到惊讶：不是一切都完蛋了吗？"我不是想逮捕任何人。不是想向司令部写报告。不是想履行公务。伙计，我只是由于猎奇心。我对你发誓。卡西米罗·华加亚、小佩得罗·蒂诺克和另一个化名为德梅特里奥·查恩卡的梅达多·利安塔克发生了什么事。我们一边抽这最后一支烟，你一边给我讲一讲。"

"打死我也不能说。"那个人哼了一下，吃力地喘着气。他躺在行军床上，辗转反侧，利图马觉得他要马上站起来，走出屋子，跑到迪奥尼西欧和堂娜阿特利亚娜那里躲藏起来。"就是把我杀了，也不能讲。甚至在我身上浇上汽油，用火柴点着，也不能讲。您如果愿意的话，现在就用那些法子惩罚我好了，你们不就是那样惩罚恐怖分子的吗！说什么我也不能讲。"

"伙计，我都不碰你一根头发。"利图马说，用缓慢的语调夸大他的亲切感，"给我讲讲，我马上就走了。你明天离开纳克斯，我也离开。我们两个人各走各的路。我们不可能再见面了。你给我讲完以后，我们两个人都会感觉好些。你呢，会把体内的钉子拔除，我嘛，也将拔除在这里一直刺得我疼痛不止的那颗钉子。我不知道你叫什么名字，也不想让你告诉我。你只把那几个人发生的事告诉我就够了。伙计，这样能使我们两个人都安安静静地睡个觉。"

他们沉默了很长时间，偶尔听见屋子深处传来鼾声。利图马看见钻工的香烟火点每隔一会儿就亮起来一次，同时有一团烟云渐升渐高，有时钻进他的鼻孔，刺得挺痒的。他很镇定。他敢肯定，那个人会讲出来的。

"是不是杀人祭祀阿普呀？"

"祭祀阿普？"那个人动了动身子，问道。他把自己的不安情绪也传染给了利图马，后者时时感到体内许多部位有一种强烈的瘙痒感。

"山神。"利图马解释说，"蛇神，山灵。它们在大山深处，制造不幸。杀人祭祀它们，是不是为了不发生泥石流？是不是为了不让恐怖分子抓人、杀人？是不是为了不让拦路鬼吸干工人的油脂？是不是为了这些呀？"

"我不会克丘亚语。"那个人说,"在这之前,我从来没有听说过阿普这个词。阿普?"

"伙计,是不是为了这些呀?"利图马坚持问。

"梅达多是我的同乡,我也是安达马卡人。"那个人说,"他是那里的镇长。正因为这一点才被要了命。"

"您最感到头疼的是那个工头吧?"利图马问,"另外两个人,我想,就不如你的同乡重要了。对我来说,最重要的是小哑巴,是小佩得罗·蒂诺克。你和德梅特里奥,我是说,和梅达多·利安塔克是好朋友吗?"

"我们认识。他同他的妻子住在上面,住在山坡上。他们害怕恐怖分子知道他们住在那儿。恐怖分子那次在安达马卡大屠杀时,他逃了出来。您知道他是怎样逃出来的吗?他藏在墓穴里了。我们有时在一起聊天。阿亚库乔人、阿班凯人和万卡韦利卡人特别欺侮他。他们对他说:'恐怖分子迟早要把你抓走。'还说:'你住在纳克斯,把我们都牵连了进去。快滚走,快从这儿滚走。'"

"只因为这个就把工头杀了?那不是讨好恐怖分子吗?"

"不只是因为那个。"钻工激动地说。他一口接一口地抽烟,不停地吐出烟雾来,仿佛醉意重新回到了他的身上。"不只是因为那个,他妈的。"

"还因为什么,讲给我听听。"

"那些混蛋说他已经被判了刑,恐怖分子迟早要杀掉他的。既然要出个人,最好选择恐怖分子名单上的人,反正他早晚要死的。"

"你是说要人出血,对吧?"

"不过,那是个大圈套,他们任意欺侮我们。"那个人很激动,"我们不是没有工作了吗?您知道,他们还说什么吗?"

"说什么?"

"说我们对他们不百分之百地尊重,所以怒火中烧。按照那些混蛋的想法,我们还得做些事呢。知道了吧?"

"知道了。"利图马低声说,"除了杀了那个白化人,杀了工头,杀了小哑巴外,还有更可怕的事吗?他们说那是祭祀阿普,可是谁也没有见过阿普,不知道是不是有阿普。"

"杀人还不是那么可怕的。"那个人躺在床上吼叫起来。利图马以为睡在屋子里面的那个人或那两个人会醒过来,要他们别讲话。他们或者会踮着脚尖走过来,捂住钻工的嘴巴。也许因为他听到了听到的那些话,将他拉到废弃矿井那儿,扔进矿坑里。"不是到处都有死人的事吗?杀人并不是最可怕的了。杀人不是已经像撒尿、拉屎一样的人人都做的事了吗?人们害怕的不是那个。不但我是这样,走的许多人也是这样。人们害怕的是别的事。"

"别的事?"利图马感到一阵寒冷。

"嘴巴里的口味。"钻工低声说,声音破碎,"不管你怎样刷牙漱口,都不能去掉那种口味。我现在就感觉到有那种口味。在我的舌头上,在我的牙齿上。也在喉咙里。甚至在肚子里,我都感觉到了。仿佛刚刚咀嚼过。"

利图马觉得烟头烧到了指头,把它扔掉了,用脚把火星碾灭。那个人讲的话,他已经懂了,不想再知道什么了。

"就是说,还有那个。"他喃喃地说,张着大嘴喘粗气。

"哪怕睡着了,也不会去掉。"钻工说,"只有喝酒时,才感觉不到。所以,我变成了酒鬼。但这对我没有好处,得了胃溃疡,大便里有血。"

利图马想抽出一支香烟来，但双手是那样颤抖，烟盒掉在了地上，他在潮湿、到处是石子和火柴棍儿的地面上摸索着、寻找着。

"所有人都领了圣体，我不愿意，但也领了，"那个工人说，他越来越不顾忌了，"这最使我感到痛苦了。我吞下了那颗苦果。"

利图马终于摸到了那盒香烟。他抽出两支烟，放在嘴上，等了很长时间才用手捏住火柴，把香烟点着。他把其中一支递给那个人，没有说一句话。那个人躺在床上，他看见他抽了起来，脸上感到一口恶毒的烟云袭来，鼻子很痒。

"还有，我现在都害怕睡觉了。"钻工说，"我变得胆小如鼠，我从来没有这样过。可是，一个人能同睡梦争斗吗？我不喝酒，就噩梦不断。"

"梦见你的同乡吃你？你经常梦见他？"

"我很少睡着。"钻工解释说，他已经完全服帖了，"我只看见他们。割下他们的睾丸，再用什么包起来，他们吃起这东西来像美味佳肴。"他一阵恶心。利图马觉得他蜷起了身子。"我睡着了，也这样，情况更糟。那两个人走过来，用手把我的睾丸拧下来，在我面前吃到肚子里。我宁愿喝酒，也不想梦见那种事。可是，溃疡怎么治呀？请您告诉我，这就是生活？他妈的。"

利图马突然站起来。

"伙计，我希望你摆脱出来。"他说着，感到一阵头晕。他不得不在台子上扶一会儿。"但愿你到什么地方都能找到工作。不过，我想这不是件容易事。我看你不会轻易把那些事忘掉。有件事，知道吗？"

"什么事？"

"我很后悔，不该那样固执地想知道那几个人发生的事，还不如把疑团装在脑海里。现在，我要走了，让你睡个好觉。我宁愿睡在露天里，不去打扰托马西多。我不愿意睡在你的身边，也不愿意睡在那两个打鼾的工人身边。我不愿意明天醒来时，看见你的面孔。我不愿意我们两个人正常地讲话。我呼吸点空气去。"

他跟跟跄跄地向房门走去。他来到门外，寒风迎面吹来。他虽然那样迷茫，但还是注意到月牙之光和星光从晴朗的天空上射下来，清晰地照在安第斯山连绵起伏的峰峦上。